ज्ञान गरिमा के
70 वर्ष

भारतीय
ज्ञानपीठ

परित्यक्त

अमलेन्दु तिवारी

भारतीय ज्ञानपीठ

लोकोदय ग्रन्थमाला : ग्रन्थांक 1291

ISBN 978-93-263-5481-3

परित्यक्त
(उपन्यास)
अमलेन्दु तिवारी

प्रथम संस्करण : 2016
मूल्य : 250 रुपये

प्रकाशक : **भारतीय ज्ञानपीठ**
18, इन्स्टीट्यूशनल एरिया, लोदी रोड, नयी दिल्ली-110 003

मुद्रक : विकास कम्प्यूटर्स ऐंड प्रिन्टर्स, दिल्ली-32

आवरण-चित्र : लीलाधर मंडलोई
आवरण : महेश्वर

PARITYAKT
(Novel)
By Amlendu Tiwari

Published by
Bharatiya Jnanpith
18, Institutional Area, Lodi Road, New Delhi-110 003
Ph. : 011-24698417, 24626467; 23241619 (Daryaganj)
Mob. : 9350536020; e-mail : bjnanpith@gmail.com
sales@jnanpith.net; website : www.jnanpith.net

First Edition : 2016
Price : Rs. 250

अनामिका और रक्ताभ के लिए

मेरी बात

"You will burn and you will burn out;
you will be healed and come back again"

—Fyodor Dostoyevsky, The Brothers Karamazov

परित्यक्त एक दशक पहले लिखा गया था। सन् 2004-05 के आरम्भ में! तब दरअसल यह एक उपन्यास नहीं बल्कि एक कहानी थी, एक लम्बी कहानी। बाद में लगा की एक कहानी में सब कुछ समा नहीं पा रहा है। तब दो और कहानियाँ लिखीं। जो एक-दूसरे का एक्सटेंशन थी... परित्यक्त, विरक्त और अनुरक्त। फिर लगा पहली कहानी में एक उपन्यास की सम्भावना छुपी है। तब परित्यक्त को थोड़ा elaborate करना शुरू किया। धीरे-धीरे इस कृति ने एक उपन्यास की शक्ल ले ली। उपन्यास थर्ड पर्सन प्रेजेंट टेंस में लिखा गया हैं और सेमी ऑटोबायोग्राफिकल है। परित्यक्त के इस पात्र की तरह मैं आरम्भ से ही अपने लिखे को लेकर आत्मसंशय का शिकार रहा हूँ। कई प्रकाशकों के द्वारा प्रकाशन की रुचि ना दिखाने पर मैंने इसे छपवाने का इरादा छोड़ दिया था। परित्यक्त सालों मेरी बुकशेल्फ के निचले खाने में पड़ी रही, छपने के इन्तजार में।

सालों बाद जब एक मित्र के कहने पर इसे ज्ञानपीठ नवलेखन प्रतियोगिता के लिए भेजा। तब आखिरकार 'परित्यक्त' को अपनी मंजिल मिल गयी और बतौर लेखक मुझे लम्बे इन्तज़ार का मीठा फल।

अमलेन्दु तिवारी

परित्यक्त

वह मुम्बई में है। परेल इलाके में स्थित एक पुरानी बिल्डिंग के किराए के एक छोटे से फ्लैट में। मुम्बई मे ये उसका चौथा महीना है। तीसरा महीना ख़त्म होते-होते उसके साथ लाए पूरे पैसे भी ख़त्म हो गये हैं। मन मारकर उसने एक लीगल फर्म में नौकरी पकड़ ली है। इस फर्म में काम करने के उसे छह हज़ार रुपये मिलेंगे। इसके अलावा उसे लोकल ट्रेन के फर्स्ट क्लास के डिब्बे में आने-जाने का मासिक पास भी मिलेगा। हर दिन उसे लगभग बारह से तेरह घंटे काम करने होंगे। रविवार को छोड़कर। रविवार को वह पढ़ने-लिखने, फ़िल्में देखने, घूमने-फिरने के लिए स्वतन्त्र होगा। उसकी खराब स्थिति देखते हुए फर्म ने उसे तीन हज़ार रुपये एडवांस भी दे दिये हैं। ये काम उसे तब तक करना होगा जब तक उसे उसकी रुचि का दूसरा काम ना मिल जाए।

जिस फ्लैट में वह रहता है वह बेहद छोटा है। वहाँ उसका खूब बड़ा-सा तीन मंजिला घर था। घर में एक छोटा-सा लॉन था, एक बड़ा बरामदा था, बारह-तेरह बड़े-बड़े कमरे थे, एक बड़ी खुली छत थी और एक लाल फर्शवाला बड़ा-सा आँगन था। बचपन से ही उसे एक अलग कमरा दे दिया गया था। जिसमें वह रहता था और अपनी चीजें रखता था। उसे सालों से अकेले रहने की आदत है और किसी दूसरे के साथ कमरा शेयर करना बिल्कुल पसन्द नहीं है। पैसों की कमी के कारण ये जगह उसे कुणाल के साथ शेयर करनी पड़ रही है। कुणाल पत्रकार है। कुणाल पूरी रात काम करता है और सुबह आकर सो जाता है और दिन चढ़ने के बाद ही उठता है। दो कमरों के इस फ्लैट में जरूरत की हर चीज है। कपड़े रखने की आलमारी, टीवी, कम्प्यूटर, गैस चूल्हा, बर्तन और एक बड़ा-सा आरामदायक सोफा। कुणाल सोफे पर सोता है और वह फर्श पर। कभी-कभार खुसनाल की गैर मौजूदगी में वह भी इस सोफे पर सो जाता है। लेकिन आरामदायक होने के बावजूद भी उसे इस सोफे पर नींद नहीं आती है। क्योंकि यह सोफा उसका नहीं कुणाल का है। इस घर की हर चीज कुणाल की है। उसके पास सिर्फ दो बड़े बैग हैं, जो वह अपने शहर से

लेकर आया था और कुछ भी नहीं।

वह शाम से यूलिसिस पढ़ रहा था। जेम्स जायस के इस उपन्यास की गिनती विश्व के महानतम उपन्यासों में होती है। वह किताब के पचास पन्ने पढ़ते-पढ़ते इतना बोर हो गया है कि उसे नींद आ गयी है। वह गहरी नींद में सो गया है। आज रात पिताजी फिर से उसके सपने में आएँ हैं। वह पिताजी के साथ उसी अँधेरे कमरे में बैठा है जिसकी दीवार में एक छोटा-सा सुराख है, जिसमें से सुनहरी किरणें भीतर आ रही हैं। एक बड़ी-सी गोल मेज है जिसके एक सिरे पर वह और दूसरे सिरे पर पिताजी बैठे हैं। पिताजी कुछ कह रहे हैं, न जाने क्या? शायद कोई गम्भीर बात। वह उन्हें गौर से देख रहा है और सुनने की कोशिश कर रहा है। थोड़ी देर में सुनहरी किरणे धीरे-धीरे गायब हो रही हैं। एक अजीब-सी बेचैनी से हर बार की तरह उसकी नींद टूट गयी है और हर बार की तरह सपना टूटने पर उसे पिताजी का कहा कुछ भी याद नहीं आ रहा है। एक शब्द भी नहीं।

उसे रिस्टवाच पहनकर सोने की आदत है। पिताजी से विरासत में मिली विदेशी रिस्टवाच। रिस्टवाच का डायलर नीले रंग का है। जिसमें अँधेरे में चमकने वाले मार्कर है और दिन और तारीख बताने के लिए एक छोटी-सी विंडो हैं। दिन और तारीख जो राज बदल जाते हैं। रात के दो बज रहे हैं। खुद को अकेला पाकर वह और भी बेचैन हो गया है। सोते वक़्त जब हमारे शरीर के पास कोई दूसरा शरीर नहीं होता है न माँ, न पत्नी, न प्रेमिका। जब हम नींद में अलसाई किसी की आँखे नहीं देख पाते हैं, किसी की साँसों की मद्धिम आवाजाही नहीं सुन पाते हैं, अपनत्व से किसी के शरीर पर हाथ नहीं रख पाते हैं तब रात का ये अकेलापन दिन के अकेलेपन से कहीं ज्यादा खलता है। वह कुछ देर सोफे के किनारे पर यूँ ही बैठा है। वह सोच रहा है कि इस अजीब से वक़्त में उसे क्या करना चाहिए? ये वक़्त ना तो कुछ पढ़ने का है ना ही टीवी या फ़िल्म देखने का। इस वक़्त कुछ भी करना पागलपन होगा। वह कमरे की खिड़की से खुला आसमान देख रहा है। अगस्त महीने का आसमान। अनन्त तक फैसले आसमान में अनगिनत छोटे-छोटे तारे टिमटिमा रहे हैं। स्मृतियों के छोटे-छोटे जलते बुझते ज्योतिपुँजों की तरह। स्मृतियाँ। सब कुछ बीत जाने पर वही तो बचती है। सैकड़ों, हज़ारों, लाखों, करोड़ों स्मृतियाँ। इस विराट संसार में मिलती, बिछुड़ती, टकराती, डूबती, तैरती, उभरती स्मृतियाँ। कभी सिनेमा के पर्दे पर चलते चित्रों की तरह रंगीन, स्पष्ट, सजीव और कभी कैमरे की निगेटिव फ़िल्म की तरह काली, धुँधली और अस्पष्ट। और कहते हैं कि कुछ भी तब तक ख़त्म नहीं होता है, जब तक वह हमारी स्मृतियों में सुरक्षित है।

माँ बताती है कि उस रात जोर की आँधी और बारिश आई थी, जब वह शहर के जिला अस्पताल के बिस्तर पर पड़ी प्रसव वेदना सहती, ईश्वर से उसके जन्म लेने

की प्रार्थना कर रही थी और वह इस दुनिया में आया था। राप्ती रोहनी के संगम पर बसे एक छोटे से शहर में उसका जन्म हुआ था। पिताजी ने कुंडली बनाने के लिए समय नोट कर लिया था। पाँच बजे भोर में। उन दिनों एक सामान्य परिवार में लड़के का जन्म लेना बड़ी खुशी की बात समझी जाती थी। तब और भी ज्यादा जब वह कई लड़कियों के बाद पैदा हुआ हो। सभी खुश थे सिर्फ वह रो रहा था। खुद को अजनबी चेहरों के बीच पाकर, माँ की सुरक्षित कोख से इस असुरक्षित दुनियों में आकर। उस उम्र के खुद के बारे में वह जो कुछ भी जानता है उसने दूसरों से सुना है या बचपन की फोटोग्राफों में देखा है।

स्मृतियों बनना तो बाद में शुरू हुई थी। वह हज़ारों बार सोच चुका था लेकिन फिर भी उसे ठीक–ठीक याद नहीं आता है कि कब उसे इस अस्तित्व में होने का अहसास हुआ था।, ज़िन्दा इस शरीर के भीतर। शायद तब जब उसे पहली बार सुख और दुख का अहसास हुआ था। सुख। उसे सुख मिला था माँ की छाती से चिपककर दूध पीने पर। आह! वह दूध पीकर कितना तृप्त हो गया था। और दुख। उसे याद आता है तब वह थोड़ा और बड़ा हो गया था उसके सिर और पैर के बीच की दूरी थोड़ी–और बढ़ गयी थी। उसने पिताजी के फाउंटेन पेन से अपने माथे पर चोट कर ली थी। माँ कहती है कि उसकी आँख बस फूटने से बची थी। वह दर्द से छटपटा रहा था। हमारी आँख से गिरता आँसू हमारे जीवन का सबसे बड़ा सच होता है। आज सालों बाद भी चेहरा धोते वक़्त बाल ठीक करते वक़्त उसे बचपन की उस छोटी–सी चोट का छोटा–सा निशान दिख जाता है, जो उसे उस दर्द की याद दिलाता है।

उस समय बाहर अनन्त तक फैली उस दुनिया के भीतर उसकी एक छोटी–सी दुनिया थी। बेहद सिमटी हुई। तब तो उसे उसकी छोटी–सी दुनिया के बाहर फैली किसी और दुनिया का ज्ञान ही नहीं था। बाहर की दुनिया तो उसके लिए अदृश्य थी। जो आनेवाले वक़्त के साथ धीरे–धीरे उस पर प्रकट होती गयी। शुरुआत में सब कुछ जीवित था, सजीव, चलता–फिरता। बादलों के छोटे–छोटे टुकड़ों के नाम हुआ करते थे। पेड़ों की शाखाएँ उनके हाथ हुआ करती थीं और पेड़ का मोटा तना उसका धड़। दीवार पर लटकी घड़ी आदम के चेहरे की तरह थी। चन्द्रमा पर परियाँ और फरिश्ते रहा करते थे और हर इंसान मरकर एक तारा बन जाता था।

ईश्वर तब मात्र एक शब्द नहीं था। ईश्वर सर्वत्र था। पेड़ों में, पशुओं में, पत्थरों में, उसमें भी। वह सर्वशक्तिमान था लेकिन अदृश्य। वह हमें देख सकता था, लेकिन हम उसे नहीं देख सकते थे।

ईश्वर हमेशा हमें देख रहा है। हम उसकी नजरों से नहीं बच सकते हैं। हमें अच्छा मनुष्य बनना चाहिए ताकि ईश्वर की करूणा और प्रेम हम पर सदा बना रहे। हमें ईश्वर के बताए रास्ते पर ही चलना चाहिए। और ईश्वर के बताए रास्ते पर न

चलने का परिणाम। रोग, दुख, घृणा, तिरस्कार, दंड। कठोर दंड। नरक के अँधेरे में विषैले साँप, बिच्छुओं और हिंसक जानवरों के बीच रहना। जीवन उसे ऐसा ही बताया गया था।

और फिर जीवन फैलने लगा। परत-दर-परत खुलने लगा। घटनाएँ होने लगीं और स्मृतियाँ बनने लगीं। वह सैंकड़ों बार सोच चुका है कि उसकी सबसे प्रिय स्मृति कौन-सी है। आह! वह लाल फूलोंवाला पेड़। वह उस पेड़ को कैसे भूल सकता है?

आज वह लाल फूलोंवाला पेड़ उसे रह रहकर याद आ रहा है। उसने कभी जानने की कोशिश नहीं की थी कि वह किस चीज का पेड़ था या उन फूलों का क्या नाम था? पेड़ फैला हुआ था। पेड़ का एक हिस्सा घर के भीतर की तरफ था और एक हिस्सा बाहर सड़क की तरफ। सुबह दोनों तरफ फूल झरे रहते थे। स्कूल जाते समय अकसर वह कुछ फूल उठा लेता था। रास्ते भर वह उनसे खेलता उन्हें गालों पर लगाता उनका कोमल स्पर्श अनुभव करता और बाद में उन्हें किताबों के बीच रख देता, सूखने के लिए। आज भी जब कभी वह ज़िन्दगी से थककर, किसी मोड़ पर रुककर सुस्ताने लगता है तो वही सुर्ख लाल फूलोंवाला पेड़ उसे अपनी छाँव में बैठा लेता है और अपने फूल धीरे-धीरे उस पर गिराने लगता है।

2

इन स्मृतियों में कोई क्रमबद्धता नहीं हैं। उसे याद आ रहा है कि आज स्कूल में उसका पहला दिन है। उसके सामने है आँसूओं से लिपा पुता खुद का रोता चेहरा। घर से बाहर की दुनिया में आज उसका पहला दिन है। वह क्लास में बैठा है। क्लास का रंग उसकी स्मृतियों में अब भी स्पष्ट है, हल्का नीला। वह सोच रहा है कि अगर शाम को स्कूल बन्द होने पर कोई उसे लेने नहीं आया तब वह क्या करेगा? कहाँ जाएगा? क्या खाएगा? वह रो-रोकर थक चुका है। इंटरवल हो गया है। अब वह स्कूल के आँगन में बच्चों को नल से पानी पीता हुआ देख रहा है। उसे भी प्यास लगी है। वह भी नल के पास जाकर खड़ा हो गया है लेकिन आगे बढ़ने का साहस नहीं जुटा पा रहा है। शायद उसे अपने नये जूतों और मोजे के पानी में भीग जाने का डर है। नयी चीजों से उसे हमेशा प्रेम रहा है। वह हमेशा चाहता था कि चीजें हमेशा नयी ही रहें, कभी पुरानी ना हों। अब सारे बच्चे पानी पीकर जा चुके हैं। वह भी अपनी प्यास नहीं रोक पा रहा है। उसने सीधे नल से पानी पीना शुरू कर दिया है। आह! पानी पीकर वह तृप्त हो चुका है। उसने पानी से अपना चेहरा भी धो लिया है

और कमीज की बाँह से पोंछ लिया है। इंटरवल ख़त्म हो गया है। सारे बच्चे अपनी-अपनी क्लास में जा रहे हैं। वह अभी तक नल के पास अकेला खड़ा है। आँगन में सन्नाटा छा गया है। उसे सारी क्लासें एक जैसी लग रही है। दाई उसका हाथ पकड़कर एक क्लासरूम में ले जा रही है। शाम को पिता जी उसे लेने आये हैं। वह उनके साथ रिक्शे पर बैठा है। रिक्शा धीरे-धीरे चल रहा है। घर नजदीक आने पर दो रास्ते आते हैं। एक रास्ता दायीं तरफ मुड़ता है और दूसरा बाँयीं तरफ। पिताजी अकसर इस मोड़ पर आकर उससे पूछते हैं कि "बताओ तुम्हारा घर किधर है?" और वह अपना बायाँ हाथ उठा देता है। रिक्शा बाँयीं तरफ मुड़ जाता है।

उसकी एक अन्य स्मृति है कि उसके घर में एक कुत्ता है जिसका नाम शेरू है। शेरू का काम है घर की रखवाली करना। शेरू हर वक़्त छत पर बँधा रहता है। घर में किसी अजनबी के आने पर शेरू जोर-जोर से भौंकने लगता है। भिक्षा माँगनेवाले साधुओं और भिखारियों पर तो वह खूब जोर-जोर से भौंकता है। ऐसा लगता है जैसे अपनी चैन तोड़कर वह उन पर टूट पड़ेगा। शाम को घर का नौकर इंजन (वह ट्रेन के इंजन की तरह काला था इसलिए उसका नाम इंजन रख दिया गया था) शेरू को बाहर घूमता है। घर के बच्चों को शेरू के पास जाने की मनाही है। एक रोज शेरू ने उसकी बहन साहित्या को काट लिया था। बेचारी साहित्या का रो-रोकर बुरा हाल हो गया था। उसे कई मोटी-मोटी सुइयाँ लगवानी पड़ी थीं। माँ बताती है कि शेरू ने ऐसा ग़ुस्से में आकर किया था, क्योंकि साहित्य बार बार एक जलती हुई लकड़ी उसकी आँख के नजदीक ले जाकर उसे डरा रही थी। साहित्या को काटने के बाद शेरू ने कई दिन तक खाना नहीं खाया था। शेरू दुखी था। उसका भौंकना भी कम हो गया था। वह दिन भर उदास बैठा रहता था। शायद साहित्या को काटने का उसे गहरा दुख था। उस घटना के बाद शेरू बच्चों से प्यार करने लगा। बच्चों को देखते ही वह अपनी दुम हिलाने लगता। एक रोज सुबह उठने पर उसे पता चला कि कल रात शेरू मर गया, शायद किसी बीमारी से। शेरू के मरने का उसे गहरा दुख है। शेरू के बाद घर में दूसरा कोई कुत्ता नहीं आया। शेरू आज भी वैसा है घर की एक पुरानी तस्वीर में, पिताजी के पैरों के पास बैठा हुआ, एक आज्ञाकारी सेवक की तरह। अब वह थोड़ा और बड़ा हो गया है। अकसर उसने घर में भिक्षा माँगनेवाले एक साधू को देखा है। यूँ तो उसके इस घर में भिक्षा माँगनेवाले कई साधू और भिखारी आते हैं लेकिन ये साधू उन सबसे अलग लगता है। साधू का शरीर बेहद दुबला है। वह गेरुआ कुर्त्ता और एक छोटी-सी धोती पहनता है। उसके माथे पर लम्बा तिलक होता है और गले में कई तरह की माला लटकती रहती है। उसके कन्धे पर एक लम्बा सा झोला लटकता रहता है। जो बात उसे दूसरे साधुओं और भिखारियों से अलग बनाती है वह ये है कि वह पैसे नहीं लेता है। पैसे देने पर वह घृणा से उन्हें लौटा

देता है। वह सिर्फ अनाज लेता है। कच्चा अनाज। पका हुआ, जूठा बासी भोजन भी नहीं। वह एक अजीब-सी भाषा में चिल्लाता है जो संस्कृत से मिलती जुलती है। शायद कोई भी इतना जानकार नहीं है जो उसकी भाषा, उसकी बात समझ पाए। उसने सुना है कि ये साधू बिहार से आया है। शायद एक वक़्त में उसने कोई बड़ा अपराध किया था। कोई बड़ा पाप। बाद में सजा काटने के बाद अपनी पिछली ज़िन्दगी से बचने के लिए वह घूमता-फिरता इतनी दूर आ गया है ताकि कोई उसे पहचान न पाए। वह नहीं जानता है कि इस साधू के विषय में कही ये बातें कितनी सच है लेकिन उसने अकसर उस साधू की आँखों में ग्लानि और पछतावा देखा है। जाड़ो के दिन हैं। आज सुबह उसे पता चला कि वह साधू कल रात ठंड से मर गया। वह सोच रहा है कि ठंड से भला कोई कैसे मर सकता है? शहर में किसी को भी नहीं मालूम है कि वह कहाँ का रहनेवाला है ताकि उसकी मौत का समाचार उसके घर भिजवा दिया जाये। साधू हिन्दू था इसलिए उसका दाह-संस्कार हिन्दू रीति-रिवाज से करने का निर्णय लिया गया है। वह घर कि खिड़की से छुपकर साधू के शव को जाता हुआ देख रहा है। शरीर क्या! हड्डियों का एक ढांचा मात्र लेकिन चेहरा एकदम शान्त। साधू की मृत्यु ने उसके बाल हृदय को दुख से भर दिया है। वह जान गया है कि एक रोज हम सब मर जाएँगे, ठंड से, बीमारी से या किसी और कारण से। तब हमे भी जला या दफना दिया जाएगा और फिर हमें कोई नहीं देख पाएगा, कभी भी नहीं। उस विचित्र साधू का जीवन आज भी उसके लिए एक रहस्य है। एक रहस्य जो हमेशा रहस्य ही रहेगा।

3

अब वह थोड़ा और बड़ा हो गया है। पिताजी उसे ऑल इंडिया रेडियो के कार्यक्रम बाल जगत में कविता पाठ के लिए ले गये हैं। छह सात बच्चे और भी आए हैं। कार्यक्रम अधिकारी पिताजी के दोस्त हैं। वह बेहद मोटे हैं और पिताजी से हँस-हँसकर बात कर रहे हैं। अब सारे बच्चों को एक बड़े कमरे में ले जाया जा रहा है। जिसे वह स्टुडियों कह रहे हैं। स्टुडियों का दरवाजा बहुत मोटी चमकदार लकड़ी का बना है। जमीन पर लाल रंग की मोटी दरी बिछी है। दीवार पर एक बड़ी-सी घड़ी लगी है। घड़ी के नीचे खिड़कीनुमा कांच की दीवार है, काँच की दीवार के पार कुछ लोग बैठे है जिनकी बातचीत वह सुन नहीं पा रहा है। उन्हें सिखाया जा रहा है कि सामने से इशारा पाते ही कब किस बच्चे को बोलना है और कब दूसरे बच्चे को। जमीन पर दो माइक लगे हैं। उसका नंबर पहला है। इशारा पाते ही उसने

कविता पढ़नी शुरू कर दी है। बाकी बच्चे भी अपनी-अपनी कविता पढ़ चुके हैं। रिकार्डिंग ख़त्म हो चुकी है। स्टुडियों से बाहर निकलकर बच्चे अपने-अपने जूते पहन रहे हैं। वह चप्पल पहनकर आया है। पिताजी कार्यक्रम अधिकारी से पूछ रहे हैं कि यह कार्यक्रम रेडियो पर कब सुना जा सकेगा? कार्यक्रम अधिकारी ने उन्हे कल शाम पाँच बजकर पाँच मिनट का समय बताया है। आज निर्धारित समय पर उसका पूरा परिवार रेडियो लगाकर बैठा है। कार्यक्रम शुरू हो गया है। वह रेडियो से निकलती खुद की आवाज पहचान नहीं पा रहा है। वह खुश है, क्योंकि इतनी-सी उम्र में रेडियो पर बोलनेवाले लड़कों की लिस्ट में उसका भी नाम जुड़ गया है।

वह माँ, पिताजी और अपनी बहनों के साथ नेपाल गया है। नेपाल उसके शहर से बस कुछ सौ किलोमीटर दूर है। उस वक़्त तो उसे ये भी नहीं मालूम था कि नेपाल भारत से अलग कोई देश है। उसका परिवार पहाड़ों पर घूम रहा है। आज शाम वह पहाड़ों पर बने एक गेस्ट हाउस की छत पर खेल रहा है। धीरे-धीरे अँधेरा हो रहा है, उसने लाल रंग के मोज पहने हैं। ये लाल रंग उसकी स्मृति में बेहद स्पष्ट है। पिताजी उसे गोद में उठाकर नीचे से थरमस में कॉफी लेकर आते एक नेपाली को दिखा रहे हैं। नेपाली ऊपर से काफी छोटा लग रहा है लेकिन जैसे-जैसे वह ऊपर आ रहा है, उसका कद बढ़ रहा है। अब वह गेस्ट हाऊस की छत पर पहुँच गया है और उन्हे देखकर मुस्करा रहा है।

'छोटा बाबू' ऐसा कहकर उसने अपने ठंडे हाथ उसके गालों पर रख दिये हैं। पिताजी काफ़ी पी रहे हैं। उसकी बहनें चाय पी रही हैं। उसने भी पहली बार कॉफी का स्वाद चखा है। कॉफी कड़वी है चाय से बिल्कुल अलग। रात को खाना खाकर उसका परिवार सो गया है। पिताजी को जल्दी सोना और जल्दी उठना पसन्द है। गेस्ट हाउस की खिड़की से दूर तक अँधेरा ही अँधेरा दिख रहा है। कहीं दूर पहाड़ पर एक पीला बल्व जल रहा है। अँधेरा देखकर वह डर गया है और माँ की छाती से चिपक गया है। क्षण भर में ही उसका डर गायब हो गया है, क्योंकि माँ की छाती से ज्यादा सुरक्षित जगह उसके लिए दूसरी कोई नहीं हो सकती है।

वह काठमाँडो बाजार में घूम रहा है। उसकी बहने स्वेटर, शाल और ऊनी टोपियाँ खरीद रहीं हैं। माँ ने अपने लिए एक स्कार्फस खरीदा है जिस पर फूल बने हैं। पिताजी उसकी उँगली पकड़े धीरे-धीरे बाजार में चल रहे हैं।

छुट्टियाँ ख़त्म हो चुकी हैं। आज वह अपने शहर वापस जा रहे हैं। कमरे में सामान पड़ा है। सूटकेस, बैग, पानी पीने का थरमस वगैरह। उनकी बस पहाड़ों से नीचे उतर रही है। रास्ता घुमावदार है। उसने शर्ट की जेब से चमकदार कागज का टुकड़ा निकाल लिया है। इस टुकड़े में लिपटी टाफी को वह हफ्तों पहले खा चुका है लेकिन ये कागज का टुकड़ा उसे इतना अच्छा लगा कि उसने उसे सँभालकर रख

लिया है। वह इस चमकीले टुकड़े को हवा में हिला रहा है या कभी मोड़कर कोई रूप दे रहा है। अब उसने उचक कर उसका हाथ बस की खिड़की से बाहर निकाल लिया है। चमकीला कागज का टुकड़ा गलती से उसके हाथ से छूट गया है। वह बस की खिड़की से उसे उड़ता हुआ देख रहा है। हवा में वीरतापूर्वक उड़ता वह चमकदार टुकड़ा एक जाबांज सिपाही जैसा लग रहा है। अब वह चमकदार टुकड़ा उसकी आँखों से ओझल हो रहा है। उसका दिल जोर से धड़क रहा है। उसके दिमाग में वही चमकीला कागज का टुकड़ा चल रहा है। इस ब्रह्मांड में अकेला, डरा, सहमा। छोड़ा हुआ परित्यक्त। वह सोच रहा है कि इस अथाह विस्तार में, वह एक छोटे-से कागज के टुकड़े को अकेला कैसे छोड़ सकता है? उसकी आँखों में आँसू हैं। माँ उसके रोने का कारण नहीं समझ पा रही है। उसने अपना चेहरा माँ की गोद में छुपा लिया है। एक रोज वह यहाँ जरूर आएगा और उस चमकीले कागज के टुकड़े को ढूढ़ेगा। जब तक वह कागज के उस टुकड़े को न ढूँढ ले, तब तक वह मरेगा भी नहीं।

4

क्लास में उसे दस तक पहाड़े याद करने को दिये गये हैं। वह कल शाम से जी तोड़ कोशिश कर रहा है लेकिन नौ का पहाड़ा उसे याद ही नहीं हो रहा है। उसकी हर कोशिश नाकाम हो रही है। छत्तीस, पैतालीस, चव्वन। इन अंकों में कोई तारतम्यता नहीं है। आखिरकार उसे स्कूल ले जाने की बस आ गयी है। रास्ते भर उसे डर सता रहा है डस्टर या किसी सूखी पतली लकड़ी से मार खाने का उसे उतना डर नहीं है। उसे मालूम है कि वह दर्द बर्दाश्त कर सकता है जैसे उसके बाकी साथी कर सकते हैं। लेकिन मार खाने के बाद पूरी क्लास के सामने उसे जो शर्मिन्दगी उठानी पड़ेगी, उसका डर उसे कहीं ज्यादा है। मार खाना, शर्मिन्दगी, डर। वहे भी इतनी मामूली-सी चीज के लिए, नौ के पहाड़े के लिए। धिक्कार है। वह मन ही मन निश्चय कर रहा है कि आज घर जाकर वह सबसे पहले नौ का पहाड़ा याद करेगा। जब तक वह पहाड़ा याद न कर ले, वह सोएगा नहीं, कुछ खाएगा भी नहीं।

रोज उसकी स्कूल बस जिला अस्पताल के सामने से गुजरती है। अस्पतालों की दीवार पर काले और पीले रंग के पेंट से परिवार नियोजन का नारा लिखा होता है, जिसे वह रोज पढ़ता है। उसका मतलब जाने बिना ही।

''दो ही हैं काफ़ी औरों से माफी।''

इसका मतलब उसे बड़े होने पर समझ में आया। वह स्कूल पहुँच गया है। पलक झपकते ही घंटा बज गया है। गणित का तीसरा घंटा। उसकी आँखों के सामने

अँधेरा छा रहा है। नौ का पहाड़ा याद करने के चक्कर में उसे सात और आठ के पहाड़े भी भूल रहे हैं। आठ का पहाड़ा नौ में जा रहा है। सब कुछ गड्मड् हो रहा है। शिक्षक क्लास में आ चुके हैं। क्लास के सबसे तेज लड़के ऋषि ने शिक्षक को याद दिला दिया है कि कल उन्होंने पहाड़ा याद करने को दिया था। उसने बच्चों को पीटने के लिए एक पतली सूखी लकड़ी भी दे दी है। हमेशा की तरह पूछने का सिलसिला आखिरी बेंच से शुरू हो गया है। आखिरी बेंच इसलिए क्योंकि क्लास के सबसे कमजोर बच्चे वहीं बैठते हैं। ये रोज पीटते हैं। पिटना इनकी नियति बन चुकी है। पिटने से होनेवाली शर्मिन्दगी का भय इनके दिमाग से निकल चुका है। संजीव उसकी क्लास का एक ऐसा लड़का है, जिसे पीटने में शिक्षकों को विशेष आनन्द आता है। संजीव बिना किसी विरोध के मार खाने को हमेशा तैयार रहता है। संजीव मार खाकर बैठ चुका है। हर बार की तरह वह इस बार भी नहीं रोया है। धीरे-धीरे वह अपने सामने अपने कई दोस्तों को पिटता हुआ देख रहा है और अपनी बारी का इन्तजार कर रहा हैं। लेकिन उसका नम्बर आते-आते क्लास ख़त्म को चुकी है और बाकी का काम कल के लिए छोड़ दिया गया है। वह खुश है और मन ही मन घर जाकर पहाड़ा याद करने के प्रण को दोहरा रहा है।

घर पहुँचने तक उसके प्रण की तीव्रता काफ़ी कम हो गयी है और काम कल पर टाल दिया गया है।

आज उसके क्लास में एक नयी लड़की आयी है। लड़की का नाम रश्मि है। रश्मि का एडमिशन पूरे दो महीने देरी से हुआ है, क्योंकि उसके पिताजी का ट्रांसफर किसी दूसरे शहर से इस शहर में हो गया है। रश्मि उसके ठीक आगेवाली बेंच पर बैठती है। रश्मि को आए अभी कुछ ही दिन हुए हैं और उसका ध्यान पढ़ाई से हटने लगा है। वह पूरा दिन किताब में न देखकर उसकी पीठ उसके बालों की तरफ देखता रहता है। रश्मि के शरीर से अजीब-सी भीनी खूशबू आती है, जो उसे बेहद पसन्द है। कुछ महीने में ही उसे पता चल गया है कि रश्मि पढ़ाई में बेहद तेज है और उसकी लिखावट भी काफ़ी सुन्दर है। क्लास के सभी लड़के रश्मि से बात करते हैं सिर्फ उसे छोड़कर। वह रश्मि से बात करने में हिचकता है। रश्मि भी उस पर ध्यान नहीं देती क्योंकि न तो वह पढ़ाई में विशेष अच्छा है ना ही खेलकूद में और उसकी लिखावट भी कुछ ख़ास अच्छी नहीं है। क्लास के कुछ लड़के (ऋषि और दूसरे तेज लड़के) रश्मि से जलते हैं। वह उसके विषय में तरह-तरह की बातें करते हैं, जैसे कि रश्मि भोली-भाली नहीं हैं वह भोली भाली होने का नाटक करती है। वह किसी को भी अपना दोस्त नहीं मानती है। वह सबको छोटा और तुच्छ समझती है। उसका एक ही लक्ष्य है सबको पीछे छोड़कर खुद आगे निकल जाना, स्कूल में टॉप करना वगैरह।

उसे रश्मि के विषय में कही जानेवाली ये बातें बेहद बुरी और झूठी लगती हैं। उसके लिए तो रश्मि भोलीभाली है। एकदम निर्दोष। शायद वह मन ही मन उसे चाहने लगा है। आज रश्मि को छूने की इच्छा उसके मन में घर कर गयी है। लेकिन वह रश्मि को कैसे छू सकता है? वह तो एक लड़की है। लेकिन रश्मि को छूने की तीव्र इच्छा उसे पागल बना रही है। आज उसे एक तरकीब सूझी है। वह मौक़े की तलाश में है। आख़िरकार आज उसे मौका मिल ही गया है। आज उसके पेन की स्याही ख़त्म हो गयी है। उसे मालूम है कि रश्मि रोज स्याही का दावात और ड्रापर लेकर आती है। क्लास के लड़के अकसर उससे स्याही माँगते हैं और वह उन्हें कभी मना नहीं करती है। आज पहली बार उसने हिचकते हुए रश्मि से स्याही माँगी है और वह उसे स्याही देने को सहर्ष तैयार हो गयी है। वह अपनी पेन खोलकर बैठा है और रश्मि ड्रापर से बूँद-बूँद स्याही उसके पेन में डाल रही है। पेन स्याही से भरने ही वाली है कि उसने अपने दूसरे हाथ की उँगली रश्मि की उँगली पर रख दी है। रश्मि को छूते ही उसके शरीर में मानो करंट-सा दौड़ गया है। लेकिन समझदार रश्मि को समझने में देर नहीं लगी है कि ऐसा उसने जानबूझ कर किया है। उस रोज से रश्मि ने ना ही कभी उससे आँख मिलाई और ना ही कोई बात की। उसे नहीं मालूम था कि एक छोटे से अपराध की उसे इतनी बड़ी सजा मिलेगी। इस घटना के बाद महीनों उसका मन ग्लानि से भरा रहा है।

5

अब वह थोड़ा और बड़ा हो गया है। बाकी लड़कों की तरह खेलकूद में उसकी कोई विशेष रुचि नहीं है। अकसर जब शाम को कॉलोनी के लड़के क्रिकेट खेलते हैं तो वह उन्हें खेलते हुआ देखता रहता है। अकसर झड़ियों में या यहाँ वहाँ चली गयी बाल लाना उसका काम है। कभी-कभार खिलाड़ी कम पड़ने पर उसे भी टीम में शामिल कर लिया जाता है। लेकिन उम्र में बड़े ये लड़के उसे बैटिंग और बॉलिंग का चांस नहीं देते हैं। उससे तो सिर्फ भगा भगाकर फिल्डिंग कराई जाती है। आज वह यूँ ही फिल्डिंग करते-करते सोच रहा है कि दुनिया के दो बड़े देश अमेरिका और रशिया क्रिकेट क्यों नहीं खेलते हैं? अमेरिका बेस बॉल खेलता है और रशिया कुछ भी नहीं। ऐसा शायद इसलिए हो क्योंकि रशिया में हमेशा बर्फ पड़ती रहती है। लेकिन बर्फ़ में भी कुछ खेल खेले जाते हैं जैसे स्नो हॉकी। यह सब सोचते-सोचते वह एक दूसरी दुनिया में चला गया है जहाँ चारों तरफ बर्फ पड़ रही है। रशियन स्नो हॉकी खेल रहे हैं। और वह उन्हें खेलता हुआ देख रहा है। कुछ देर के बाद जब वह

इस दुनिया में वापस आया है तो पा रहा है कि उसके साथी खिलाड़ी लड़के उस पर बुरी तरह चिल्ला रहे हैं, क्योंकि सोचने के चक्कर में उसने एक आसान-सा कैच छोड़ दिया है। लड़के उसे गधा, बेहोश और ना जाने क्या-क्या कह रहे हैं। एक लड़का उससे पूछ रहा है कि वह क्या कर रहा था। ''सोच रहा था'' यह कहकर वह खेल के मैदान से जा रहा है कभी लौटकर ना आने के लिए।

इन दिनों उसने अपने एकान्त प्रिय स्वभाव के लिए घूमने-फिरने की एक नयी जगह ढूँढ़ रखी है। कमिश्नर के बँगले के पीछेवाला जंगल। जंगल कटहल, बेल, महुआ और अमरुद के पेड़ों से भरा है। जंगल में दिन भर सन्नाटा पसरा रहता है। सन्नाटा भी इतना कि चलने पर पैरों के नीचे दबी सूखी पत्तियों की आवाज भी सुनी जा सकती है। इस जंगल में किसी को भी आने की इजाजत नहीं है, क्योंकि कमिश्नर भी उसकी तरह बेहद शान्तिप्रिय है। लेकिन बँगले के गेट पर पहरा देते सन्तरियों की नजर बचाकर अकसर शाम को वह जंगल में आ जाता है। कभी कभार ड्यूटी पर तैनात सन्तरी उसे देख भी लेते हैं लेकिन वह उसे जंगल में जाने से नहीं रोकते हैं। क्योंकि वह शोर नहीं मचाता है। चुपचाप किसी पेड़ के नीचे बैठकर जंगल को देखता रहता है। जंगल में अकसर उसे गिलहरी, खरगोश या कोई विचित्र चिड़िया (जो सिर्फ जंगलों में रहती है) दिखाई दे जाती है। गिलहरियाँ उसे सबसे ज्यादा प्रिय हैं। उनकी चाल बेहद फुर्तीली है और पेड़ों से बिना डरे कूदने का उनका जज्बा उसे सबसे ज्यादा पसन्द है। उसने अकसर गिलहरियों को गड्ढा खोदते देखा है। वह अकसर सोचता है कि वे ऐसा क्यूँ करती हैं? शायद कुछ छुपाने के लिए या शायद उन्हें गड्ढा खोदने में मजा आता है।

कभी-कभार वह अपने साथ पेंसिल, ड्राइंग बुक, वाटर कलर भी लेकर आता है और कुछ बनाने की कोशिश करता है। एक दो सन्तरियों के साथ उसकी दोस्ती भी हो गया है। वह अकसर उसे देखकर मुस्करा देते हैं। आज एक सन्तरी उसे जंगल के भीतर ना जाने के लिए कह रहा है। पूछने पर वह बता रहा है कि कल रात एक बड़ा-सा साँप कमिश्नर साहब के बँगले में घुसने की कोशिश कर रहा था जिसे गार्ड्स ने मार दिया। दूसरा सन्तरी कह रहा है कि जब भी साँप मारा जाता है तब नागिन बदला लेने की कोशिश जरूर करती है। आज जंगल में जाना खतरनाक हो सकता है। लेकिन सन्तरी की ये चेतावनी भी उसे डरा नहीं पा रही है क्योंकि वह जानता है कि जब उसने साँप को मारा ही नहीं है तो नागिन भला उसे क्यों डसेगी? वह तो सिर्फ एक बच्चा है प्रकृति और जानवरों से प्रेम करनेवाला।

उसके पसन्दीदा विषय है इतिहास और अँग्रेज़ी। इतिहास की किताब उसे कहानियों की किताब लगती है। सम्राटों की कहानियाँ, विश्वयुद्ध की कहानियाँ वगैरह... लेकिन उसे सबसे अधिक प्रिय है भारत के स्वतन्त्रता संघर्ष की कहानियाँ,

जिसे पढ़कर वह रोमांचित हो जाता है। वह अकसर सोचता है कि काले पानी की जेल कैसी होगी? क्या वह काले पानी से घिरी होगी? हाँ, तभी तो उसे काले पानी की जेल कहते हैं। इतिहास में उसके पसन्दीदा चरित्र हैं, गाँधी जी। इतिहास की किताब में उसने चरखा काटते, छड़ी लेकर चलते दुबले पतले गाँधी जी को देखा है। गाँधी जी कि सादगी उसे मन्त्रमुग्ध कर देती है। वह अकसर सोचता है कि गाँधी जी जैसा साधारण व्यक्ति भला अँग्रेजों को देश से कैसे निकाल सकता है?

उसका दूसरा प्रिय विषय है, अँग्रेज़ी। अँग्रेज़ी उसे इतना प्रिय है कि वह अँग्रेज़ी छोड़कर और कुछ पढ़ना ही नहीं चाहता है। उसे लगता है कि अँग्रेज़ी बोलने से एक रौब पैदा होता है। आज ज़िन्दगी का एक झकझोर देनेवाला बेहद कड़वा सच उस पर उजागर हुआ है। आज उसे पता चला है कि वह हिन्दी मीडियम से पढ़ रहा है। उसके इस स्कूल में सिर्फ अँग्रेज़ी ही अँग्रेज़ी में पढ़ाई जाती है और बाकी सारे विषय हिन्दी में। जब कि अँग्रेज़ी मीडियम स्कूल में हिन्दी को छोड़कर बाकि सारे विषय अँग्रेज़ी में ही पढ़ाए जाते हैं। अँग्रेज़ी मीडियम स्कूल में पढ़नेवाले बच्चे टाई लगाकर स्कूल जाते हैं और जाड़ो में ब्लेजर पहनते हैं। उनके जूते हमेशा चमकते रहते हैं, स्कूल से लौटने पर भी। आज इस सच से सामना होते ही उसका मन हीनता की भावना से भर उठा है। कॉलोनी में रहनेवाला उसका इकलौता दोस्त अजीत अँग्रेज़ी मीडियम से पढ़ रहा है। अजीत अकसर उसे अपने अँग्रेज़ी मीडियम स्कूल के क़िस्से सुनाता है। वह बताता है कि उसके स्कूल में हिन्दी बोलने की सख्त मनाही है। फादर फ्रांसिस बच्चों को हिन्दी में बोलने पर बेदर्दी से मारते हैं। अँग्रेज़ी में बोलने के लिए उन्हें अँग्रेज़ी में ही सोचना भी पड़ता है। अँग्रेज़ी में सोचना, अँग्रेज़ी में बोलना, खेलकूद में अँग्रेज़ी, पढ़ाई में अँग्रेज़ी यानी हर तरफ अँग्रेज़ी ही अँग्रेज़ी छाई रहती है।

अजीत जोड़ को सम कहता है और हिन्दी में सम होता है विषम का उल्टा। यह सोचकर उसका दिमाग गड्मगड् हो जाता है। अजीत कहता है कि वह कन्फ्यूज हो गया है। कन्फ्यूज! ऐसा भारी भरकम अँग्रेज़ी शब्द वह जीवन में पहली बार सुन रहा है। वह अजीत से पूछ रहा है कि वह कन्फ्यूज कैसे हो गया है? मतलब कन्फ्यूज होने पर क्या होता है? अँग्रेज़ी मीडियम स्कूल में अँग्रेज़ी के शब्दों के अर्थ भी अँग्रेज़ी में ही बताए जाते हैं। यानी हिन्दी की कोई गुंजाइश ही नहीं होती है। कुछ क्षण सोचकर अजीत कह रहा है कि कोई कन्फ्यूज तब हो जाता है, जब वह डिसाइड नहीं कर पाता है। डिसाइड यह शब्द सुनकर वह और भी कन्फ्यूज हो गया है। ऐसे वाकये रोज ही होते रहते हैं। आज अजीत उसे बता रहा है कि डिक्शनरी नाम की किताब में हर अँग्रेज़ी शब्द का अर्थ हिन्दी में दिया होता है, जिसकी मदद से वह अँग्रेज़ी सीख सकता है।

“डिक्शनरी में कितने शब्द होंगे?” वह अजीत से पूछ रहा है।

“सारे, जितने भी दुनिया में हो सकते हैं” अजीत कह रहा है। तो क्या वह डिक्शनरी की मदद से अँग्रेज़ी सीख सकता है? उसने पिताजी की आलमारी में मोटी लाल जिल्दवाली डिक्शनरी देखी तो है। तो क्या वह पिताजी से डिक्शनरी माँगेगा? क्या पिताजी उसे डिक्शनरी देंगे? वह क्या सोचेंगे? उसे पिताजी पर ग़ुस्सा आ रहा है कि उन्होंने उसे क्यूँ हिन्दी मीडियम स्कूल में डाल दिया? वह तो अँग्रेज़ी मीडियम स्कूल में पढ़ना चाहता था। फिर उससे क्यूँ नहीं पूछा गया? उसके साथ इतना बड़ा विश्वासघात क्यूँ किया गया? अजीत जा चुका है। उसकी आँखें सजल है। उसके जीवन का तो जैसे उद्देश्य ही विफल हो गया है। कुछ देर सोचकर वह एक तर्क पर पहुँचा है कि उसे हिन्दी मीडियम में शायद इसलिए डाला गया था क्यूँकि उसे दूसरे भाई बहन भी हिन्दी मीडियम से ही पढ़ रहे हैं। उसकी अनपढ़ माँ को अँग्रेज़ी का बिल्कुल भी ज्ञान नहीं है ऐसे में अगर वह अँग्रेज़ी में बोलेगा, तो उसकी बात भला कौन समझ पाएगा? उसके पिताजी एक लेखक हैं और वह हिन्दी में ही लिखते हैं। उसे जवाब तो मिल गया है लेकिन वह खुद अपने इस तर्क से सन्तुष्ट नहीं है। तब क्या वह पिताजी से कहेगा कि अगले साल हिन्दी मीडियम स्कूल से उसका नाम कटवाकर अजीत के अँग्रेज़ी स्कूल में लिखवा दिया जाय। लेकिन उसे अपने इस स्कूल से कितना लगाव है। उसे उसके ये प्यारे प्यारे दोस्त अँग्रेज़ी मीडियम स्कूल में कहाँ मिलेंगे? और अगर वह ये बात पिताजी से कहेगा तो शायद उन्हे भी अपनी गलती पर पछतावा होगा। शायद उन्हें अपने निर्णय पर दुख भी हो। वह पिताजी को दुख नहीं देना चाहता है। वह मन ही मन निश्चय कर रहा है कि वह अँग्रेज़ी सिखेगा। यह मुश्किल जरूर होगा पर असम्भव नहीं। अंग्रेजी मीडियम को लेकर उसकी हीनता की ये भावना तब तक ख़त्म नही हुई, जब तक उसने इंटर स्कूल डिबेट कम्प्टीशन में अँग्रेज़ी मीडियम के एक लड़के को हराकर प्रथम पुरस्कार नहीं जीत लिया। आगे चलकर मैथलीशरण गुप्त, रामधारी सिंह दिनकर, सुमित्रानन्दन पन्त आदि की कविताएँ पढ़कर उसके मन में मातृभाषा के लिए ना सिर्फ गहरा सम्मान पैदा हुआ बल्कि बचपन से उसके हृदय में चला आ रहा रोष भी निकल गया। आगे चलकर उसे प्रेमचन्द भी उतने ही प्रिय हुए जितना कि शेक्सपियर।

6

तेरह कमरों के इस बड़े से घर में उसकी पसन्दीदा जगह है पिताजी का ऑफिस। घर का ये सबसे बड़ा कमरा है। इस कमरे में बच्चों को आने की सख्त मनाही है।

लेकिन अकसर वह पिताजी के कोर्ट चले जाने के बाद इस कमरे में आ जाता है। बड़ी-बड़ी बुक शेल्फ में सिर्फ किताबें भरी रहती है। वह अकसर इन किताबों के नाम पढ़ लेता है, दास कैपिटल, कम्युनिस्ट मैनिफेस्टो, गीताजंली, गोरा, आनन्दमठ, मधुशाला, बीजक, कीरो और न जाने क्या-क्या?

स्टडी टेबल पर ऐश ट्रे पड़ी रहती है जो हमेशा राख से भरी रहती है। स्टडी टेबल पर और भी कई चीजें पड़ी रहती हैं। रंगीन पेपर वेट, कई तरह के सुन्दर पेन, कई तरह के चश्मे। मोटे फ्रेम वाले चश्मे, पतले काले फ्रेम वाले चश्मे, सुनहरे गोल्डन फ्रेम वाले चश्मे, जमीन जायदाद के नक्शे। कोने में पड़ा चाँदी का पीकदान, दीवार पर लकड़ी के फ्रेम में मढ़ी पिताजी की डिग्रियाँ। एक कोने में पड़ी आरामकुर्सी और मुवाक्किलों के बैठने के लिए एक बड़ी-सी कांली बेंच। उसके पिताजी शहर के जाने माने वकील हैं। उन्हे उर्दू, फारसी और संस्कृत की भी अच्छी जानकारी है। ज्योतिष में उनकी विशेष रुचि है। छुट्टी के दिन अकसर लोग उन्हे हाथ दिखाने, जन्मपत्रिका बनवाने, शादी के लिए कुंडली मिलान करवाने आते हैं। पिताजी इन कामों की कोई फीस नहीं लेते हैं। अगर कोई फीस देना भी चाहे तो वह मना कर देते हैं। अकसर उसने उन्हें कहते सुना है कि मेरा पेशा वकालत है, ये सब तो मै यूँ ही शौकिया करता हूँ। केस लड़ूँगा तो फीस लूँगा, लेकिन हाथ देखने, कुंडली बनाने की फीस नहीं लूँगा। पिताजी गम्भीर स्वभाव के हैं। वे अकारण नहीं बोलते हैं। सम्पत पिताजी का ख़ास नौकर है। सम्पत का काम है सुबह आठ बजे घर आना। पिताजी को नाश्ता कराना। कोर्ट ले जानेवाले बक्से में उनकी किताबें, फाइलें, नक्शे, स्टेशनरी, स्टैम्प, वगैरह डालना, गाड़ी चलाकर पिताजी को कोर्ट ले जाना। दिनभर उनके साथ रहना। शाम को पिताजी के साथ शाक-सब्जी फल वगैरह लेकर घर आना और शाम को घर वालों को दिन-भर कोर्ट में हुए मनोरंजक किस्से सुनाना। जैसे आज किस केस की सुनवायी थी? पिताजी की जिरह कैसी हुई? जज ने क्या फैसला सुनाया वगैरह-वगैरह। उसकी बहनें कहती हैं कि सम्पत अकसर ये क़िस्से (अकसर काल्पनिक और बेहद लम्बे) इसलिए सुनाता है कि तब तक खाना बन जाए और वह खाना खाकर अपने कमरे में चला जाये, ताकि घर जाकर उसे खाना बनाने की मेहनत ना करनी पड़े। सम्पत शहर में अकेला रहता है। उसकी पत्नी ओर बच्चे गाँव में रहते हैं। सम्पत साये की तरह पिताजी के साथ रहता है। वह पिताजी के बारे में सब कुछ जानता है। वह सब कुछ भी जो उसकी माँ तक नहीं जानती है।

वैसे तो पिताजी के कई दोस्त हैं लेकिन उनके सबसे करीबी दोस्त हैं, जगदीश बाबू यानी बाबू जगदीश सिंह। वह जगदीश बाबू के बारे में जो कुछ भी जाना है उसने अपनी माँ और बहनों से सुना है। जैसे कि जगदीश बाबू पिताजी के बचपन के दोस्त हैं। दोनों ने वकालत की पढ़ाई भी एक साथ ही की है। जगदीश

बाबू अपने माँ-बाप की इकलौती सन्तान है। उसके पास जमीन जायदाद इतनी है कि सात पुश्ते भी खाए तो ख़त्म न हो। जगदीश बाबू के पास सब कुछ है। शहर के बीचों बीच एक बड़ी-सी कोठी जो लाल कोठी के नाम से मशहूर है, खेतीबाड़ी, छावनी, गाड़ी घोड़े नौकर चाकर। इतना सब कुछ होते हुए भी जगदीश बाबू शौकिया वकालत करते हैं। वह एक क्रीमिनल लायर हैं। जगदीश बाबू की पत्नी टीबी की बीमारी से मर गयी थीं और फिर उन्होंने दूसरी शादी नहीं की।

जगदीश बाबू के दो बच्चे हैं। एक लड़का पहाड़ी। (वह बेहद गोरा है, उसका कद नाटा है और उसकी आँखें भूरी होने के कारण उसका नाम पहाड़ी पड़ गया था।) और एक लड़की चित्रा। माँ की मौत का असर चित्रा के दिमाग पर पड़ गया और वह पागल हो गयी है। वह अकसर सामान्य रहती है पर कभी-कभी उसे पागलपन के दौरे पड़ते हैं। जगदीश बाबू उसके इलाज में लाखों रुपये खर्च कर चुके हैं लेकिन फिर भी चित्रा को कोई फायदा नहीं हुआ। अकसर जगदीश बाबू का नौकर चित्रा को उनके घर छोड़ देता है। चित्रा दिन भर खेलती है और शाम को अपने घर जाने के नाम पर रोने लगती है। उसे अपने भाई बहनों से पता चला है कि जगदीश बाबू खूब शराब पीते हैं और पिताजी की शराब पीने की लत के लिए भी वही जिम्मेदार हैं। उसे तो जगदीश बाबू फ़िल्म के किसी विलेन की तरह लगते हैं। उनकी आँखे हमेशा लाल रहती है। उनके गले में रुद्राक्ष की मोटी माला लटकती रहती है। वह अँगुलियों में सोने की मोटी-मोटी अँगुठियाँ पहनते हैं। उनके होंठ हमेशा पान की पीक से सने रहते हैं और शरीर से तेज इत्र महकता रहता है। जगदीश बाबू जिस जगह पर थोड़ी देर भी खड़े हो जाते हैं वह जगह घंटों महकती रहती है। अकसर घर के दरवाजे पर आकर जगदीश बाबू जोर से चिल्लाते हैं "अमा यार पंडत कहाँ घुसे पड़े हो?" जगदीश बाबू जब भी घर आते हैं तो बच्चों के खाने के लिए कुछ ना कुछ जरूर लेकर आते हैं। बालूशाही, इमरती, लाल मोहन वगैरह। पिताजी अकसर कोर्ट से ही जगदीश बाबू के घर चले जाते हैं और देर रात पीकर लौटते हैं। कभी-कभार जगदीश बाबू खुद उन्हें अपनी गाड़ी से छोड़ने आते हैं। अकसर वह तब तक सो जाता है लेकिन उसके कमरे से लगी गैलरी में जैसे ही शराब की तीखी गन्ध फैलती है उसकी आँख खुल जाती है। अकसर जब पिताजी पीकर आते हैं तो बिना खाने खाए ही सो जाते हैं। कभी-कभार किसी छोटी-मोटी बात पर माँ से कहा-सुनी भी हो जाती है लेकिन सुबह तक सब सामान्य हो जाता है। पिताजी कोर्ट चले जाते हैं और बच्चे स्कूल। माँ घर पर ही रहती है और सबके लौटने का इन्तज़ार करती है।

7

आज स्कूल में निबन्ध प्रतियोगिता है। विषय है ''आप सुबह उठकर क्या करते हैं''। निबन्ध कम से कम दो सौ शब्दों का होना चाहिए। वह निबन्ध लिख रहा है धीरे-धीरे सोचकर। उसने निबन्ध में ऐसा बहुत कुछ मिला दिया है, जो सच नहीं है। जैसे कि वह सुबह उठकर माँ और पिताजी के पैर छूता है। खुद नाश्ता करने के पहले वह गाय को रोटी खिलाता है। अपने जूते खुद पालिश करता है वगैरह वगैरह। सच ये है कि इनमें से अधिकांश चीजें वह नहीं करता है। लेकिन ये कोरा झूठ भी नहीं है। दरअसल उसने सच में झूठ मिला दिया है और उसका झूठ काम कर गया। वह निबन्ध प्रतियेगिता जीत गया है। वह इतना छोटा है कि न तो उसे झूठ बोलने की अनैतिकता का अहसास है ना ही पकड़े जाने का डर। उसे जीवन में पहली बार पुरस्कार मिला है। पंचतन्त्र की कहानियों की किताब। बाल साहित्य से ये उसका पहला परिचय है। तीन दिन में ही उसने पूरी किताब पढ़ डाली है। वह एक कहानी ख़त्म करते ही दूसरी कहानी पढ़ना शुरू कर देता है। कुछ कहानियों के नाम आज तक उसके जेहन में है। घमंड़ी का सर नीचा, जैसे को तैसा, रंगा सियार, मेढक और साँप की मित्रता वगैरह। इन कहानियों ने उसके बालमन पर गहरा प्रभाव छोड़ा है। साहित्य से परिचय होने के बाद ही उसने जाना है कि पूरी पृथ्वी पर मनुष्य ही वह एक मात्र प्राणी है, जिसमें कहानी रचने और कहने की अद्भुत क्षमता है। अगर ये जानना हो कि मनुष्य कैसा था तो आदि काल से चली आ रही इन कहानियों के जरिए ही जाना जा सकता है।

वक़्त बीत रहा है। वह हर दिन बड़ा हो रहा है। गर्मी की छुट्टियाँ चल रही हैं। आज छत पर फ़िल्म देखने का प्रोग्राम है। फ़िल्म दिखाने का यह कार्यक्रम पिताजी के दोस्त पांडे चाचा के सौजन्य से हो रहा है। पांडे चाचा शहर के दो सिनेमाघरों के मालिक हैं। हर साल गर्मी की छुट्टियों में वह बच्चों के प्रोजेक्टर पर फ़िल्म देखने का इन्तजाम कर देते हैं। वह अपनी बहन साहित्या से पूछ रहा है कि आज कौन सी पिक्चर दिखाई जाएगी? साहित्या उसे बता रही है कि आज की पिक्चर है ''समाधि''। रात हो चुकी है। चाँदनी रात है, हल्की-हल्की हवा चल रही है। सफेद पर्दा हवा से हिल रहा है। मुहल्ले के कुछ परीचित लोग भी फ़िल्म देखने आ गये हैं। परिवार के सभी सदस्य अपनी अपनी कुर्सियाँ, मोढ़े, स्टूल वगैरह लेकर आ गये हैं। सबसे आगे फर्स्ट क्लास है नौकरों के बैठने के लिए इसलिए दरी बिछी है। उसके बाद औरतों और बच्चों के बैठने के लिए सेकेंड क्लास है। सबसे पीछे पिताजी और पांडे चाचा लकड़ी की तख्त पर लेटे हैं। पांडे चाचा सिगरेट पी रहे हैं और पिताजी से बात कर रहे हैं। इंजन ने इंटरवल के लिए नमकीन का पैकेट और

बेल का शरबत पहले ही तैयार कर लिया है। फ़िल्म शुरू हो गयी है। 'समाधि' एक बुरे इंसान के एक अच्छे इंसान में तब्दील होने की कहानी है। फ़िल्म में धर्मेन्द्र हैं डाकू लखन सिंह के रोल में। वह पर्दे पर डाकुओं को घोड़ा दौड़ाते देख रहा है। उसे बड़ा मजा आ रहा है लेकिन उसे नींद भी आ रही है। अब सीन चल रहा है कि डाकू लखन सिंह चम्पा का इलाज करवाने के लिए पाँच हज़ार रुपये का इन्तजाम करने जाता है। नींद के एक झोके ने उसे गिराकर सुला दिया है। सुबह उठने पर साहित्या उसे अधूरी देखी फ़िल्म की कहानी सुना रही है। वह साहित्या की फ़िल्मी कहानियाँ सुनाने की कला का सबसे बड़ा प्रशंसक है। वह कहानियाँ कुछ इस तरह सुनाती है कि आँखों के सामने चित्र चलने लगते हैं। ये अलग बात है कि वह कहानियों में काफ़ी कुछ अपनी तरफ से भी जोड़ देती है, जो वास्तविक कहानी में नहीं होता है। उसे अत्याधिक मनोरंजक बनाने के लिए।

ज़िन्दगी के सत्य धीरे-धीरे उसके सामने आने लगे हैं। कड़वे सच, अधूरे सच। बचपन की कोरी स्लेट पर ज़िन्दगी रोज कुछ नया लिख रही है, जो उसके बालमन को समझ में नहीं आ रहा है। आज उसने पिताजी के स्टडी टेबल पर उसकी पहली माँ की फोटो देखी है। उसकी माँ से पिताजी का ये दूसरा विवाह है। उसने सुना है कि उसकी पहली माँ की मौत कैंसर से हो गयी थी। कैंसर। इस बीमारी के विषय में वह कुछ भी नहीं जानता है। कैंसर क्यों होता है? कैंसर होने के क्या लक्षण हैं? उसे कुछ भी नहीं मालूम है। लेकिन घर के सभी सदस्य माँ पिताजी उसके भाई बहन सब कैंसर से डरते हैं। उसने सुना है कि कैंसर रोगी की जान लेकर ही छोड़ता है। वह अपनी पहली माँ की फोटो देख रहा है। बड़ा-सा शान्त चेहरा, माथे पर छोटी-सी बिन्दी, पतले सुन्दर होंठ। वह सोच रहा है कि पिताजी अब भी उसकी पहली माँ से कितना प्यार करते हैं कि हर रोज सुबह उठकर वह सबसे पहले उनकी फोटो देखते हैं। तब क्या पिताजी उसकी माँ से प्यार नहीं करते हैं। अगर पिताजी उसकी माँ से प्यार करते हैं तो यहाँ उसकी माँ की फोटो क्यों नहीं है? तब उन्होंने उसकी माँ से शादी क्यों की? उसकी पहली माँ के बच्चों को पालने के लिए? क्या उनके लिए उसकी पहली माँ ही सब कुछ है और उसकी माँ कुछ भी नहीं? वह तेजी से आगे बढ़ते अपने विचारों को मोड़ रहा है। उसके दिमाग में एक तर्क उठ रहा है कि पिताजी ने मेज पर उसकी पहली माँ की फोटो शायद इसलिए रखी है क्योंकि वह अब इस दुनिया में नहीं हैं। पिताजी उन्हें देख नहीं सकते हैं। और उसकी माँ तो जीवित है और पिताजी की आँखों के सामने ही रहती है शायद इसीलिए पिताजी ने उनका फोटो नहीं रखा है। उसे जवाब तो मिल गया है लेकिन वह अपने जवाब से सन्तुष्ट नहीं है। ये सवाल उसकी ज़िन्दगी का सबसे महत्वपूर्ण सवाल है। एक ऐसा सवाल जो शायद हमेशा सवाल ही रहेगा? अनुत्तरित।

8

हर साल की तरह इस साल भी पंडा बाबा घर आए हैं। वह पंडा बाबा का वास्तविक नाम नहीं जानता है। पंडा बाबा उसके परिवार के धार्मिक गुरु हैं। इस देश के कई और परिवार उनके जजमान हैं। उनके खानदान के सारे धार्मिक कार्य मुंडन, जनेऊ, शादी–संस्कार आदि सब कुछ उनकी देख–रेख में ही होता है। पंडा बाबा वर्ष भर घूमते रहते हैं। काशी, मथुरा, वृंदावन और अकसर हिमालय पर। वर्ष में एक बार जब वह घर आते हैं, तब अपने साथ बोतल में भरकर गंगा जल और प्रसाद लाते हैं। तब पूरा परिवार एक साथ बैठकर सबकी शान्ति और समृद्धि के लिए संकल्प करता है।

पंडा बाबा उसे बड़े असाधारण जीव लगते हैं। तन पर सफेद धोती और छोटा–सा कुर्ता, पैरों में खड़ाऊँ। अपूर्व शान्ति से युक्त सदा मन्द–मन्द मुस्कराता चेहरा, औरतों की तरह पतली–सी नाक, छोटी–छोटी–सी भूरी आँखें। दया और आत्मज्ञान पंडा बाबा के चेहरे पर इतना स्पष्ट झलकता है, जैसे वे सांस्कारिक मोह–माया से कोसों दूर हों।

माँ बताती हैं कि उसकी पहली माँ की मृत्यु के बाद जब उसके पिताजी सब कुछ छोड़कर कहीं दूर चले जाना चाहते थे, वैराग्य ले लेना चाहते थे। तब ये पंडा बाबा ही थे, जिन्होंने समझा–बुझाकर उन्हें दूसरा विवाह करने के लिए राजी कर लिया था और यह परिवार उजड़ने से बच गया था। पंडा बाबा ने स्वयं विवाह नहीं है। उनके परिवार में कोई नहीं है, सिवाय उनके एक दूर के रिश्ते के भाई के, जो बनारस के सम्पूर्णानन्द संस्कृत महाविद्यालय में अध्यापक हैं। पिताजी पंडा बाबा से बातें कर रहे हैं। माँ रसोई में उनके लिए तरह–तरह के पकवान बना रही हैं। घर में हर तरफ हलचल है।

आज सुबह पंडा बाबा जा रहे हैं। पूरा परिवार उन्हें छोड़ने सड़क तक आया है। सभी उनका पैर छू रहे हैं। वह पंडा बाबा को जाते हुए देख रहा है। वक़्त बीत रहा है।

पिताजी किसी जरूरी मुकद्दमे के सिलसिले में शहर से बाहर जा रहे हैं। पिताजी उसे लेकर पूरन मास्टर दर्जी के यहाँ जा रहे हैं। पूरन मास्टर सालो से पिताजी के कपड़े सिल रहे हैं। पूरन मास्टर की दुकान शहर के बीचों–बीच एक घनी मुस्लिम आबादीवाले इलाके में है। दुकान पहली मंजिल पर है। ऊपर चढ़ने के लिए एक पतली सीढ़ी है। सीढ़ी इतनी पतली है कि दो लोग एक साथ चढ़ उतर नहीं सकते हैं। वह पिताजी की उंगुली पकड़कर धीरे–धीरे ऊपर सीढ़ियाँ चढ़ रहा है। दुकान के ठीक सामने घंटा घर है। पूरन मास्टर बूढ़े हैं और ज्यादातर बातों का जवाब हँसकर ही देते हैं। पिताजी के कपड़े सिल कर तैयार है। शर्ट पैंट और कोट। पिताजी ने अपने कपड़े ले लिए हैं। अब वह और पिताजी उन्ही पतली सीढ़ियों से नीचे उतर रहे हैं।

घर पर माँ ने पिताजी का सब सामान तैयार कर रखा है। एक सूटकेस में कपड़े रख दिये गये हैं। एक छोटे बैग में ब्रश, टूथपेस्ट, कन्धा, तौलिया और शेविंग का सामान रखा है। सम्पत ने कोर्ट के सामान के लिए एक अलग बक्सा तैयारी कर लिया है। शाम गहरी हो रही है। पिताजी ने उसे बुलाया है। वह अपनी आरामकुर्सी पर बैठे हैं। वह पिताजी के माथे पर एक अजीब सी चिन्ता देख रहा है। पिताजी उसे अपनी गोद में बिठाकर बड़े प्यार से उसके बालों मे अपनी उँगलियाँ फेर रहे हैं। एक दो बार उन्होंने उसका माथा भी चूमा है। पिताजी के शरीर से शराब की हल्की बू आ रही है। पिताजी धीमी आवाज में उससे कुछ कह रहे हैं जो उसे समझ में नहीं आ रहा है। आज सालो बाद भी तमाम कोशिशों के बावजूद उस रोज उसे पिताजी की कही कोई बात याद नहीं आती है, कुछ भी नहीं। एक शब्द भी नहीं।

सुबह उठने पर उस पता चला है कि पिताजी जा चुके हैं। घर में सुबह से सन्नाटा है। इस एक पूरे हफ्ते में कुछ भी ख़ास नहीं हुआ है। सिवाय इसके जो आमतौर पर होता है कि पिताजी के घर में ना रहने से घर के सदस्यों के अनुशासन में कमी आ जाती है। क्योंकि उन्हें बोलने और डाँटने के लिए कोई नहीं होता है।। एक हफ्ता बीत चुका है। वह हर दिन माँ की आँखों में पिताजी के लिए इन्तजार देख रहा है। सम्पत वापस आ गया है। कुछ जरूरी कागजात लेने। वह माँ को बता रहा है कि केस की तारीख एक और हफ्ते के लिए बढ़ गयी है और पिताजी अगले हफ्ते ही लौट पाएँगे।

आज सुबह आँख खुलने पर उसे पता चला है कि कल रात पिताजी घर वापस आ गये हैं। वह पिताजी की एक झलक देखने के लिए ऑफिस की ओर बढ़ रहा है। पिताजी अपनी आरामकुर्सी पर बैठे हैं और अखबार पढ़ रहे हैं। पहली बार पिताजी उसे बूढ़े लग रहे हैं। उनकी दाढ़ी बढ़ी हुई है और दाढ़ी के कई बाल पककर सफेद हो गये हैं। उनकी आँखों के किनारे काले गड्ढे पड़ गये हैं। वह बेहद दुबले और कमजोर लग रहे हैं। शाम को जब वह कमिश्नर के पीछेवाले जंगल से लौटकर आ रहा है तो सम्पत को माँ से कहता सुन रहा है कि "बाबू केस हार गये"। ये पिताजी के कैरियर की पहली हार थी और शायद आखिरी भी।

उसे पीलिया हुआ है उसने इस बीमारी का अँग्रेज़ी नाम भी डिक्शनरी में ढूँढ़ लिया है। जॉनडीस। उसका शरीर आँखें और नाखून पीले पड़ गये हैं। वह खुद अपने चेहरे को आइने में देखकर डर जाता है। डॉक्टर ने उसे ठीक होने तक स्कूल जाने के लिए मना किया है। वह दिन भर बिस्तर पर लेटा रहता है। बिस्तर से उठते ही उसे कमजोरी लगने लगती है और चक्कर आने लगता है। अलग-अलग वक़्त पर उसे अलग-अलग दवाएँ दी जाती है। कभी-कभी खाना खाते ही उसे उल्टी हो जाती है और भीतर से कुछ पीला-सा पदार्थ निकलता है जिसकी दुर्गंध उसे बेचैन

कर जाती है। बिस्तर पर पड़े–पड़े वह किताबें पढ़ता रहता है। उसने घर में पड़ी तमाम किताबें चम्पक, नन्दन, मधुमुस्कान, सुमन सौरभ वगैरह पढ़ ली है। आजकल वह सबकी नजरों से बचकर पिताजी की आलमारी से निकालकर सत्यकथा, मनोहर कहानियाँ और जासूसी नावेल पढ़ने लगा है। चोरी, डकैती, लूटपात, मर्डर की घटनाओं से भरी ये किताबें उसे दूसरी दुनिया में ले जाती हैं। वह दुनिया जहाँ बुरे लोग रहते हैं और बुरे काम करते हैं। अंजाम की परवाह किए बिना। आखिरकार एक रोज उन्हें पुलिस पकड़ लेती है और तब बनती है एक कहानी और छपती है इन किताबों में। वह अकसर किताब की ऐसी लाइनों पर अटक जाता है जैसे उसने उसे वासना भरी नजरों से देखा। वहाँ खून से लथपथ एक लाश पड़ी थी। उसके शरीर से देशी शराब की गन्ध आ रही थी। आज पिताजी ने उसे सत्यकथा पढ़ते हुए पकड़ लिया है। उसे डाँट पड़ी है और उसे सिर्फ अपने स्तर की किताबें पढ़ने का निर्देश मिला है।

आज एक महीने से ज्यादा हो चुके हैं और उसकी बीमारी ठीक होने का नाम ही नहीं ले रही है। जीवन में पहली बार उसे मौत का डर सता रहा है। पीलिया उसे कैंसर की तरह भयावह लग रहा है। उसे लग रहा हे कि वह धीरे–धीरे मौत की तरफ बढ़ रहा है। वह कुछ भी सोचता है लेकिन उसकी सोच घूम फिरकर मौत पर आकर रुक जाती है। वह सोच रहा है कि मौत कितनी क्रूर होगी जो उसके जैसे छोटे बच्चे को भी नहीं छोड़ेगी। जब मौत पास होती है तो हम जीवन से प्यार करने लगते हैं। जीवन की कद्र करने लगते हैं। वह जीवन जो अकसर व्यर्थ जा रहा होता है। आज वह आँगन में लेटे–लेटे सपना देख रहा है कि वह मर गया है और उसकी मौत की खबर स्कूल पहुँच गयी है। स्कूल एक दिन के लिए बन्द रखा गया है। स्कूल खुलने पर उसके दोस्त उसका जिक्र पास्ट टेंस में कर रहे हैं। वह सपना देख रहा है और सपने के भीतर खुद अपनी मौत पर रो भी रहा है। रोते–रोते उसकी आँख खुल गयी है। वह खुद को आँगन में बिस्तर पर लेटा पा रहा है। घर में सब कुछ सामान्य पाकर वह बेहद खुश हो गया है। वह भीतर कमरे में जाकर अपनी बहन साहित्या को इस डरावने सपने के बारे में बता रहा है।

आज लगभग डेढ़ महीने बाद उसका जॉनडीस ठीक हो चुका है। हालाँकि शरीर में कमजोरी अभी भी है लेकिन डॉक्टर ने कहा है कि वह स्कूल जा सकता है। आज रविवार है। अजीत उसका हालचाल पूछने आया है। माँ ने अजीत को खाने के लिए गाजर का हलवा दिया है। वह हलवा नहीं खा सकता है। वह अजीत को हलवा खाता देखकर खुश है। अजीत उसे अपने अँग्रज़ी मीडियम स्कूल के तौर–तरीके सीखा रहा है। अजीत कह रहा है कि उसे हमेशा प्लीज और थैंक्यू बोलना चाहिए और यदि कोई उसे थैंक्यू कहे तो उसे वेलकम कहना चाहिए। उसे खाँसते समय मुँह पर हाथ या रूमाल जरूर रखना चाहिए। पढ़ने की डेस्क पर अपनी कोहनी नहीं कभी

रखनी चाहिए वगैरह... वगैरह। अजीत उससे कह रहा है कि जब वह अँग्रेज़ी में पक्का हो जाएगा तो वह दोनों अँग्रेज़ी में बात करेंगे। अजीत उसके पढ़ने के लिए एक किताब लाया है। 'एलीस इन वंडर लैंड'। अजीत जा चुका है। आज डेढ़ महीने बाद वह कमिश्नर के बँगले के पीछेवाले जंगल में गया है। वह ये देखकर खुश है कि सब कुछ वैसा ही है जैसा डेढ़ महीने पहले था। ड्यूटी पर तैनात सन्तरी उससे पूछ रहा है कि वह इतने दिन कहाँ था? 'बीमार था' यह कहकर वह आगे बढ़ गया है। आज का दिन उसके लिए बहुत यादगार है। वह चलते चलते सोच रहा है कि अगर वह जॉनडीस की बीमारी के चलते मर गया होता तो क्या होता? ज़िन्दा रहना कितनी खुशी की बात है। शायद ये पहली बार है कि वह अपने बारे में सोच रहा है। उसके दिल में बड़े विचित्र विचार आ रहे हैं। जैसे मैं कौन हूँ? मैं इस दुनिया में क्या करने आया हूँ? मेरे भाग्य में क्या लिखा है? शायद वह कुछ करने के लिए पैदा हुआ है? इसीलिए तो वह जॉनडीस की जानलेवा बीमारी से बच गया। हल्की-हल्की बूँदाबाँदी हो रही हैं। तेज हवा चल रही है। आज चीजें उसे अत्याधिक प्यारी और स्पष्ट दिख रही है। फूल पर रेंगता एक छोटा-सा कीड़ा, हवा से हिलती घास, झुंड बनाकर अपने घोसलों को लौटते पक्षी। उसने जमीन पर गिरा बेर का फल उठा लिया है। बेर का स्वाद आज उसे कुछ अधिक मीठा और स्वादिष्ट लग रहा है।

वह पेड़ के नीचे बैठकर एलीस इन वंडर लैंड पढ़ रहा है। अजीत ने उसे बताया है कि यह कहानी दुनिया की सबसे प्रसिद्ध परिकथा है। कहानी की हीरोइन है एलिस। कहानी के आरम्भ में ही एलिस एक बहुत गहरे बिल में जा गिरी है। वह गिरती चली जा रही है। न बिल की गहराई का कोई अन्त है न ही एलिस के गिरते चले जाने का। एलिस एक जादुई इलाके में पहुँच गयी है। एक जादुई शरबत पीकर एलिस सिकुड़ती चली जा रही है, सिकुड़कर वह सिर्फ दस इंच की ही रह गयी है। वह कहानी पढ़ता जा रहा है, उसे बड़ा मजा आ रहा है। आगे एलिस नमकीन पानी के तालाब में ठुढ्ढी तक डूब गयी है। एलिस को याद आ रहा है कि ये तालाब खुद उसके अपने आँसुओं से बना है

कहानी बहुत मनोरंजक है। लेकिन उसमें जो बात सबसे हैरतअंगेज करनेवाली है वह ये है कि जानवर इंसान की भाषा में कैसे बोल सकते हैं? अगर सचमुच ऐसा हो तो कितना मजा आएगा जब नागिन उसे डसने आएगी तो वह उससे कहेगा कि उसके नाग को उसने नहीं बल्कि कमिश्नर के गार्डस ने मारा था और नागिन उसे छोड़ देगी।

शाम गहरा रही है। उसे किताब के अक्षर दिखाई पड़ने बन्द हो गये हैं। अचानक जोर की बारिश शुरू हो गयी है। वह किताब कमीज के अन्दर डालकर गेट की तरफ भाग रहा है। सन्तरी उसे बारिश ख़त्म होने तक सर्वेंट क्वॉटर के टीन शेड में ही रहने को कह रहा है। वह दूर से कमिश्नर को उसके बरामदे में टहलता

हुआ देख रहा है। कमिश्नर की छोटी बेटी जो काले मोटे फ्रेम का चश्मा पहनी है, झूले पर झूल रही है। वह डर रहा है कि कहीं कमिश्नर उसे देख ना ले। अगर कमिश्नर उससे पूछे की वह यहाँ क्या कर रहा है? तो वह क्या जवाब देगा? उसकी चुप्पी से शायद कमिश्नर गुस्से में आ जाए और उसकी शिकायत घर तक चली जाए। वह सोच रहा है कि पिताजी अब तक कोर्ट से घर आ चुके होंगे और सब लोग उसे ढूँढ़ रहे होंगे। सन्तरी उससे कह रहा है कि वह डरे मत अगर थोड़ी देर और बारिश नहीं रुकी तो वह खुद छाता लेकर उसे छोड़ने जाएगा। वह बेहद डरा हुआ है। थोड़ी देर बाद बारिश रुक गयी है। वह तेजी से घर की ओर भाग रहा है दालान की लाइट जल रही है। गेट पर इंजन परेशान सा खड़ा है। पिताजी अपने ऑफिस के दरवाजे पर खड़े हैं। वह धीरे से गेट के भीतर घुस रहा है पिताजी की नजर उस पर पड़ गयी है "कहाँ गये थे?" वह उससे पूछ रहे हैं। "खेलने" यह कहकर वह तेजी से भीतर भाग रहा है, माँ के पास जो किसी भी सूरत में उसे मार नहीं खाने देगी।

9

हर साल की तरह इस साल भी स्कूल में वन विहार का कार्यक्रम है। इस बार बच्चों को लुम्बिनी ले जाया जा रहा है। उसे बताया गया है कि लुम्बिनी एक बौद्ध धर्म स्थल है। घूमना-फिरना उसे बेहद पसन्द है। वह रात से ही अधीर हुआ जा रहा है। रात को कई बार उत्तेजना से उसकी नींद खुल गयी है। आख़िरकार सुबह हो गयी है। वह सुबह पाँच बजे ही उठ गया है और नहा धोकर स्कूल के कपड़े पहनकर तैयार हो गया है। उसकी बहनों ने उसका सामान रख दिया है। खाने का डिब्बा, पानी का थरमस वगैरह। सम्पत उसे छोड़ने स्कूल आया है। उसे खुद का स्कूल आज पहचान में नहीं आ रहा है। बच्चे धमाचौकड़ी मचा रहे हैं। शिक्षक व्यवस्था में जुटे हैं। चपरासी अवधेश ड्यूटी पर तैनात है। मैदान के बीचोंबीच तीन बड़ी लम्बी बसें खड़ी हैं। बच्चे लाइन बनाकर खड़े हैं। शिक्षक उन्हें निर्देश दे रहे हैं कि उन्हें हर जगह लाइन बनाकर जाना है, अपने सामान और साथियों का ख्याल रखना है, घूमने-फिरने की जगह पर गन्दगी नहीं फैलानी है, चलती बस की खिड़की से हाथ नहीं निकालना है वगैरह-वगैरह। अब बस चल पड़ी है। उसका मन बेहद प्रसन्न है। बच्चे मजे कर रहे हैं। पीछे की सीट पर मारपीट शुरू हो गयी है। आलोक जो क्लास का सबसे लम्बा लड़का है वह खिड़कीवाली सीट पर बैठने के लिए झगड़ा कर रहा है। लड़कियाँ अन्ताक्षरी खेल रही हैं। लगभग चार घंटे के सफर के बाद वह

लुम्बिनी पहुँच गये हैं। हर तरफ नेपाली दिख रहे हैं। वह थक गया है। बच्चों को बस से उतारकर लाइन में बैठा दिया गया है। उन्हें खाने के लिए बिस्किट का पैकेट दिया जा रहा है। प्रधानाचार्य उन्हें बुद्ध के विषय में बता रहे हैं। 623 ई.पू. रानी मायादेवी ने सिद्धार्थ गौतम को जन्म दिया था। वह कह रहे हैं कि उनके पिता का नाम राजा शुद्धोधन था। विवाह के उपरान्त वह अपने नवजात शिशु राहुल और पत्नी यशोधरा को छोड़कर सत्य की तलाश में निकल गये। वर्षों की कठोर साधना के बाद बोधि वृक्ष के नीचे उन्हें निर्वाण प्राप्त हुआ और वह बुद्ध कहलाए।

ऋषि क्लास के लड़कों पर हमेशा धाक जमाने की फिराक में रहता है। ऋषि ने अपना मुँह खोल दिया है।

ऋषि—"जी निर्वाण क्या होता है?"

प्रधानाचार्य—"ज्ञान, महाज्ञान जब जानने को कुछ भी शेष ना रह जाए। जब अपने भीतर बैठै परमात्मा का बोध हो जाए।" ऋषि ने हमेशा की तरह अपनी बुद्धिमता दिखाकर क्लास के बच्चों पर अपनी धाक जमा ली है। लुम्बिनी घुमने का कार्यक्रम शुरू हो गया है। बच्चे दिनभर बौद्ध स्तूप, स्मारक और मठों के चक्कर लगा रहे हैं। अब सभी बच्चे एक बड़े बौद्ध मंदिर में आ गए हैं। मन्दिर में प्रवेश करने के पहले ही उन्हें शान्त रहने का कड़ा निर्देश मिला है। वह धीरे-धीरे मन्दिर में प्रवेश कर रहा है। बिना आवाज किए। मन्दिर में एक विचित्र-सा सन्नाटा छाया है। एक अजीब-सी शान्ति जैसी उसने जीवन में पहले कभी अनुभव नहीं की है। लेटे हुए बुद्ध की एक बड़ी-सी मूर्ति के ईर्द-गिर्द ढेर सारे बौद्ध भिक्षु बैठे हुए हैं। धीमे स्वर में बौद्ध मन्त्र का जाप चल रहा है। ओम् मनि पद्मे हम—ओम् मनि पद्मे हम। वह इस मन्त्र की अनूगुँज कानों में लिए मन्दिर से बाहर निकल आया है। अब शाम के चार बज रहे हैं वह वन विहार के कार्यक्रम के आखिरी पड़ाव पर है। जगह है लुम्बिनी गार्डन। बच्चे गार्डन में खेल रहे हैं हर तरफ शोर शराबा है। कुछ शरारती बच्चे क्यारियों मे से फूल तोड़ रहे हैं। शिक्षक उन्हे डाँट रहे हैं। शाम हो चुकी है। बच्चे बस में आकर बैठ गये है। बस वापसी के लिए निकल पड़ी है। वह बस की सीट पर ही सो गया है। कल रविवार है।

पिताजी ने इन दिनों बहुत अधिक पीना शुरू कर दिया है। न जाने कौन सी बातें उन्हे परेशान कर रहीं हैं। वह हर वक़्त कुछ ढूँढते नजर आते हैं वह शाम को कोर्ट से जल्दी चले आते हैं। और शाम से देर रात तक लिखते रहते हैं। पिताजी अपनी अधूरी किताब पूरी करने में जुटे हैं। आज शाम उसने पिताजी के कमरे में डॉक्टर आत्माराम को बैठे देखा है। डॉक्टर आत्माराम उनके पारिवारिक डॉक्टर हैं। पिताजी काफ़ी देर तक उनसे अँग्रेज़ी में कुछ बात कर रहे हैं। डॉक्टर आत्माराम बात करते करते कुर्सी से उठकर टहलने लगते हैं और कुछ देर टहलकर कुर्सी पर वापस

बैठ जाते हैं। बातचीत का विषय शायद गम्भीर है। इसलिए वह पिताजी और डॉक्टर आत्माराम को गम्भीर मुद्रा में देख रहा है।

वक़्त बीत रहा है घर में इन दिनों एक अजीब-सा सन्नाटा पसरा रहता है जिसे वह अच्छी तरह से महसूस कर सकता है। हालाँकि उसके लिए जीवन वैसा ही है, जैसा पहले था। उसे वक़्त पर खाना, नाश्ता, दूध और स्कूल ले जाने के लिए टिफिन मिल जाता है। रोज सुबह उसे स्कूल ले जाने के लिए बस आ जाती है और शाम को वह कमिश्नर के बँगले के पीछेवाले जंगल में चला जाता है, घूमने के लिए।

आज स्कूल से आने पर उसे पता चला है कि पिताजी कोर्ट से आकर सीने में दर्द की वजह से डॉक्टर आत्माराम के अस्पताल चले गये हैं, भर्ती होने। माँ पिताजी के पास ही है, अस्पताल में। काफ़ी देर तक रुककर सम्पत भी अपने कमरे पर चला गया है ना जाने क्यूँ आज की शाम उसे बाकी शामों से अलग रही है, मनहूस-सी। जैसे कुछ अप्रिय होनेवाला है। काफ़ी रात हो चुकी है। उसे सोने को कहा जा रहा है, कल सुबह उसका गणित का इम्तेहान है। गणित जिसमें वह बेहद कमजोर है। दिल बहलाने के लिए वह 'राबिन्सन क्रूसो' पढ़ रहा है जो अजीत ने उसे दी है। किताब पढ़ते पढ़ते वह ना जाने कब गहरी नीद में सो गया है। रात करीब एक बजे उसकी नींद टूट गयी है। घर के आँगन से किसी के रोने की अजीब-सी आवाज आ रही है। शायद वह कोई सपना देख रहा है। वह मन ही मन भगवान से प्रार्थना कर रहा है कि ये सपना ही हो। मुश्किल समय में भगवान को याद करने से मुश्किल दूर हो जाती है। ऐसा उसे स्कूल के शिक्षक ने बताया है। वह वापस सो गया है। सुबह आँख खुलने पर वह अपना ही घर पहचान नहीं पा रहा है। सब कुछ बिखरा हुआ है। बाहर बरामदे में सफेद कफन में लिपटा पिताजी का शरीर रखा है। उसका दिल जोर से धड़क रहा है। वह भीतर भाग रहा है माँ के पास। माँ बिस्तर पर बेहोश पड़ी है। माँ की माँग का सिन्दूर और हाथ की चूड़ियाँ गायब है। माँ के होंठ सूखे हैं। वह दौड़कर माँ के लिए पानी लेकर आया है। माँ पानी की एक घूट पीकर उसे सीने से लगाकर रोने लगी है। घर में हर तरफ रोना धोना मचा है। वह पिताजी की आरामकुर्सी पर बैठा यह सब कुछ देख रहा है।

सुबह के नौ बज रहे हैं। घर के बाहर सैकड़ों लोग खड़े हैं इनमें से वह काफ़ी चेहरों को जानता है उसमें रिश्तेदार, पिताजी के दोस्त, कुछ मुवाक्किल, मुहल्ले के लोग वगैरह। कुछ लोगों को वह पहली बार देख रहा है। माँ वापस बेहोश हो गयी है। पिताजी का शरीर अन्तयेष्ठि के लिए ले जाया जा रहा है। वह शव के साथ-साथ अपने सौतेले भाइयों के पीछे पीछे चल रहा है। अर्थी को कन्धा देते-देते जब किसी के कन्धे दुखने लगते हैं तब धीरे से पीछे से कोई आकर अर्थी अपने कन्धों पर ले लेता है। राम नाम सत्य है का जाप हो रहा है। वह शमशान घाट पहुँच गया है।

घटना का उस पर अधिक प्रभाव न पड़े इसीलिए उसे बाहर ही रोक दिया गया है। वह इंजन के साथ सीढ़ियों पर बैठा है। थोड़ी देर बाद इंजन सड़क पार कर पेशाब करने चला गया है। वह छुपकर पिताजी के शरीर को जलता हुआ देख रहा है। मानव शरीर के जलने की गन्ध उसकी नाक से होकर आत्मा में प्रवेश कर रही है। थोड़ी देर में पिताजी का शरीर जलकर राख बन जायेगा और वह उन्हें फिर कभी नहीं देख पाएगा। वह रोना चाहता है, चीखना चाहता है। लेकिन वह आज नहीं रोएगा, उसे मालूम है कि जिन्दगी कभी न कभी उसे रोने का मौका जरूर देगी, तब जब वह अकेला होगा।

10

पिताजी की मौत के बाद तीसरे दिन ही उसे स्कूल भेज दिया गया है। वह गणित और विज्ञान की परीक्षा नहीं दे पाया है। क्लास में पढ़नेवाले उसके दोस्त अब तक जान चुके हैं कि दो रोज पहले उसके पिताजी चल बसे। दोस्त उसके साथ सहानुभूति दिखा रहे हैं। वह सभी अपने अपने तरीके से उसका दुख बाँटने की कोशिश कर रहे हैं। कोई उसे चुटकुले सुनाकर हँसा रहा है, कोई उसे अपना टिफिन खिला रहा है, कोई उसे गणित का पर्चा देकर बता रहा है कि इस बार गणित का इम्तेहान बेहद मुश्किल था। अच्छा हुआ जो वह इस झंझट से बच गया। उसे समझ में नहीं आ रहा है कि वह उसके साथ कैसा बर्ताव करे? आखिर वह उन्हें ये भी तो नहीं कह सकता है कि उसे उनकी सहानुभूति नहीं चाहिए। आज सालों बाद उसे बचपन के दोस्त याद आ रहे हैं और याद आ रहा है दोस्ती का वह निःस्वार्थ जज्बा। दोस्ती निःस्वार्थ और पारदर्शी होती है, प्यार से अलग। दोस्ती कम से कम वैसी ही होती है जैसी दिखाई पड़ती है।

पिताजी की मृत्यु के महीने भर बाद पंडा बाबा घर आए हैं। वह पिताजी के बिस्तर पर लेटे हैं और माँ से बातें कर रहे हैं। माँ ने उन्हें पीने के लिए बेल कर शरबत दिया है। पहली बार वह उन्हें इतना दुखी देख रहा है। वह शून्य में देख रहे हैं। वह उन्हें कहता सुन रहा है, "घर–गृहस्थी के चक्कर में पीस गया बेचारा। माया मिली, न राम। माँ रो रही है, रोती ही जा रही है। कुछ देर माँ के पास बैठकर माँ को धीरज धराकर पंडा बाबा अब जाने के लिए उठ गए हैं। वह जा रहे हैं। वह उन्हें बुदबुदाता हुआ सुन रहा है, "हे ईश्वर! इस परिवार पर दया करो।"

आज उसका जन्मदिन है। माँ ने उसकी पसन्द की खीर और पूरी बनाई है। उसने नयी शर्ट पहनी है। ये शर्ट उसके लिए पिताजी लेकर आये थे। आज वह सात साल का हो गया है। आगे जाकर उसने पढ़ा था कि मनोवैज्ञानिकों के अनुसार सात

साल की उम्र बड़ी महत्त्वपूर्ण होती है। एक व्यक्ति अपने पूरे जीवनकाल में जो कुछ भी सीखता है उसका पचास प्रतिशत तक मात्र सात साल की उम्र में ही सीख लेता है और बाकी का पचास प्रतिशत शेष जीवनपर्यन्त सीखता रहता है। सात साल की उम्र तक उसने क्या सीखा ये तो वह नहीं जानता है। लेकिन पिताजी की असमय मृत्यु से ईश्वर में उसकी आस्था और रूचि दोनों ही ख़त्म हो गये। उसके लिए तो ईश्वर जैसे है ही नहीं, अब जो कुछ भी करना है उसे खुद ही करना होगा।

पिताजी को गुजरे दो महीने हो चुके हैं। इन दो महीनों में शहर के सभी प्रमुख अखबारों में उन पर कुछ ना कुछ छपा है जैसे कि वह अच्छे साहित्यकार थे। जीवन के आखिरी दिनों में वह अपनी चौथी किताब पूरी करने में जुटे थे जो अब कभी पूरी नहीं हो पाएगी। जब कभी पिताजी की फोटो अखबार में छपती है तो उसकी बहने माँ को जरूर दिखाती हैं और माँ आँचल मुँह में दबाकर रोने लगती है। बार काउंसिल ने पिताजी की मृत्यु पर एक श्रद्धांजलि कार्यक्रम रखा है, जिसमें उनके पेशे से जुड़ी उपलब्धियों पर रोशनी डाली जा रही है। वह इस कार्यक्रम में माँ के साथ गया है और पहली लाइन में बैठा है।

मिलने जुलने आने वालों का सिलसिला अब भा जारी है। आज सुबह एक मुवाक्किल आया है। वह माँ से कह रहा है कि पिताजी उसे उसकी जमीन वापस दिलवाने का प्रयत्न कर रहे थे जो उसके रिश्तेदारों ने हड़प ली है। आज केस की आखिरी तारीख है। आज शायद फैसला आ जाए। उसने माँ के हाथ पर कुछ रुपये रख दिये हैं और जीत जाने पर बाकी की फीस देने का वचन दिया है।

शाम को जगदीश बाबू आए हैं। सम्पत ने उन्हें बैठने के लिए कुर्सी दी है लेकिन वह खड़े हैं और एकटक पिताजी के ऑफिस के बाहर टँगी उस तख्ती को देख रहे हैं जिस पर उनका नाम लिखा है। जगदीश बाबू को कभी किसी इतना चुप नहीं देखा है। माँ भीतर दरवाजे की आड़ में खड़ी है। जगदीश बाबू की आँखें सजल है वह रुन्धे गले से कह रहे हैं—"भाभी कभी कुछ चाहिए हो तो संकोच मत करना, हिम्मत से काम लेना भगवान सब ठीक करेगा।" जगदीश बाबू अपनी गाड़ी में बैठकर चले गये हैं। सम्पत ने दीवार पर से पिताजी के नाम की तख्ती उतार दी है। पिताजी की मौत के बाद सिर्फ कुछ महीनों में ही काफ़ी कुछ बदल गया है। उसके सौतले भाई बहन उसके परिवार से अलग हो गये हैं। तेरह कमरे के घर में उन्हें सिर्फ दो कमरे मिले हैं और एक छोटा सा रसोईघर। कई कमरे किराए पर दे दिए गए हैं। सम्पत किसी दूसरे वकील के यहाँ काम करने लगा है। इंजन कल रात से गायब है। रोज कोई जूनियर लॉयर आकर पिताजी की कानून की किताबें माँगकर ले जाता है। कानून की किताबों से भरी बुक शेल्फ धीरे-धीरे खाली हो गयी है। लॉन के पौधे मुरझा गये हैं। लॉन में लम्बी लम्बी घास उग आई है। माली ने अपना हिसाब लेकर

आना बन्द कर दिया है। माँ कुछ महीने में ही कई साल बूढ़ी हो गयी है और वह अपनी उम्र से कई साल बड़ा हो गया है। इन दिनों वह ग़ुस्से में रहता है। उसे ग़ुस्सा इस बात का है कि वह इस घर में सबसे छोटा क्यूँ है? अगर वह बड़ा होता तो फौरन पिताजी की जगह ले लेता। उसकी तरह उसकी बड़ी बहन अनन्दिता भी ग़ुस्से में रहती है। अनन्दिता को इस बात का ग़ुस्सा है कि ईश्वर ने उसे लड़की क्यों बनाया लड़का क्यों नहीं? लोग उसे कमजोर समझते हैं, दया दिखाते है। अगर वह लड़का होती तो तुरन्त माँ का सहारा बन जाती। वक़्त धीरे-धीरे बीत रहा है।

11

आज उसने निश्चय किया है कि वह स्कूल बस से नहीं पैदल जाएगा। जो पैसे बचेंगे वह घर के काम आएँगे। आनेवाला वक़्त बड़ा कठोर होगा उसे मुश्किलों का सामना करने की आदत डालनी होगी। माँ ने उसे समझाने की कोशिश की है लेकिन वह अपने निर्णय पर अटल है। आज स्कूल पैदल जाने का पहला दिन है। वह पूरे ए़क घंटे पहले पीठ पर बस्ता लादे घर से निकल गया है। सुबह जब वह घर निकला था तब आसमान में बादल छाए थे लेकिन अब सूरज सिर पर है। बादलों की कोमलता को धूप की तीखापन भेद रहा है। वह पैदल चल चलकर थक गया है। उसे प्यास लगी है। वह कुछ देर रुककर सुस्ताना चाहता है। वह एक निर्जन जगह पर है जहाँ दूर-दूर तक कोई नहीं है। वह बरगद के एक पुराने पेड़ के नीचे बैठ गया है। पास ही एक कुआँ है। बेहद गहरा लेकिन सूखा। वह कुँए में झाँक रहा है। कुए में काफ़ी कुछ पड़ा है। पेड़ की सूखी़ डाल और पत्ते, पुरानी घिसी हुई रस्सियाँ, खाने पीने की चीजों के पैकेट वगैरह। वह कुँए में झुकता ही जा रहा है। कुँआ उसे अपने केन्द्र की तरफ खींच रहा है। वह कुँए में गिरने हीवाला है कि रास्ते से गुजर रहे एक आदमी ने उसकी कमीज पकड़ उसे खींच लिया है। ''मरना है क्या गिर जाओंगे'' वह वापस अपनी मंजिल की ओर बढ़ गया है। उस अज्ञात व्यक्ति के वक़्त पर आ जाने से एक बड़ा हादसा होते-होते बच गया है।

इन दिनों स्कूल में उसकी दोस्ती उसकी उम्र से बड़े लड़कों से हो गयी है। इन लड़कों की गिनती स्कूल के गन्दे लड़कों में होती है। ये वह लड़के है जो एक ही क्लास में कई बार फेल हो चुके हैं। इन्हे मार खाने से बिल्कुल डर नहीं लगता है। मार खा-खाकर इनके हाथ सख्त हो चुके हैं। उनकी बातचीत का केन्द्र में होती हैं लड़कियाँ और औरतें। ये छुपकर उनके बारे में बांत करते हैं कि लड़कियों को क्या पसन्द होता है, उन्हें कैसे पटाया जा सकता है? ये लड़के खैनी और गुटखा

खाते हैं। कभी-कभी ये सिगरेट और गांजा भी पीते हैं, जिसे वह बम भोले का प्रसाद कहते हैं। इस नये ग्रुप में उसका स्वागत किया गया है। थोड़े ही समय में वह इस ग्रुप के सदस्यों का चहेता बन गया है क्योंकि वह पढ़ाई में ठीक है और अँग्रेज़ी भी ठीक ठाक बोल लेता है। कभी-कभार उसे इस ग्रुप के सदस्यों के छोटे मोटे काम करने पड़ते है। जैसे किसी की लिखावट की नकल करके उसका काम पूरा करना, किसी की ड्राइंग बनाना, इंटरवल में स्कूल के गेट के बाहर जाकर पान की दुकान से उनके लिए गुटखा, खैनी वगैरह लाना। बदले में उसे उसकी जरूरत की छोटी मोटी चीजें जैसे पेन, नोटबुक, किताबें, टिफिन ना लाने पर बिस्किट का पैकेट, जूते के फीते वगैरह तुरन्त मिल जाते हैं। स्कूल का कोई लड़का उसे हाथ नहीं लगा सकता है क्योंकि वह इस ग्रुप का सदस्य है।

इस ग्रुप में उसका सबसे पक्का दोस्त है असीम। असीम चक्रवर्ती। असीम बंगाली है। वह साँवला है और लम्बा भी। असीम आठवीं क्लास में पिछले दो साल से फेल हो रहा है। उसके चेहरे पर हल्की दाढ़ी और मूँछ निकल आयी है। असीम अपनी उम्र के लड़कों से बहुत ज्यादा जानता है। ग्रूप के लड़के उसे इज्जत देते हैं और आदर भाव से असीम दादा कहते है। असीम के पिताजी की प्रिटिंग प्रेस है। शहर के बीचोंबीच स्टेशनरी और बुक बाइंडिंग की दुकान भी है। असीम के पास कभी पैसों की कमी नहीं रहती है। वह जब जी में आए अपनी दुकान के गल्ले में से अपनी जरूरत के पैसे निकाल लेता है। कभी-कभार अपने पिताजी को बताकर और अकसर बिना बताए। असीम के पिता चाहते हैं कि वह जल्द से जल्द अपनी पढ़ाई पूरी करके बिजनेस सँभाल ले। लेकिन असीम की बिजनेस में रत्ती भर भी रुचि नहीं है। असीम की दिलचस्पी है जासूसी उपन्यास पढ़ने में, तालाब में उल्टा होकर तैरने में। (असीम पीठ के बल तैरने की कला जानता है)। फ़िल्में देखने में और शतरंज खेलने में।

दोस्त होने के नाते उसे भी असीम के इन तमाम ऊंटपटाँग कामों में शरीक होना पड़ता है। शतरंज खेलने को छोड़कर। शतरंज उसे बड़ा पेंचीदा खेल लगता है। उसने कई बार ये खेल सीखने की कोशिश की है। लेकिन इन काले सफेद मोहरों को चलने की चालाकी वह सीख नहीं पाया है। असीम की माँ नहीं है वह मर गयी जब असीम सिर्फ दो साल का था। असीम अपनी माँ से बहुत प्यार करता है। वह अपने छोटे से पर्स में माँ की तस्वीर रखता है, और दुखी होने पर देख लेता है।

इस ग्रुप का सदस्य हो जाने से शिक्षक उससे बहुत नाराज हैं। उन्हें लगता है कि उनके साथ रहकर वह भी उनके जैसा हो रहा है। आवारा, घुमक्कड़। जब से वह इस ग्रुप का सदस्य बना है उसका ध्यान पढ़ाई से हटने लगा है। उसे डर है कि वह कहीं फेल ना हो जाए। असीम ने आज उसे उसकी क्लास में पढ़नेवाले एक लड़के

मानव से मिलवाया है। उसने मानव के बारे में सुन रखा है कि मानव अकसर स्कूल नहीं आता है, वह बीमार रहता है, लेकिन वह पढ़ाई में बेहद तेज है। गणित और विज्ञान जैसे विषयों में कोई उसका मुकाबला नहीं कर सकता है। कोई लड़का बीमार रहकर बिना स्कूल आए, बिना किसी शिक्षक के सिखाए पढ़ाई में इतना तेज कैसे हो सकता है? यह बात उसके समेत स्कूल के हर लड़के के लिए एक रहस्य बनी हुई है। मानव ने उस पर आज ये रहस्य खोल दिया है।

"किताबों में सब कुछ है, वह जानकारी का खजाना हैं, उन्हें बार-बार पढ़ो।" मानव ये सब दर्शनिक अन्दाज में कह रहा है।

"अगर ये शिक्षक इतने विद्वान होते तो ये खुद वैज्ञानिक या गणितज्ञ बन गये होते। सालों से वे वही चीजें पढ़ा रहे हैं इसीलिए उन्हें चीजें रट गयी हैं।" आगे मानव बता रहा है कि घर पर रहकर उसने नौवीं और दसवीं कक्षा का पूरा पाठ्यक्रम पढ़ डाला है। मानव की ये बात सुनकर उसका मन उसके प्रति सच्ची श्रद्धा से भर गया है। उसे पता चल गया है कि पढ़ाई घर पर रहकर भी की जा सकती है उसके लिए स्कूल आकर क्लास में बैठकर वक़्त बर्बाद करने की जरूरत नहीं है।

आज वह असीम के साथ माधोपुर बाँध गया है। ये जगह असीम की डिस्कवरी है। जगह शहर से बाहर है इसलिए यहाँ कोई नहीं आता है। असीम तालाब में तैर रहा है। उसे तैरना नहीं आता है, इसीलिए वह असीम को तैरता हुए देखा रहा है। "यहाँ से सूखे नहीं जा सकते हो" असीम किनारे पर आकर उस पर पानी के छींटे मार रहा है। पानी बेहद ठंडा है। तैरने के बाद वह और असीम धूप में टीले पर बैठकर अपना शरीर सुखा रहे हैं। पिछले कुछ महीने से कुछ सवाल उसे बेहद परेशान किए हुए है। इस पूरी दुनिया में एक असीम ही है, जिससे वह ये सवाल पूछ सकता है और सन्तुष्ट करनेवाले उत्तर की अपेक्षा कर सकता है। उसके लिए असीम किसी दार्शनिक से कम नहीं है। वह असीम से पूछ रहा है कि लोग ईश्वर से विश्वास क्यों करते हैं? असीम कुछ क्षण सोचकर कह रहा है इंसान इस पृथ्वी का सबसे मतलबी जीव है जो हमेशा अपने फायदे के बारे में सोचता है और ईश्वर में विश्वास करने के तमाम फायदे हैं जैसे कि अगर मान लें कि अगर ईश्वर वाकई है तो उसमें विश्वास करने वालो को उसका आशीर्वाद मिलेगा, उसे दुनिया की धन दौलत और अच्छा स्वास्थ्य मिलेगा, उसके पाप माफ कर दिए जाएँगे और अगर मान लो कि ईश्वर है ही नहीं तो कुछ फर्क ही नहीं पड़ेगा। यानी ईश्वर को न मानने से मानना ज्यादा अच्छा है।

असीम से उसका दूसरा सवाल है कि हमे हमेशा अच्छा बनने को क्यूँ कहा जाता है? असीम कहता है कि आदमी स्वार्थी है। अच्छा बनने पर उसे बदलें में अच्छा मिलने की उम्मीद रहती है न सिर्फ इस दुनिया में बल्कि इस दुनिया के परे

अगर कोई दूसरी दुनिया है तो वहाँ भी। जहाँ इंसान मरकर जाता है। दरअसल इन सारी चीजों के पीछे इंसान का लालच, भय और स्वार्थ छिपा है। वह असीम के उत्तर से सन्तुष्ट हो गया है। असीम ने उसके कन्धे पर हाथ रखा है। वह दोनों धीरे-धीरे चलकर घर लौट रहे हैं।

वह इन दिनों अकसर तबीयत खराब होने का बहाना बनाकर स्कूल नहीं जाता है। असीम उसके लिए अवकाश प्रार्थना पत्र लिखकर साइन कर देता है। (उसकी माँ के हस्ताक्षर) वह दिन भर असीम के साथ बाजारों में पार्कों में, सूने खंडहारों के आसपास घूमता रहता है। वह दिनोंदिन घुमक्कड़ होता जा रहा है। वह अकसर शाम को असीम के घर आ जाता है। असीम का कमरा सस्ते जासूसी उपन्यासों से भरा रहता है। वह अकसर इन उपन्यासों और इनके लेखकों के नाम पढ़ लेता है। वेदप्रकाश शर्मा, सुरेन्द्र मोहन पाठक, रानू वगैरह। इन उपन्यासों के टाइटिल भी इतने विचित्र होते हैं कि उन्हें पढ़ते ही उनके भीतर छुपी कहानी पढ़ने की उत्सुकता बढ़ जाती है। कफन, अधमरी लाश, नरक के जल्लाद, दिनदहाड़े डकैती वगैरह। इन दिनों असीम से माँगकर वह भी इन सस्ते उपन्यासों को पढ़ने लगा है। हालाँकि असीम की तरह वह भी इन सस्ती किताबों को ए-स्टैंडर्ड लिटरेचर नहीं मानता है, लेकिन वक़्त काटने के लिए इन किताबों का कोई जवाब नहीं है। वक़्त, जो वह दोनों बर्बाद कर रहे हैं।

12

इन दिनों स्कूल में एक नया विषय आया है स्काउट। स्काउट का घंटा आखिरी होता है। जिसका उसे और उसके दोस्तों को इन्तजार रहता है। स्काउट बाकी विषयों से बिल्कुल अलग है। क्लास में बच्चों को बताया गया है कि स्काउट की परीक्षा पास करने पर उन्हें बैच मिलेंगे। ये बैच कोई मामूली बैच नहीं होंगे। ये बैच सम्मान के सूचक हैं। जैसे पुलिसवालों की वर्दी पर स्टार टँके रहते हैं, जिससे उनका रैंक पता चलता है। स्काउटिंग के जनक थे सर बाडेन पावल। स्काउट की क्लास में उसे हर दिन कोई नयी चीज सिखाई जा रही है। जैसे दाएँ हाथ की तीन उँगलियों से सैल्यूट करना। उन्हें सिखाया गया है कि ये तीन उँगलियाँ मनुष्य के तीन तरह के कर्तव्य को बताती है। मनुष्य का ईश्वर के प्रति कर्तव्य, मनुष्य का दूसरों के प्रति कर्तव्य और मनुष्य का खुद के प्रति कर्तव्य। स्काउट की क्लास में उसे और भी चीजें सिखाई गयी हैं। जैसे तरह तरह की गाठें बाँधना रीफ नॉट, फिशर मैन नाट वगैरह। इसके अलावा उन्हें तरह तरह की ध्वनियों और संकेतों का मतलब भी सिखाया जा रहा है।

आज लगभग महीने भर की पढ़ाई के बाद उसके स्काउट के शिक्षक ने सभी छात्रों को स्काउट की यूनिफार्म पहनकर आने को कहा है। खाकी रंग की शर्ट पैंट और खाकी रंग के मोजे। वह घर लौटते समय सोच रहा है कि वह अपनी जरूरत माँ को कैसे बताएगा? क्या माँ के पास उसकी स्कूल यूनिफार्म खरीदने के लिए पैसे होंगे? स्काउट अनिवार्य विषय है इसलिए वह चाहकर भी इसे छोड़ नहीं सकता है। यूँ तो माँ उसकी हर जरूरत का ख्याल रखती है उसे किसी चीज की कोई कमी नहीं होने देती है लेकिन घर की आर्थिक स्थिति के बारे में सोचकर, वह माँ से कुछ भी माँगने की ख्याल दिल से निकाल देता है। एक हफ्ता और बीत गया है। क्लास के सारे बच्चे स्कूल यूनीफार्म पहनकर आने लगे है सिर्फ उसे छोड़कर। स्काउट की क्लास शुरू होते ही उसका मन हीनता से भर जाता है। उसे किसी भी एक्टिविटी में शमिल नहीं किया जाता है और शिक्षक उस पर ध्यान नहीं देते हैं।

आज कोई चारा न पाकर उसने माँ को अपनी जरूरत बता दी है। माँ उसे लेकर कपड़ों की दुकान पर जा रही है जहाँ उसके नाप का खाकी रंग का कपड़ा खरीदा जा रहा है। कपड़ा सिलने देने के लिए माँ उसे लेकर पूरन मास्टर की दुकान पर आई है। पूरन मास्टर जिन्होंने जीवन भर पिताजी के कपड़े सीले। वह पतली सीढ़ियों से माँ के पीछे-पीछे ऊपर दुकान पर जा रहा है। माँ पूरन मास्टर को कपड़े दे रही है। पूरन मास्टर उसका माप ले रहे हैं।

''छोटे बाबू का कपड़ा शानदार बनेगा'' ये कहकर वह उन्हें दो दिन बाद सिले हुए कपड़े लेने आने को कर रहे हैं। वह दो दिन स्कूल नहीं गया है। वह घर से निकला तो है स्कूल जाने के लिए लेकिन वह दिन भर असीम के साथ घूमता रहा है। दो दिन बाद वह माँ के साथ अपने सिले कपड़े लेने पूरन मास्टर के यहाँ गया है। उसका यूनिफार्म तैयार है। कपड़े सचमुच शानदार सिले हैं। वह बेहद खुश है कि कल से उसे स्काउट की क्लास में सम्मान पूर्वक बैठने को मिलेगा। माँ पूरन मास्टर को उसकी सिलाई दे रही है जिसे लेने से वह मना कर रहे हैं। वह भी इस शहर के उन तमाम लोगों में से हैं जो पिताजी के अहसानों तले दबे हैं। उसके मन में पूरन मास्टर के प्रति आदर का भाव पैदा हो रहा है। वह सोच रहा है कि एक रोज जब वह बड़ा जो जाएगा और पैसे कमाएगा तो इस दुकान पर आकर पूरन मास्टर को उनकी सिलाई जरूर देगा। लेकिन क्या बूढ़े पूरन मास्टर तब तक ज़िन्दा रहेंगे? अगर वह मर गये तो वह उनका अहसान कैसे चुका पाएगा?

देश की आजादी का दिन पन्द्रह अगस्त नजदीक आ रहा है। स्कूल में विभिन्न कार्यक्रमों की तैयारी चल रही है। समूह राष्ट्रगान, देशभक्ति गीत, स्काउट छात्रों की परेड वगैरह। इस साल उसे अँग्रेज़ी में भाषण देने के लिए चुना गया है। क्यों कि उसकी अँग्रेज़ी अच्छी है और उसका उच्चारण भी स्पष्ट है। उसके लिए

पब्लिक स्पीकिंग का ये पहला मौका होगा, जिसको लेकर वह बेहद उत्साहित है। वह सुबह से शाम तक भाषण याद कर रहा है।

''रिस्पेक्टेड टीचर्स, पैरेन्टस एंड माय डियर ब्रदर्स एंड सिस्टर्स। वी आर फारचुनेट टू बी बॉर्न इन इंडिपेडेंट इंडिया। बट हिस्ट्री रीविल्स दैट हाऊ आवर फोर फादर्स सफर्ड इन ब्रिटिश राज।''

वह भाषण पर अजीत की राय लेने उसके घर गया है। अजीत उसका भाषण सुन रहा है। अजीत किसी जज की तरह उसका मूल्यांकन कर रहा है।

अजीत कह रहा है कि उसका उच्चारण तो ठीक है लेकिन ऐसा लग रहा है जैसे कि वह रटकर बोल रहा है। जबकि उसे ऐसा बोलना चाहिए जैसे कि वह सोच-सोचकर बोल रहा है। अजीत उसे सीखा रहा है कि कब कहाँ पर कितना पॉज लेना है। तीसरे पैराग्राफ की शुरुआत की लाइनें उसे भूल रही हैं। अजीत उसे सीखा रहा है कि जो लाइनें उसे भूल रही हैं वह उसे अपने हाथ पर लिख सकता है और भूलने की सूरत में देख सकता है।

तैयारी कभी पूरी नहीं होती है लेकिन देखते देखते पन्द्रह अगस्त आ गया है। वह नहा धोकर स्काउट की यूनिफार्म पहनकर घर से निकल गया है। वह रास्ते भर मन ही मन अपनी स्पीच दोहरा रहा है। वह स्कूल पहुँच गया है। कार्यक्रम शुरू हो गये हैं। उसके नाम की घोषणा हो गयी है। पलक झपकते ही वह खुद को स्टेज पर खड़ा पा रहा है। सब की निगाहें उस पर है और उसने भी तैयारी में कोई कसर नहीं छोड़ी है। वह अपनी स्पीच शुरू कर चुका है। हमेशा की तरह वह तीसरे पैराग्राफ की पहली लाइन पर अटका जरूर है लेकिन अजीत की बताई ट्रिक से वह उस बाधा को भी आसानी से पार कर गया है। अब वह स्पीच की आखिरी कड़ी पर है।

''वी विल ऑलवेज कीप आवर नेशनल फ्लैग हाई'' सभी तालियाँ बजा रहे हैं। माँ भी उसे देखकर खुश हो गयी है। माँ आज बहुत खुश हैं।

13

आज रविवार है। वह अपनी बहन साहित्या के साथ उसके नाटक की रिहर्सल पर जा रहा है। साहित्या इप्टा से जुड़ी है। वह इप्टा की टीम की सबसे कम उम्र की कलाकार है। रिहर्सल की जगह है डॉ. अरोड़ा के बँगले के एक भाग में स्थित एक बड़ा सा हॉल जिसे शायद उन्होंने अस्पताल के लिए बनवाया होगा। नाटक का नाम है ''दो पैसे की जन्नत''। रंगकर्म एक नशा है जिसे सिर्फ एक रंगकर्मी ही समझ सकता है। नाटक की रिहर्सल जोर शोर से चल रही है। उसे रिहर्सल पर आकर बड़ा मजा आता है। अकसर

रिहर्सल ख़त्म हो जाने के बाद सभी चाय पीते हैं। कभी-कभार चाय के साथ समोसा या बिस्किट भी मिल जाता है। कभी कभी डायलॉग भूल जाने पर एक कलाकार दूसरे कलाकार को छेड़ता है। रिहर्सल पर देर से आनेवाले कलाकार को फाइन भरना पड़ता है, पाँच रुपये। ये पाँच रुपये अगले दिन नाश्ते के काम आते हैं।

कई महीनों की रिहर्सल के बाद आज वह दिन आ गया है जब नाटक स्टेज होना है। जगह है यूर्निवसिटी ऑडोटोरियम। ऑडोटोरियम पूरा भरा है। वह भी अपनी माँ और बहनों के साथ नाटक देखने गया है। उसका परिवार आगे से दूसरी लाइन में बैठा है। वह पिछले दो महीने से नाटक की रिहर्सल देख रहा है। इसलिए उसे सब कुछ मालूम है कि कब कौन सा कलाकार आएगा और कौन सी लाइन बोलेगा। अब साहित्या स्टेज पर आ चुकी है। वह नाटक के कपड़ों में बिल्कुल अलग लग रही है। वह साहित्या को देखकर खुश हो गया है। नाटक ख़त्म हो चुका है। नाटक इस शहर में बेहद सफल रहा है इसलिए इप्टा अब यही नाटक शिमला में करना चाहती है। साहित्या बेहद उत्साहित है कि उसे उसके ग्रुप के साथ शहर से बाहर जाने का मौका मिल रहा है। दिसम्बर का महीना है। साहित्या ने अपनी ट्रिप के लिए सारी जरुरी चीजें स्वेटर, स्कॉर्फ, मोजे वगैरह का इन्तजाम कर लिया है लेकिन शिमला जाने के ठीक एक हफ्ते पहले उसकी तबीयत खराब हो गयी है। उसे तेज बुखार हो गया है और डॉक्टर ने उसे कही भी जाने को मना कर दिया है। साहित्या बिस्तर पर पड़ी है। साहित्या की हालत देखकर वह बहुत दुखी है। जीवन में कई बार ऐसे क्षण आते हैं जब हम सच्चे दिल से किसी की मदद करना चाहते हैं लेकिन हमारे वश में कुछ भी नहीं होता है। ऐसे क्षण बड़े पीड़ादायक होते हैं। आखिरकार एक दूसरी लड़की को साहित्या का रोल दे दिया गया है और ग्रुप शिमला के लिए निकल पड़ा है।

आज सात दिसम्बर है। अजीत का जन्मदिन। हर साल की तरह इस साल भी अजीत का नौकर उसे बुलाने आया है। वह सुबह से परेशान है यह सोचकर कि वह अजीत को जन्मदिन पर क्या दे? वह सोच रहा है कि खाली हाथ जाना कितना अजीब लगेगा। अजीत तो शायद कुछ ना कहे लेकिन बाकी लोग क्या सोचेंगे? महज कुछ रुपयों के लिए वह अपनी आर्थिक कमजोरी दूसरों पर प्रकट नहीं करना चाहता है। काफ़ी सोच विचार कर वह इस नतीजे पर पहुँचा है कि अजीत को पढ़ने का शौक है इसीलिए किताबें ही उसके लिए सबसे अच्छा और सस्ता उपहार होगी। वह चौराहेवाले जयहिन्द बुक स्टॉल पर पहुँच गया है। वह किताबें देख रहा है और सोच रहा है कि अजीत को कौन सी किताब देना ठीक होगा।? काफ़ी सोच विचारकर उसने दो किताबें खरीद ली हैं। अकबर बीरबल के मजेदार क़िस्से और तेनालीराम की कहानियाँ। एक रुपये देकर उसने किताबों को चमकीले कागज में कवर भी करा लिया है। अब उसका मन निश्चिन्त है कि उसे सबके सामने खाली

हाथ नहीं जाना पड़ेगा।

वह माँ के साथ अजीत के घर के लिए निकल पड़ा है। अजीत के घर पहुँचने पर उसे पता चला है कि इस बार बर्थडे पार्टी अजीत के घर पर नहीं है, बल्कि शहर के बीचोंबीच स्थित एक होटल ''उपवन'' में की जा रही है। शाम के सात बज चुके हैं वह घर वापस लौट जाना चाहता है लेकिन माँ उसे लेकर होटल उपवन की तरफ चल दी है। लगभग एक घंटा लगातार पैदल चलकर वह माँ के साथ होटल उपवन पहुँच चुका है। पार्टी हॉल के लॉन में है। लॉन को खूब सजाया गया है। बिजली के लम्बे लम्बे झालर लगे है। हवा में रंग बिरंगे गुब्बारे उड़ रहे हैं। तेज रोशनीवाले सफेद बल्व जल रहे हैं। म्युजिक बज रहा है। अन्दर रोशनी में घुसते ही उसका ध्यान सबसे पहले अपने कपड़े पर गया है। उसके कपड़े साफ सुथरे तो हैं लेकिन इस पार्टी में पहनने लायक नहीं है। माँ ने भी एक मामूली साड़ी पहनी है। जीवन में आज पहली बार उसे अहसास हो रहा है कि वह गरीब है। वह सोच रहा है कि क्या पार्टी में आकर उसने गलती की है? वह तो अजीत की खुशी में शामिल होने आया था पर वह भीतर से खुश नहीं है। वह दुखी है। तो क्या माँ भी भीतर से दुखी है। क्या उसके कपड़ों की तरह माँ को भी उसकी साड़ी मामूली लग रही थी? उसकी नजरें अजीत को ढूँढ़ रही हैं। वह उसे उसका बर्थडे गिफ्ट देकर फौरन पार्टी से चला जाना चाहता है। माँ और वह थककर कोने में पड़ी कुर्सी पर बैठ गये हैं। म्युजिक अब रुक गया है। अजीत भीतर से चमकीले कपड़े पहने अपने माँ बाप के साथ आ चुका है। उसने अजीत को उसका उपहार दे दिया है। अजीत को अब केक काटने की रस्म करनी है। अज़ीत ने केक काट दिया है और वह अपनी माँ को केक का टुकड़ा खिला रहा है। फोटोग्राफर के फोटो खींचने से पहले ही वह दूर हट गया है। अजीत की माँ अब उसे केक खिला रही है। बच्चे तालियाँ बजा रहे हैं। म्युजिक फिर से शुरू हो गया है। अब यही केक छोटे छोटे टुकड़ों में काटकर बच्चों के खाने के लिए रख दिया गया है। बच्चे केक पर टूट पड़े हैं। वह और माँ सुस्त कदमों से घर की ओर लौट रहे हैं, पैदल। दिसम्बर की सर्द रात है। रास्ते भर एक अजीब सी खामोशी है, जिसे वह तोड़ना नहीं चाहता है।

14

अब वह और बड़ा हो गया है। इन दिनों उस पर काव्य प्रेम चढ़ा हुआ है। वह कोर्स की किताबे छोड़कर दिन रात सिर्फ कविताएँ पढ़ता रहता है। पिताजी की आलमारी से उसने काफ़ी सारे कविता संग्रह भी निकाल लिए हैं। वह इन कविताओं को

पढ़कर, धुन बनाकर उन्हें गाने की कोशिश करता है। पन्त की कविता "नौका विहार" और निराला की कविता "संध्या सुन्दरी" उसे बेहद प्रिय है।

दिवसावसान का समय
मेघमय आसमान से उतर रही है
वह संध्या सुन्दरी, परी-सी
धीरे धीरे धीरे

आह! कविता पढ़कर उसकी आँखों के सामने संध्या सुन्दरी का चित्र उभरने लगता है। उसने सुना है कि कविताओं में सबसे श्रेष्ठ कविताएँ हैं टैगोर की गीताजंलि। गीताजंलि पिताजी की भी सबसे प्रिय पुस्तक थी।

मेरा शीश नवा दो अपनी
चरण धूल के तल में
देव! डूबा दो अंहकार सब
मेरे आँसू जल में।

अद्भुत। वह भाव विभोर हो जात है। लेकिन जो कविता उसने सैकड़ों बार पढ़ डाली है वह है "पुष्प की अभिलाषा" जिसके रचयिता हैं माखनलाल चतुर्वेदी। उसके हिसाब से यह दुनिया की सबसे सुन्दर कविता है और ऐसी कविता दोबारा नहीं लिखी जा सकती है।

चाह नहीं मैं सुरबाला के
गहनों में गूँथा जाऊँ
चाह नहीं, प्रेमी माला में
विध प्यारी को ललचाऊँ
चाह नहीं सम्राटों के शव
पर, हे हरि डाला जाऊँ
चाह नहीं देवहं के सर पर
चढ़ूं भाग्य पर इठलाऊँ
मुझे तोड़ देना वनमाली
उस पथ पर देना तुम फेंक
मातृभूमि पर शीश चढ़ाने
जिस पथ जाएँ वीर अनेक।

वह कवि बनना चाहता है। यह अलग बात है कि उसने अब तक एक भी कविता नहीं लिखी है। या फिर ये कहना ज्यादा ठीक होगा कि उसने एक भी कविता पूरी नहीं लिखी है। वह दर्जनों अधूरी कविताओं का कवि है। ऐसा नहीं है कि उसने कविताएँ पूरी करने की कोशिश नहीं की है लेकिन इस काम में वह हर

बार विफल हुआ है। कविताएँ पूरी ना कर पाने की असमर्थता उसे पागल बना रही है। पुष्प की अभिलाषा से प्रेरणा लेकर उसने अपने देश के स्वतन्त्रता दिवस पर देशप्रेम की भावना से भरी एक कविता लिखने की कोशिश की है। जिसकी कुछ पंक्तियाँ उसे बेहद पसन्द है।

छन्द सावरुँ, गीत सवारूँ, अधर अधर उल्लास है।
लहराया है जयी तिरंगा, प्राण प्राण की आस है।
सौ सौ सौगन्धों की धरती, माटी चन्दन फूल है।
मित्रों को है पुष्प यहाँ पर दुश्मन को त्रिशूल है।
वीर शहीदों की आहुति से कटी दासता की जंजीरें ।
इसलिए अब मुक्त दिशाएँ और मुक्त आकाश है।
स्वतन्त्रता की वर्षगाँठ यह शुभ पावन त्यौहार है।
कोटि कोटि कण्ठों की जय ध्वनि माँ की मृदु मनुहार है

असीम कहता है कवि बनते नहीं, पैदा होते हैं। कवि होना कोई साधारण बात नहीं है। कवि होने के लिए कवि का हृदय और कवि की दृष्टि होनी चाहिए।

कविता लिखना ही दरअसल हर रचनाशील का प्रथम प्रयास होता है। कविताएँ लिख पाने की असमर्थता की स्थिति में लोग गद्य लिखकर अपनी कुंठा मिटाते हैं। यानी अधिकांश गद्यकार, कहानीकार असफल कवि हैं। हालाँकि अच्छा गद्य लिखना भी कोई मामूली बात नहीं है। लेकिन कविता की तो बात ही कुछ और है।

उसे बड़ा गर्व होता है कि महान उपन्यास सम्राट प्रेमचन्द उसके इसी छोटे से शहर में कुछ साल रहे। असीम उसे लेकर उस छोटे से विद्यालय जा रहा है, जहाँ प्रेमचन्द एक शिक्षक के तौर पर पढ़ाते थे। ये जगह उसके लिए किसी देवालय से कम नहीं हैं। स्कूल आज बन्द है। स्कूल की दीवार पर एक स्मृतिका खुदी हुई है जिस पर लिखा है।

उपन्यास सम्राट प्रेमचन्द (धनपत राय) को प्रेरणा प्रदान करनेवाली यह कुटिया 19 अगस्त 1916 से 16 फरवरी 1921 तक उसके आवास के कारण पुनीत बनी रही और हमे प्रेरणा प्रदान करती रही है। वह राजकीय दीक्षा विद्यालय में प्रथम सहायक अध्यापक के पद पर आसीन थे तथा छात्रावास के अधीक्षक भी थे। राष्ट्रीय भावनाओं से ओत प्रोत होकर महात्मा गाँधी के आह्वाहन पर उन्होंने राजकीय सेवा से त्याग पत्र दे दिया। उसके बाद का उनका जीवन वृतान्त हिन्दी साहित्य के इतिहास में स्वर्णाक्षरों से लिखा है।

यहीं से थोड़ी दूर पर एक पार्क है जिसका नाम ''मुंशी प्रेमचन्द'' पार्क है जो उनकी स्मृति में बनाया गया है। पार्क के पीछे एक मस्जिद है। असीम उसे बता रहा है कि हर साल इस मस्जिद के पास ईद के मेले लगते हैं शायद यहीं किसी मेले में

प्रेमचन्द ने अपनी कहानी ''ईदगाह'' सेट की होगी। ''ईदगाह'' आह! कितनी अद्‌भुत कहानी है।

उसने प्रेमचन्द की कई कहानियाँ पढ़ी हैं। पंच परमेश्वर, पूस की रात, नमक का दरोगा, दो बैलों की कथा वगैरह लेकिन ईदगाह उसे सर्वाधिक प्रिय है। ईद के मेले में जहाँ एक ओर दूसरे बच्चे खिलौने मिठाइयाँ, गेंद और न जाने क्या-क्या खरीद रहे हैं। वहीं हामिद अपनी दादी अमीना के लिए चिमटा खरीदता है, क्योंकि रोटी बनाते समय दादी के हाथ जल जाते हैं। हामिद निष्कपट प्रेम और भोलेपन की एक मिसाल है और हमेशा रहेगा।

असीम उसे अँग्रेज़ी के कवियों के बारे में बता रहा है वर्डसवर्थ, बायरन, शैली, फॉस्ट। ये सारे नाम वह पहली बार सुन रहा है। वह सोच रहा है कि वह ना जाने कैसा लिखते होंगे, वह उन्हें कब पढ़ पाएगा? एक दिन वह उन्हें जरूर पढ़ पाएगा लेकिन उसके लिए पहले उसे अपनी अँग्रज़ी और अच्छी करनी पड़ेगी। बहुत अच्छी।

15

वह माधोपुर बाँध के पासवाले तालाब के किनारे बैठा है। वह असीम का अहसानमन्द है कि उसने उसे इतनी अच्छी जगह दिखाई है जहाँ वह घंटों अकेले बैठ सकता है। इस जगह से उसे बहुत प्यार है। आज तालाब का पानी बिल्कुल स्थिर है कभी कभी हवा से पानी की ऊपरी सतह हिल जाती है असमान बिल्कुल साफ है। तालाब चारों ओर से घने पेड़ों से घिरा है। तालाब के बीचोंबीच वह पानी पर तैरती एक छोटी-सी नाव देख रहा है। नाव को एक दुबला पतला आदमी चला रहा है। असीम ने उसे बताया है कि इस आदमी का नाम माधव है वह वही बाँध के पास रहता है। जब बाँध बनना शुरू हुआ था उसी वक़्त माधव पैदा हुआ था। इसलिए बाँध के नाम पर उसका नाम रख दिया गया था। उसे माधव के विषय में इससे अधिक कुछ भी मालूम नहीं है। ना ही उसने माधव से कभी कोई बातचीत की है। लेकिन माधव के चेहरे पर फैली गहरी शान्ति उसे अचाम्भित कर देती है। वह सोच रहा है कि वह लगभग दो तीन साल से बाँध की ओर आ रहा है और हमेशा माधव को देखता है लेकिन उसने माधव को कभी कुछ बोलते नहीं सुना है। हाँ कभी-कभार उसने धीमे स्वर में उसे कुछ गाते जरूर सुना है, जो उसे अच्छा तो लगता है लेकिन समझ में नहीं आता है। वह सोच रहा है माधव जो प्रकृति के इतने नजदीक है। माधव का शान्त और सुगन्धित अस्तित्व खुद में ही एक कविता है जिसे लिखने और कहने की कोई जरूरत नहीं है। इस पृथ्वी पर इतने सुन्दर प्राणी कितने कम होते हैं। माधव

इतना शान्त और आनन्दित है, तब उसके हृदय में कितनी कविताएँ होंगी। उसे असीम की कही बात याद आ रही है कि कि मनुष्य एक शापित जीव है। मनुष्य खुद दुखी है और अपने कर्मों से दुनिया में दुख फैला रहा है। मनुष्य की प्रकृति हमेशा आगे बढ़ने की और चीजों पर कब्जा करने की है। मनुष्य हमेशा अपनी सत्ता स्थापित करना चाहता है। ऐसा वह अपने खोखले अहंकार की तृष्टि के लिए करता है। जबकि ये तालाब, इसके किनारे उगी घास, ये पेड़, आकाश में फैले अनगिनत तारे अपनी सरलता अपने भोलेपन से अपनी अपनी जगह पर खड़े हैं। बिना किसी चीज पर अपना अधिपत्य जमाते हुए बाकी की प्रकृति के साथ सन्तुलन और लय बनाते हुए। इसीलिए प्रकृति हमेशा प्रेम से भरी है और हमेशा प्रेम से भरी रहेगी और मनुष्य दुखी है और हमेशा दुखी ही रहेगा। शायद इसीलिए प्रकृति के बीच रहकर माधव भी प्रकृति जैसा ही हो गया है शान्त सरल, प्रेम से भरा।

शाम की लाली पूरे आसमान पर छा गयी है। परिन्दे खुशी-खुशी अपने घोसलों की ओर उड़ रहे हैं। घास के भीतर से झीगुंरों की धीमी आवाज आनी शुरू हो गयी है। माधव किनारे पहुँचकर अपनी नाव लगा रहा है। वह अपने इस काम में इतना तल्लीन है कि उसे उसके बैठे होने की भी खबर नहीं है। अब माधव ऊपर चढ़ रहा है और उसे देखकर मुस्करा रहा है। वह माधव से कुछ बात करना चाहता है प्रकृति के बारे में, कविताओं के बारे में। लेकिन क्या माधव समझ पाएगा? हमेशा की तरह माधव बिना कुछ कहे पेड़ों के बीच से होकर बाँध के एक छोर पर बनी अपनी छोटी-सी झोपड़ी की तरफ बढ़ रहा है, कुछ गुनगुनाते हुए। अचानक आसमान में काले बादल आने लगे हैं न जाने कहाँ से। उसका चित्त अस्थिर हो गया है। उसके हृदय में एक अजीब तरह का खिंचाव है और मन में कई तरह की चिन्ताएँ घर कर रही है। रात होने से पहले घर पहुँचने की चिन्ता, परीक्षा पास करने की चिन्ता, अपने पैरों पर खड़े होने की चिन्ता, माँ के स्वास्थ्य की चिन्ता, बहनों की शादी की चिन्ता। वह प्रकृति के बीच रहकर भी अशान्त हो गया है।

इस समय उसे असीम की जरूरत महसूस हो रही है। अगर इस वक़्त असीम यहाँ होता तो वह उससे अपनी चिन्ताएँ जरूर बाँट लेता। असीम उसे कुछ ना कुछ समाधान जरूर देता। वह सोच रहा है कि उसका अस्तित्व असीम पर कितना निर्भर हो गया है। असीम जो कुछ भी कहता है, क्या वह सच है या सिर्फ उसकी सोच। उसे चीजों को खुद परखना होगा। अपने प्रश्नों के उत्तर स्वयं ढूँढ़ने होंगे। अब उसे घर लौट जाना चाहिए। अँधेरा हो रहा है। कुछ देर में ये अँधेरा इस तालाब, इन पेड़ों को, इस नाव को हर चीज को ढँक लेगा। तब ये प्रकृति और भी शान्त हो जाएगी। तपस्या में लीन किसी तपस्वी के मन की तरह। वह अपनी जगह से उठ गया है और धीमे-धीमे चलकर घर लौट रहा है। रास्ते भर उसका मन तरंगित है। घर पहुँचकर

वह अपने पसन्दीदा कवि वडसवर्थ की कविता डैफोडिल्स पढ़ रहा है।

I wandered lonly as a cloud
That floats on high o''er vales and hills
When all at once, I saw a crowd
A host of golden daffodills.

वड्र्सवर्थ को सबसे बड़ा नेचर पोएट कहा जाता है वड्र्सवर्थ का पूरा जीवन कविता को समर्पित है। वह वड्र्सपर्थ से बेहद प्रभावित है। उसने आज महीनों बाद प्रकृति के बीच अच्छा समय बिताया है इसलिए वह समझ सकता है कि प्रकृति ही मानव मन की पीड़ा और उदासी दूर कर सकती है। उसने सुना है कि डैफोडिल्स कविता वड्र्सवर्थ की कोरी कल्पना नहीं है। यह कविता उसके निजी जीवन और परिस्थिति से प्रेरित है। कवि अपने भाई जान के मर जाने के बाद बेहद अकेला हो गया है। वह एक झरने के आसपास यूँ ही घूम रहा है तभी उसने हवा में हिलते सुनहरे डैफोडिल्स को देख लिया है। आसमान में फैले अनन्त तारों की तरह हवा में हिलते डैफोडिल्स कवि के हृदय की उदासी दूर कर उसे प्रेम और आनन्द से भर रह हैं। ये कविता वह कई बार पढ़ चुका है। और जिस शब्द पर वह हर बार अटक जाता है वह है गोल्डेन डैफोडिल्स। वड्र्सवर्थ ने डैफोडिल्स को सुनहरा रंग देकर कविता को एक नये स्तर पर पहुँचा दिया है। कविता के आरम्भ में कवि बादलों की तरह ऊँची उड़ान उड़ रहा है लेकिन उसका हृदय दुखी है, बुझा हुआ है। कविता के आखिरी में कवि नीचे है, बिस्तर पर लेटा हुआ लेकिन उसका मन ऊँची उड़ान उड़ रहा है। वड्र्सवर्थ ने जिस तरीके से प्रकृति का वर्णन किया है वह शायद ही किसी दूसरे कवि के बस की बात हो। वह भी अपना जीवन कविताएँ लिखकर गुजारना चाहता है। उसके मन में कई तरह के विचार आ रहे हैं। वह सोच रहा है क्या सिर्फ कविताएँ लिखकर जीवन गुजारा जा सकता है? कविताएँ जो कवि के अन्तरमन का उद्‌गार हैं, उसका उपयोग पैसा कमाने के लिए कैसे किया जा सकता है? एक चित्रकार बड़े प्यार से बनाई अपनी पेटिंग्स पैसे के लिए कैसे बेच सकता है? पैसा, कविताएँ, चित्रकार। वह सोचते-सोचते सो गया है।

16

वह खुद को आइने में देख रहा है। धूप में पैदल चलकर स्कूल जाने से उसका रंगा और अधिक साँवला पड़ गया है। उसकी आँखें काली गहरी और उदास है और शरीर बेहद दुबला है। आज उसे लग रहा है कि बचपन की कोमलता ख़त्म हो चुकी

है। वह हर दिन कठोर होता जा रहा है बाहर से भी और भीतर से भी। वह अपने कमरे में आकर पढ़ने की मेज पर बैठ गया है। वह विज्ञान का विद्यार्थी है। विज्ञान जिससे उसे अरुचि है। पिछले कई दिनों से वह पीरियाडिक टेबल समझकर याद करने की कोशिश कर रहा है। लेकिन हर बार वह अपने प्रयास में असफल हुआ है। वह सोच रहा है कि उसके जैसे कवि हृदय को इन इलेक्ट्रानों, प्रोटानों और न्यूट्रानों से क्या लेना देना। विज्ञान उसे बुरी तरह थका और उबा रहा है। आज उसे अपने प्रिय शिक्षक रमाकान्त जी की कही बात आ रही है। एक रोज उन्होंने कहा था तुम विज्ञान मत लेना, आर्ट्स ले लेना वही तुम्हारे लिए ठीक होगा। हमारे शिक्षक हमे हमसे बेहतर जानते हैं। उसके इस शहर में आर्ट्स तो लड़कियों के पढ़ने का विषय है। लड़के तो साइंस पढ़ते हैं। दरअसल सच तो ये है कि इस दुनिया में विज्ञान और गणित पढ़नेवाले कुल छात्रों की तुलना में पाइथागोरस और आइंस्टीन बनने वालों की संख्या नगण्य है। बाकियों के साथ क्या होता है? इनमें से कुछ तो अच्छे नम्बर पाकर कहीं ठीक-ठाक नौकरी पा जाते हैं और उसके जैसे कुछ विद्यार्थी जो अच्छे नम्बर भी नहीं पाते हैं वह जीवन में असफल रह जाते हैं। तो क्या वह मान चुका है कि विज्ञान पढ़कर वह जीवन में असफल ही होनेवाला है। ऐसा भी नहीं है उसने विज्ञान और गणित में रुचि लेने की कोशिश नही की है लेकिन इन विषयों को पढ़ने में उसे कभी कोई रस नहीं आया है। वह उन करोड़ों विद्यार्थियों में से है, जो विज्ञान और गणित सिर्फ पढ़ने लिए पढ़ रहे हैं बिना किसी रुचि या लक्ष्य के।

कभी कभी तो उसे इस पूरी शिक्षा व्यवस्था पर ही क्रोध आता है। उसे लगता है कि शिक्षा महज वह जानकारी होकर रह गयी है जिसका उपयोग पैसा कमाने के लिए किया जाता है। उसके दोस्त अभी से डॉक्टर और इंजीनियर बनने के सपने देख रहे हैं। वह हर दिन दस से बाहर घंटे पढ़ते हैं। लेकिन उसके लिए तो दो से तीन घंटे पढ़ना भी बेहद मुश्किल हो रहा है। वह नाभिकीय विखंडन (उसने सोचा था कि कम से कम इस अध्याय को पढ़ने में उसे आनन्द आएगा) पढ़कर इतना ऊब गया है कि केमेस्ट्री कि किताब फेंककर उठ गया है। उसे पास होने के लिए केमेस्ट्री का ट्युशन करना ही पड़ेगा और ट्युशन के लिए उसे पैसे चाहिए होंगे। कम से कम दो सौ रुपये। उसे अपनी छोटी मोटी जरूरतों के लिए काम पकड़ना होगा। वह क्या करे? उसे माँ से पैसा माँगना बिलकुल अच्छा नहीं लगता है। उसे एक ऐसा काम चाहिए जिसे करके वह कम से कम तीन सौ रुपये कमा ले।

दो सो रुपये कैमेस्ट्री के ट्युशन के लिए और सौ रुपये अपने दूसरे छोटे मोटे खर्चों के लिए। वह अपनी ये समस्या लेकर असीम के पास गया है। असीम सिगरेट का कश खींचकर कह रहा है "शायद तुम्हारा काम हो जाएगा, फिक्र मत करो" असीम के एक दूर के रिश्तेदार हैं कृष्णानन्द चक्रवर्ती। कृष्णानन्द जी का एक सैलून

है। जनता केश कर्तनालय। सैलून एक वक़्त पर बड़ा अच्छा चलता था लेकिन पिछले कुछ महीनों से सैलून से होनेवाली आमदनी काफ़ी कम हो गयी है। कृष्णानन्द जी रेलवे में टिकट कलेक्टर हैं और अकसर बाहर रहते हैं। उन्हे हफ्तों सैलून आने का मौका नहीं मिलता है। सैलून में काम करनेवाले लड़के हिसाब में गड़बड़ करते हैं। वह सैलून की आमदनी कम दिखाते हैं और जो थोड़ी बहुत आमदनी होती है वह दुकान का किराया देने और जरूरत की दूसरी चीजे लाने में खर्च हो जाती है। कृष्णानन्द जी को एक भरोसे का एक आदमी चाहिए जो सैलून पर नजर रख सके।

अगले दिन असीम ने उसे कृष्णानन्द जी से मिलवा दिया है। कृष्णानन्द जी का प्लान है कि वह सैलून में काम करनेवाले लड़कों से कहेंगे कि वह उनका दूर का रिश्तेदार है, जिसे उन्होंने कलकत्ते से सैलून की देखरेख के लिए बुलाया है। उसकी उम्र कम है इसलिए कोई शक भी नहीं करेगा कि वह ये काम पैसों के लिए कर रहा है। प्लान कुछ यूँ है कि सैलून में काम करनेवाले तीनों लड़कों को दिन भर हुई कमाई का हिसाब एक नोट बुक में लिखना होगा जैसे दाढ़ी के पाँच रुपये, हेयर कटिंग के दस रुपये। शाम को उसे जाकर हिसाब जोड़कर नगद गिनकर घर पहुँचाना है। इस काम के उसे तीन सौ रुपये मिलेंगे और वह महीने में चाहे जितनी बार भी चाहे सैलून में बाल कटवा सकता है, बिल्कुल मुफ्त। आज उन्नीस तारीख है। ये काम उसे अगले महीने की एक तारीख से शुरू करना है। ये उसके जीवन का पहला काम है। जिसे लेकर वह बेहद उत्साहित है।

आज उसे सैलून में काम करते एक महीने हो चुका है। समय पर उसे उसके पैसे भी मिल चुके हैं। उसने केमेस्ट्री का ट्यूशन भी शुरू कर दिया है। वह रात साढ़े सात बजे घर से पैदल निकलकर बीस मिनट पैदल चलकर सैलून पहुँचता है। हिसाब-किताब करने में उसे लगभग आधा घंटा लग जाता है। फिर वह दस मिनट और पैदल चलकर सैलून के पीछे एक गली के आखिर में स्थित कृष्णानन्द निवास में जाकर कृष्णानन्द जी की पत्नी को पैसे दे देता है। घर पहुँचते पहुँचते साढ़े नौ बज जाते हैं क्यूँ कि अकसर वह घूमता फिरता आता है, कभी-कभार वह असीम के यहाँ भी बैठ जाता है। धीरे-धीरे सैलून में काम करनेवाले इन लड़कों से उसकी दोस्ती हो गयी है। वह उसे बंगाली बाबू कह कर चिढ़ाते हैं। वह मन ही मन उन पर हँसता है कि वह उसे बंगाली समझते हैं। सैलून के टेपरिकॉर्डर में दिन भर गाना बजता रहता है। कृष्णानन्द जी का आर्डर है कि सैलून में सुबह भजन बजने चाहिए, दिन में नये गाने और शाम को पुराने फ़िल्मी गीत। लेकिन सैलून में काम करनेवाले लड़के सुबह से शाम तक नये गाने ही बजाते रहते हैं इसमे से अधिकांश गाने फ़िल्मी होते हैं। रात के नौ बज रहे है वह धीमे धीमे चलकर घर लौट रहा है। हर तरफ चाँदनी बिखरी है। हल्की हल्की हवा चल रही है वह सोच रहा है कि काम और फुर्सत दिन और

रात की तरह है। दिन में हम काम करते हैं और दुनिया के होते हैं और रात में हम खाली होते हैं और निसर्ग के होते हैं। दिन की दुनिया सिमटी हुई होती है और रात की दुनिया असीमित है अनन्त। इस अनन्त आकाश की तरह। वह चाँदनी रात में अपने शरीर के साथ चलती अपनी छाया देख रहा है।

17

उसके केमेस्ट्री के टीचर हैं, हरीशचन्द्र लाल। लड़के उन्हे एचसीएल कहते हैं। केमेस्ट्री के ट्युशन में बायो और मैथ्स दोनों ही ग्रुप के स्टूडेंट हैं। बायो ग्रुप में ज्यादातर लड़कियाँ और मैथ्स ग्रुप में ज्यादातर लड़के। इसी बायोग्रुप की एक स्टुडेंट है देवयानी। देवयानी केमेस्ट्री की इस दम घोटनेवाली क्लास में प्राणवायु की तरह है। आज उसे और देवयानी को साथ पढ़ते हुए छह महीने हो गये हैं लेकिन उन्होंने कभी भी एक दूसरे से बात नहीं की है। वह देवयानी के बारे में कुछ भी नहीं जानता है सिवाय इसके कि वह एक सम्पन्न परिवार से आती है। उसके पिता शहर के एक नामी गिरामी डॉक्टर हैं। देवयानी के व्यक्तित्व में एक अजीब-सा खिंचाव है। उसकी मुस्कराहट उसे बड़ी रहस्मय लगती है। देवयानी को हल्के रंग बेहद पसन्द है। अकसर वह हल्के रंग का चूड़ीदार सलवार कुर्ता पहनकर आती है। आसमानी, गुलाबी, हल्का नारंगी। वह क्लास के किसी भी लड़के से बात नहीं करती है। सिर्फ उसे देखकर मुस्करा देती है। उसकी ये मुस्कराहट उसे बेचैन कर जाती है। क्लास से बाहर निकलने के दो दरवाजे हैं देवयानी आगे बैठती है और आगेवाले दरवाजे से निकलती है। वह पीछे बैठता है पीछेवाले दरवाजे से निकलता है। लेकिन हर दिन अलग-अलग दरवाजों से निकल कर भी दोनों एक गलियारे में लगभग एक मिनट तक साथ चलते हैं। देवयानी जानबूझ कर धीरे-धीरे चलती है। कभी-कभी तो वह रुककर उसके पीछे से आने का इन्तजार भी करती है। देवयानी और उसमें क्लास के बाद एक मिनट तक साथ चलने का एक अजीब-सा रिश्ता बन गया है। पढ़ाई शुरू होते ही उसका मन देवयानी से बाते करने लगता है। दिन भर उसके साथ जो कुछ भी होता है वह उससे मन ही मन सब कुछ कह देता है। ऐसा करके उसे बड़ा सुकून मिलता है। कैमेस्ट्री के ट्युशन में उसकी दोस्ती क्लास के सबसे तेज स्टुडेंट उज्जवल से हो गयी है। उज्जवल एक सीधा-सादा लड़का है। वह इंजीनियर बनना चाहता है और दिन रात उसी की तैयारी में लगा रहता है। उज्जवल साइंस सब्जेक्ट में जितना तेज है, आट्र्स विषयों में उतना ही कमजोर। वह और उज्जवल पढ़ाई में एक दूसरे की मदद कर रहे हैं। पढ़ाई के अलावा उज्जवल का एक ही शौक है क्रिकेट

देखना और खेलना। जब भी वह दोनो पढ़ते पढ़ते बोर हो जाते हैं तो क्रिकेट पर बातचीत शुरू कर देते हैं। जैसे कौन-सी सीरिज शुरू होनेवाली है? किस खिलाड़ी का कितने रन का रिकॉर्ड है। दुनिया का सर्वश्रेष्ठ टीम कौन-सी है। वगैरह वगैरह।

इंटरमीडियट के इम्तेहान में अब सिर्फ पन्द्रह दिन ही बचे हैं। कैमेस्ट्री का ट्यूशन बन्द हो गया है। उसे मन मारकर पढ़ाई करनी पड़ रही है। देवयानी को देख पाने का ख्याल उसे बेचैन कर रहा है। वह इम्तेहान ख़त्म होने का इन्तजार कर रहा है। ज़िन्दगी का कितना हिस्सा इन्तजार करने में ही गुजर जाता है?

इम्तेहान ख़त्म हो चुके हैं। उसे मालूम है कि वह पास हो जाएगा। अब उसे अपने आगे के जीवन के बारे में सोचना होगा। जहाँ उज्जवल और उसके दूसरे दोस्त इंजीनियरिंग की तैयारी में लगे हैं वहीं वह अँग्रेज़ी साहित्य से बीए करने की सोच रहा है। साहित्य के अलावा उसका मन किसी और चीज में नहीं लगता है। लेकिन क्या साहित्य की पढ़ाई उसे रोजगार दे पाएगा? इन दिनों वह इन्हीं ख्यालों में डूबा रहता है।

वक़्त तेजी से गुजर रहा है। कल रात रिजल्ट आ चुके है। वह सेकेंड डिवीजन से पास हो गया है। वह बेहद खुश है। इम्तेहान पास करने की व्यग्रतता से उसका पीछा छूट चुका है। कैमेस्ट्री के टीचर हरीशचन्द्र लाल ने सारे विद्यार्थियों को बधाई देने के लिए बुलाया है। उसे रात से हल्का बुखार है लेकिन वह महीनों बाद देवयानी से मिलने का मौका गँवाना नहीं चाहता है। वह शाम चार बजे उज्जवल के घर पहुँच गया है। वह और उज्जवल धीरे धीरे क्रिकेट डिस्कस करते करते आगे बढ़ रहे हैं। उसका मन उज्जवल की बात में नहीं लग रहा है। उसके मन में एक अजीब सा डर बैठ रहा है। वह सोच रहा है कि अगर देवयानी नहीं आई तो वह क्या करेगा? क्या वह उसे देख पाने की तीव्र इच्छा दबा पाएगा? क्या वह उसके घर जाकर उसका रिजल्ट पूछ पाएगा? वह घर पर होगी या छुट्टियाँ मनाने कहीं बाहर गयी होगी? उसके माँ-बाप क्या सोचेंगे?

चलते चलते वह और उज्जवल क्लास में पहुँच चुके हैं। क्लास पूरी भरी है। आज से दो महीने पहले इस क्लास में उसका दम घुटता था। एक अजीब सा संजीदा सा माहौल छाया रहता था। आज इसी क्लास में कोई पढ़ाई की बात नहीं कर रहा है। सभी खुश है और अपने आने वाले जीवन की योजनाओं के बारे में बात कर रहे हैं। एचसीएल मिठाई खाकर उन्हे बधाई देकर जा चुके हैं। देवयानी का कुछ पता नहीं है। उसे क्लास में बैठना बेमानी लग रहा है। वह जाने की सोच रहा है। वौ जैसे ही उठकर हमेशा की तरह पीछे वाले दरवाजे से बाहर निकल ही रहा है कि उसे सामने से देवयानी आती दिखाई दे रही है। वह उल्टे पाँव आकर अपनी जगह पर वापस बैठ गया है। देवयानी ने लाल रंग का सलवार कुर्त्ता पहना है। उसकी आँखों में खुमारी है जैसे वह कोई प्यारा सपना देखकर आ रही हो। उसके चेहरे पर वही जानी

पहचानी रहस्यमय-सी मुस्कराहट है। वह एक बड़े से पैकेट में मिठाइयाँ लेकर आई है। वह सबको मिठाई देकर उसकी ओर बढ़ रही है। उसका दिल जोर से धड़क रहा है। देवयानी उसके बेहद करीब खड़ी है इतने करीब कि वह उसकी साँसों की भीनी खुशबू भी महसूस कर सकता है। उसने मिठाई का एक टुकड़ा उठा लिया हैं आज उसने हिम्मत करने महीनों की चुप्पी तोड़ दी है। "अब आगे की पढ़ाई?" वह डरकर उसकी आँखों में देख रहा है।

"मेडिकल के लिए बैंगलोर जा रही हूँ, तुम?"

"आर्ट्स" वह कहते कहते रुक गया है, "कुछ सोचा नहीं है अब तक"।

"शहर छोड़ दोगी?"

"नहीं छुट्टियों में आऊँगी, माँ-पापा सब तो यहीं हैं" यह कहकर देवयानी मुस्करा दी है। जैसे कह रही हो "बुद्धू" लड़की से क्या बात करते हैं तुम्हें नहीं मालूम। मुझे लगा कि तुम कुछ प्यार व्यार की बात करोगे।

प्यार। जैसे वह नींद से जाग गया है। फूल अपनी खुशबू बिखेरकर जा चुका है। वह देवयानी को जाते हुए देख रहा है। उसकी जिन्दगी के सबसे खूबसूरत समय के आखिरी क्षण तेजी से गुजर रहे हैं। वह सोच रहा है कि देवयानी एक रोज डॉक्टर बन जाएगी और शायद किसी डॉक्टर से शादी कर लेगी। उसके ख्याल में देवयानी लड़की से एक औरत बन गयी है एक विवाहिता जिसे सिर्फ अपने पति से प्यार करने की इजाजत है। तब वह कहाँ होगा? क्या कर रहा होगा? उसे कुछ साल बाद का खुद का धुँधला सा चेहरा दिख रहा है। सूरज डूब चुका है। आसमान अब भी नारंगी है। वह देवयानी को हमेशा के लिए अपनी स्मृतियों में बसा लेना चाहता है। वह जानता है कि वह उसे फिर कभी नहीं देख पाएगा। कम से कम इस रूप में तो बिल्कुल नहीं। महीनों बाद उसने एक कविता लिखी है।

एक नदी की एक धारा
पत्थरों के बीच निकली
किलकिलाई खिलखिलाई उछली कूदी इठलाई
राह का एक पत्थर उसे देखता रहा
मूक मन्त्रमुग्ध
नदी समतलों, मरूस्थलों से गुजरी
और अपने प्रियतम सागर से जा मिली
मै उस पत्थर को देखता रहा
मुझे याद आई एक शोख-सी लड़की
मैंने देखा एक नदी की एक धारा।

18

उसके पास वक़्त ही वक़्त है। वह आर्ट्स का स्टूडेंट है। उसका विषय है अँग्रेज़ी साहित्य। अब न तो उसे किसी साइंस सब्जेक्ट का ट्यूशन करना है ना ही गणित के जटील सवालों का अभ्यास। ना ही उसे प्रेक्टिकलों की चिन्ता है। उसने फर्स्ट ईयर का अपना पूरा पाठ्यक्रम तीन महीनों में ही पढ़ डाला है उसने इम्तेहान के लिए नोटस भी बना लिये हैं। वह कभी-कभार यूनिवर्सिटी भी जाता है। पढ़ने के लिए नहीं बल्कि खुद को याद दिलाने की वह इस यूनिवर्सिटी में पढ़ता है। अकसर वह हाथ में कोई नॉवेल या कविता की किताब लेकर यूनिवर्सिटी जाता है। जब दूसरे लड़के लड़कियाँ क्लास में लेक्चर अटेंड कर रहे होते हैं तब वह मैदान के किसी कोने में किसी पेड़ के नीचे या हॉस्टल की सीढ़ियों पर बैठा कुछ पढ़ता रहता है। उसे राशियन साहित्य बेहद पसन्द है। टॉयस्टाय, गोर्की, चेखव। कवियों में उसे पाउंड और राबर्ट फॉस्ट सबसे ज्यादा पसन्द हैं। उसे फॉस्ट की सबसे अच्छी कविता लगती है।

The road not taken.

Two road diverged in a wood, and i took the one less travelled by and that has made all difference.

फॉस्ट की सबसे बड़ी खासियत है कि फॉस्ट ने साधारण बातचीत को कविता का रंग दे दिया है। जैसा कि उनकी कविता Stopping by woods on a snowy evening में दिखता है।

The woods are lovely, dark and deep
but I have promises to keep and miles to go before i sleep

यूनिवर्सिटी में ढेरों लड़कियाँ हैं लेकिन कोई भी लड़की कभी भी उस पर ध्यान नहीं देती है। कम से कम उसे तो ऐसा ही लगता है। ऐसा शायद इसीलिए है क्योंकि उसके बाहरी रूप रंग पहनावे में ऐसा कुछ भी नहीं है जो किसी लड़की को उसकी ओर आकर्षित करें। वह सोचता है कि क्या आन्तरिक गुण, आन्तरिक सुन्दरता किसी काम की नहीं है?

अभी तक उसे एक भी लड़की ऐसी नहीं मिली है, जो उसके हृदय में झाँक पाए। यह जान पाए कि वह एक कवि है। या कम से कम एक भावी कवि।

पिछले कई महीनों से वह अपने अँग्रेज़ी के शिक्षक जान डायस के बेहद करीब आ गया है। वह यही यूनिवर्सिटी के पास रहते हैं वह कभी-कभार रविवार को या किसी छुट्टी के दिन उनके घर चला जाता है। उनका छोटा-सा घर बेहद सुन्दर है घर में एक छोटा-सा लॉन है। जिसमें सुन्दर घास उगी रहती है। लॉन के चारों ओर फूलों की क्यारियाँ हैं जिसे गेंदे, गुलाब, डहोलिया वगैरह के फूल उगे रहते हैं। सर जान रोज शाम को लॉन में पानी डालते हैं। कभी-कभार वह लॉन में

उगी घास भी खुद ही काटते हैं। उनके अलावा घर में पाँच सदस्य हैं। सर जान की बूढ़ी माँ ग्लोरिया जो अकसर घर के किसी कोने में आराम कुर्सी पर पड़ी रहती है। उनकी पत्नी डायना जो एक नर्सरी स्कूल की प्राधानाचार्या हैं। सर जान की दो बेटियाँ हैं सोफी और मिशेल। सौफी नौ साल की है। वह थोड़ी मोटी है और अपनी उम्र से बड़ी लगती है। मिशेल छह साल की है। उसके बाल घुँघराले हैं। हँसने पर उसके गाल में छोटे-छोटे गड्ढे पड़ जाते हैं। मिशेल साफ बोल नहीं पाती और बेहद शर्मीली है। इसके अलावा सर जॉन के घर में एक कुत्ता भी है। जिसका नाम ब्राक है। कुत्ता अल्सेशियन नस्ल का है। सर जॉन के ड्राइंग रूम में एक पेटिंग लगी है। ये पेंटिंग उन्होंने सालों पहले शिमला के मालरोड से खरीदी थी। पेंटिंग में पहाड़ों के बीच से सूरज निकल रहा है। पेंटिंग पर लिखा है 'The Sun shine for all' यह लाइन उसे अचम्भित कर देती है। ये पेंटिंग जॉन सर को बहुत पसन्द है। उन्होंने अपने जीवन में कितने ही घर बदले, लेकिन ये पेंटिंग उनके हर घर के ड्राईंगरूम की शोभा बढ़ाती रही है। अकसर घर आने पर वह सोफी और मिशेल को लॉन की मिट्टी में खेलता हुआ पाता है। उन्हें मिट्टी में खेलना बहुत पसन्द है। अकसर जब वह सर जॉन के घर आता है और घंटी बजाता है तो मिसेज डायस गेट खोलती हैं और उसके बिना कुछ पूछे ही कहती हैं ''कम कम''। ''ही इज इन''। वह सर जॉन से बेहद खुल गया है। वह भी उसके साथ सब कुछ डिस्कस करते हैं। उनकी स्टूडेंट लाइफ, उनके पुराने अफेयर और कभी-कभी अपनी मैरिड लाइफ भी। सर जॉन की पर्सनल लाइब्रेरी में चार सौ से भी अधिक किताबें हैं। ज्यादतर किताबें साहित्य की हैं। साहित्य के अलावा उनका हयुमन साइकोलॉजी का संग्रह भी अद्भुत है। अकसर वह उनसे कोई किताब माँगकर ले जाता है और पढ़कर लौटा देता है। पॉएट्री के अलावा आज कल एक दूसरी चीज उसे अपनी ओर खींच रही है। वह है ड्रामा। सर जॉन ने उसे शेक्सीपियर पढ़ने की सलाह दी है शेक्पीयर जिसने कहा था

All the world is a stage

And all the men and women merely players, they have their exits and their entrances.

सर जॉन उसे ड्रामा और पॉएट्री के बीच फर्क बता रहे हैं कि कैसे दोनों साहित्य का भाग होते हुए भी एक दूसरे से बिल्कुल जुदा है। वह कह रहे हैं कि ''''पोएट्री इज एन इमेजिनेटिव अवेरनेस ऑफ एक्सपीरियेंस थ्रू साउंड एण्ड रीदमिक लैंग्वेज टू इवहक एन इमोशनल रेस्पांस जबकि ए ड्रामा इज ए लिटरेचर विच इज रिटेन टू बी परफार्म्ड। पॉएट्री के एलीमेंट्स हैं वर्स, राइम, मीटर, थीम और ड्रामे में द स्टोरी इज टोल्ट थ्रू वर्डस एण्ड एक्शन ऑफ एक्टर्स।'' डायना मैडम ने स्टडी में लाकर उन्हें चाय दे दी है। जॉन सर अब उसे ड्रामे की उत्पत्ति के बारे में बता

रहे। वह कह रहे हैं कि ड्रामा कब, कहाँ और कैसे शुरू हुआ है इसके बारे में निश्चित तौर पर कुछ नहीं कहा जा सकता है। हालाँकि इस बात के कुछ प्रमाण मिले हैं। रोमन जब इग्लैंड में थे जब उन्होंने अपने नाटकों के लिए थियेटर स्थापित किये थे और जब वह इग्लैंड छोड़कर चले गये तो थियेटर भी उन्हीं के साथ चले गये। शुरुआती दौर में एक अकेला आदमी जिस नट या विदूषक कहते थे लोगों की भीड़ जुटाकर किसी कहानी को गा-गाकर सुनाता था। बाद में चर्च की बाते फैलाने, नैतिक शिक्षा का प्रचार-प्रसार करने के लिए नाटकों का प्रयोग हुआ। शेक्यपियर के पहले जो नाटककार आए उनमें से प्रमुख हैं जान लेली, राबर्टग्रीन, क्रिस्टोफर मारलों वगैरह। ये सभी पढ़े लिखे और शिक्षित थे। इन सबके बीच एक समानता थी कि ये स्वयं एक्टर भी थे। इसलिए उन्हें स्टेज और दर्शकों की अच्छी जानकारी थी। उन्हें मालूम था कि दर्शकों का मनोरंजन कैसे करना है। अपनी बात सरल तरीके से उन तक कैसे पहुँचानी है। फिर सोलहवीं सदी में आया शेक्सपियर जो खुद एक कलाकार, कवि, उपन्यासकार, नाटककार और सब कुछ था। शेक्सपियर ने जो कुछ भी छुआ, वह सब खरा सोना हो गया। शेक्सपियर में न सिर्फ उच्च कोटी की सृजनात्मक प्रतिभा थी बल्कि कला के नियमों की भी उसे सहज ज्ञान था। शेक्सपियर ने अपने नाटक मुख्यत: रंगमंच पर अभिनय करने के लिए ही लिखे थे। लेकिन हमें उन्हें पढ़ने में भी उतना ही आनन्द आता है। शेक्सपियर के नाटकों की सबसे बड़ी विशेषता है, उसके पात्र जो बेहद रोचक है न सिर्फ मुख्य पात्र बल्कि छोटे से छोटा पात्र भी। सर जॉन उसे ''ए मिड समर नाइट ड्रीम'' पढ़ने को कह रहे हैं। उनके विचार में शेक्सपियर का शायद ही शायद ही कोई दूसरा नाटक इतना निष्कपट, इतना मौलिक और बेहतरीन तरीके से डिजाइंड होगा। वह मन ही मन निश्चय कर रहा है कि वह आनेवाले कुछ महीनों में ही शेक्सपियर के सभी नाटक पढ़ डालेगा। जॉन सर धीरे धीरे उसके बारे में सब कुछ जान गये हैं। वह अपने प्रति उनके व्यवहार में प्यार के साथ साथ सहानुभूति भी अनुभव करने लगा है।

दिसम्बर का महीना है। दिन भर कोहरा छाया रहता है। गलन भी खूब है। ठंड के कारण स्कूल कॉलेज बन्द हैं। सड़कें सूनी रहती हैं। जाड़ों की धुँधलाती शाम उसकी आत्मा में एक अजीब सा कम्पन पैदा कर देती है वह अकसर शाम को खूब चलता है, बेवजह, खुद को गर्म रखने के लिए, शायद खुद को थकाने के लिए भी।

जॉन सर उसे इस शहर में तबादला लेकर आए नए आई.जी. साहब के इकलौते बेटे को पढ़ाने को कह रहे हैं। आई.जी. साहब उनके पुरान परिचित हैं। उनके बच्चे का एडमिशन काफ़ी देर से हुआ है। बच्चा पढ़ाई में कमजोर भी है, इसलिए उसे तुरन्त ही पढ़ाना शुरू करना होगा बिना किसी देरी के। सर जॉन ने उसे इस काम के लिए चुना है इसके लिए वह उनका अहसानमन्द है। वह एक कागज के

छोटे से टुकड़े पर उसे आई.जी. साहब का पता लिख कर दे रहे हैं। पता है श्री के.के. लाल, उच्च अधिकारी निवास संख्या 103, रेलवे स्टेडियम कॉलोनी। उसने कल ही जाने का वादा किया है। कल रविवार है। सर जॉन का परिवार क्रिसमस की तैयारी में लगा है। मिशेल और सोफी बेसब्री से क्रिसमस का इन्तजार कर रही हैं। कभी कभी इन्तजार बड़ा अच्छा लगता है।

आज रविवार है। सुबह उसने रेडियो पर सुना है कि यह ठंड पिछले पचास वर्षों की सबसे अधिक ठंड है। दो हफ्तों से शहर में सूरज नहीं दिखा है। पारा गिरकर दो डिग्री तक पहुँच गया है। ठंड के कारण सड़कों पर रहनेवाले गरीब रोज मर रहे हैं। वह सुबह नौ बजे ही घर निकल गया है। उसने अपना मनपसन्द नीला जैकेट पहना है, जिसे वह ख़ास मौकों पर ही पहनता है। जैकेट की जेब से हाथ निकालते ही हाथ ठिठुरने लगता है। चलते-चलते पाँवों के रुकते ही खून जमना शुरू हो जाता है। वह चलते-चलते जैकेट की जेब से हाथ निकालकर उन्हें आपस में रगड़कर गर्म कर रहा है। लगभग आधा घंटा पैदल चल कर वह आई.जी. साहब के बँगले पर पहुँच गया है। बंगला काफ़ी बड़ा है। बँगले के गेट पर दो सिक्युरिटी गार्ड तैनात हैं। सिक्युरिटी गार्ड उससे पूछ रहा है कि वह कौन है और उसे किससे मिलना है? वह सिक्युरिटी गार्ड को बता रहा है कि उसे यूनिवर्सिटी वाले जॉन सर ने भेजा है वह आई.जी. साहब के बच्चे को पढ़ाने आया है। गार्ड भीतर गया है और थोड़ी ही देर में बाहर आ गया है। उसके रवैये में नर्मी आ गयी है। वह गेट खोलकर उसे भीतर जाने का इशारा कर रहा है। इतना बड़ा आलीशान बंगला वह जीवन में पहली बार देख रहा है। बँगले के चारों ओर कंक्रीट का पक्का रास्ता है। रास्ते के एक तरफ बड़ा-सा लॉन है। लॉन के चारों ओर फूलों की क्यारियाँ है। लॉन में एक झूला भी लगा है। वह धीरे-धीरे चल रहा है और सोच रहा कि आई.जी. साहब कैसे होंगे? उनका बच्चा कैसा होगा? क्या वह उसे पढ़ा पाएगा? वह उसके बारें में क्या पूछ सकते हैं? सोचते सोचते वह एक हॉलनुमा बड़े से ड्राइंगरूम में पहुँच गया है। ड्राइंग रूम इतना सुन्दर है कि देखते ही बनता है। दीवारों पर लाल रंग के मोटे पर्दे लगे है। काँच की एक गोल मेज है। मेज पर गुलदस्ता रखा है। ताजे गुलाबों पर नर्म ओस पड़ी है। फर्श पर मोटी कालीन बिछी है। दीवार पर आई.जी. साहब का फोटो लगा है। राष्ट्रपति से पुरस्कार लेते हुए। एक दूसरी फोटों में उनका पूरा परिवार दिख रहा है। दो बेटियाँ उनका बेटा और पत्नी। ड्राइंगरूम के एक हिस्से में पारदर्शी पर्दा लगा है। जिसका दूसरी तरफ का हिस्सा रसोई से जुड़ा है। वही पर एक बड़ी-सी डाइनिंग टेबल रखी है। घर में शान्ति है। रसोई से कुछ पकने की आवाज आ रही है। आई.जी. साहब ने उसे देख लिया है। वह डायनिंग टेबल से उठकर उससे मिलने आये हैं।

''आई एम लाल'' वह उससे हाथ मिला रहे हैं। आई.जी. साहब मिडिल

एजेड गठीले बदन के एक हँसमुख इंसान हैं। उन्होंने ऊनी गाउन पहना है। "लैटस टाक ऑन ब्रेकफास्ट"। वह उनके पीछे पीछे आकर डाइनिंग टेबल पर बैठ गया है। टेबल के दूसरी तरफ एक बेहद प्यारा सा दस ग्यारह साल का बच्चा बैठा है। बच्चा काँटे छूरी से धीरे-धीरे अपनी प्लेट में पड़ा आमलेट रखा रहा है। वह शक्ल से डरा हुआ लग रहा है। शायद उससे, अपने नए टीचर से। भीतर से रसोइयों ने आकर उसकी प्लेट में आलू का एक पराठा डाल दिया है। वह पराठा खा रहा है। थोड़ी देर में रसोइया एक बड़े कप में कॉफी भी लेकर आ गया है। आई.जी. साहब ने बातचीत का सिलसिला शुरू कर दिया है। वह उसे बता रहे हैं कि वह इसी प्रदेश के एक छोटे से गाँव में पैदा हुए थे। उनके पिता बचपन में ही गुजर गये थे। उनका बचपन बड़ी गरीबी और संघर्ष में बीता है। छोटी जाति का होने के कारण उनमें एक अजीब-सी हीनता भी थी। लेकिन अपनी मेहनत और लगन से वह सिविल सेवा के लिए चुने गए। वह एम.एस.सी गोल्ड मेडलिस्ट हैं। वह आगे उसे बता रहे हैं कि उनके तीन बच्चे हैं। सबसे बड़ी बेटी नन्दिता जो ग्याहवीं क्लास में है और यहीं उनके साथ रहती है। उसके पीछे दूसरी बेटी निहारिका जो आठवीं क्लास में हैं और शिमला में पढ़ती है और सबसे छोटा उनका बेटा आकाश, जो छठवीं क्लास में है। आई.जी. साहब उसे बता रहे हैं कि वैसे एक प्रशासनिक अधिकारी को हमेशा राजनीतिक दवाब में काम करना पड़ता है। अगर एक अधिकारी ईमानदार है तो उसे कही टिकने नहीं दिया जाता है, क्योंकि उसकी ईमानदारी से दूसरों का हित भी प्रभावित होता है। अकसर जब वह किसी शहर में ठीक ठाक काम कर रहे होते हैं तो अचानक ऊपर से ट्रांसफर का ऑर्डर आ जाता है और उनका ट्रांसफर किसी दूसरे शहर में कर दिया जाता है। तब उन्हें अपने परिवार को लेकर भागना पड़ता है। बार-बार ट्रांसफर से बच्चों की पढ़ाई में हर्जा होता है। कई बार उन्हे बड़े अच्छे स्कूल बड़े अच्छे शिक्षक मिल जाते हैं लेकिन उन्हें छोड़ना पड़ता है। आई.जी. साहब इतनी देर से उससे बातचीत कर रहे हैं लेकिन इस पूरी बातचीत में लेकिन कहीं भी उनकी पत्नी का जिक्र नहीं है। जो उसे कहीं दिखाई भी नहीं पड़ रही है। आकाश अब अपना दूध ख़त्म कर रहा है और उसे एक टक उसे देख रहा है। अब वह आई.जी. साहब को खुद के विषय में बता रहा है कि वह विद्यार्थी है और बी.ए कर रहा है। उसका विषय अँग्रेज़ी साहित्य है। उसके पिता नहीं हैं। घर में उसकी बहनें और माँ हैं। वह ये काम समय के सदुपयोग और अपनी पढ़ाई के खर्चे निकालने के लिए कर रहा है। दीवार पर टँगी ताँबे की एंटीक घड़ी में दस बज रहे हैं। आई.जी. साहब उससे पूछ रहे हैं कि वह फीस कितनी लेगा? उसने इस बारे में कुछ नहीं सोचा है। उसे तो ये भी नहीं मालूम है कि आमतौर पर लोग कितनी फीस लेते हैं? वह संकोचवश कुछ कह नहीं पा रहा है। कुछ सोचकर आई.जी. साहब कर रहे हैं कि

वह आकाश के पिछले टीचर को चार सौ रुपये देते थे चूँकि वह एक विद्यार्थी है इसलिए वह उसे पाँच सौ रुपये देंगे। वीरेन्द्र उनका घरेलू नौकर है। वही उनका पूरा घर सँभालता है। हर महीने वीरेन्द्र उसे फीस दे दिया करेगा। अगर वीरेन्द्र भूल जाए वह वह नि:संकोच अपनी फीस माँग सकता है। आकाश साढ़े तीन बजे स्कूल से आ जाता है। साढ़े तीन के बाद वह कभी भी आकर उसे पढ़ा सकता है। जब तक आकाश का पिछड़ा हुआ कोर्स कवर ना हो जाए तब तक उसे आकाश को हर दिन ढाई घंटे पढ़ाना होगा। बाद में वह उसे सिर्फ एक घंटा देने को ही बाध्य होगा। आई.जी. साहब ने उसे बेस्ट ऑफ लक कहकर घर की स्टडी में लाकर छोड़ दिया है। स्टडी काफ़ी बड़ी है। स्टडी से अटैच एक बाथरूम है। स्टडी टेबल पर ढेरों किताबें पड़ी हैं। सामने की दीवार पर एक बड़ा–सा कूलर लगा है। वह किताब पलट रहा है। ज्यादातर किताबें आकाश की पिछली कक्षाओं की हैं। थोड़ी देर में आकाश अपनी पीठ पर अपना बस्ता टाँगे आकर खड़ा हो गया है। वह मेज पर पड़ी किताबें हटाकर अपना बस्ता रखने की जगह बना रहा है। आकाश नंगे पाँव है। उसे ठंड न लग जाए इसलिए वह उसे मोजे और चप्पल पहनकर आने को कह रहा है। आकाश के बस्ते में कल का टिफिन है जो अब तक निकाला नहीं गया है। उसके सफेद स्वेटर पर टोमटो सॉस का दाग लगा है। कुछ ही पलों में वह स्कूल पहनकर जाने का नीला मोजा पहनकर आकर वापस उसी जगह पर खड़ा हो गया है। उसने आकाश को कुर्सी पर बैठने के लिए कहा है। वह मन ही मन सोच रहा है कि आज उसे कम से कम इतना तो जान ही लेना चाहिए कि वह किन–किन विषयों में कमजोर है ताकि वह उन विषयों पर ज्यादा ध्यान दे पाए। वह आकाश की लिखावट देख रहा है जो इतनी खराब भी नहीं है। अचानक उसका ध्यान आकाश की आँखों पर चला गया है। कोई भी देखकर कह सकता है कि उसकी आँखें उदास हैं। वह सोच रहा है कि इतने बड़े अधिकारी के लड़के को क्या तकलीफ हो सकती है। लेकिन कुछ तो बात जरूर होगी। वह आकाश से पूछना चाहता है कि तुम्हारी माँ कहा है लेकिन पहले ही दिन ऐसा सवाल पूछना उसे बड़ा अटपटा लग रहा है। वह जानता है कि धीरे–धीरे उसे सब कुछ पता चल जाएगा। बिना किसी के बताए ही। आकाश ने उसकी मदद से अपना होमवर्क करना शुरू कर दिया है। लगभग पन्द्रह मिनट तक शान्त रहने के बाद आकाश ने अपनी चुप्पी तोड़ दी है। ''सर आपका घर कहाँ है?'' वह उसके चेहरे की ओर देख रहा है।

''यहाँ से बहुत दूर क्यों?''

''मैं पढ़ने के लिए आपके घर भी आ सकता हूँ'' हमारे पास दो गाड़ियाँ हैं एक पापा को ऑफिस ले जाने के लिए और एक हमको स्कूल छोड़ने के लिए। ''नहीं मैं खुद आ जाऊँगा'' उसने आकाश के उसके घर पर आकर पढ़ने की

सम्भावना को ख़त्म कर दिया है।

''एक बार सोच लीजिये आपके पास तो साइकिल भी नहीं है'' आकाश उसे ऑफर दे रहा है।

'' नहीं ठीक है'' वह वापस उसकी किताबें देखने में लग गया है।

''कौन सा सब्जेक्ट सबसे अच्छा लगता है?'' वह उससे पूछ रहा है।

''कम्प्यूटर... मजा आता है।'' वह खुश होकर बता रहा है।

अँग्रेज़ी मीडियम स्कूलों में इन दिनों एक नया विषय आया है कम्प्यूटर, जिसके विषय में वह कुछ भी नहीं जानता है।

''कौन सा सब्जेक्ट सबसे बोर लगता है।'' वह उससे पूछ रहा है।

''मैथ्स और साइंस'' आकाश का दो टूक जबाव है। दुर्भाग्यवश यही वह दो विषय हैं, जिन्हें पढ़ने में उसे भी कभी मजा नहीं आया। क्या वह आकाश को पढ़ा पाएगा? वह अपनी कमजोरी उस पर प्रकट नहीं करना चाहता है।

''मैथ्स और साइंस तो सबसे ज्यादा इंट्रैसटिंग हैं'' वह झूठ मूठ कह रहा है।

''मुझे मैथ्स से एलर्जी है'' आकाश ने अपनी नाक सिकोड़ ली है। उसे उसके भाव पर हँसी आ रही है। आकाश अपना होमवर्क ख़त्म कर चुका है। आकाश के साथ एक घंटा गुजारने के बाद वह समझ गया है कि वह पढ़ाई में इतना कमजोर भी नहीं है जितना कि वह समझ रहा था। अगर वह उसके साथ थोड़ी मेहनत करे तो शायद वह अच्छे नम्बरों से पास हो सकता है।

''आज के लिए इतना ही, संडे को तो खेलना चाहिए'' वह जाने के लिए उठ गया है।

''खेलने के लिए दोस्त भी होने चाहिए सर। हमारा बंगला देखेंगे?'' वह उसे ना नही कह पा रहा है। वह धीमे-धीमे आकाश के पीछे चल रहा है। आकाश उसे लेकर घर के एक हिस्से से दूसरे हिस्से में घूम रहा है। इस बड़े बँगले में इस बड़े से हॉल के अलावा तीन कमरे और भी हैं। एक कमरा आई.जी. साहब का है। उससे लगे दूसरे कमरे में आकाश और उसकी बहन रहते हैं। तीसरे कमरे में आई.जी. साहब की बूढ़ी माँ यानि आकाश की दादी रहती हैं। आकाश के साथ चलते-चलते वह घर के पिछवाड़े की ओर आ गया है। घर के पिछवाड़े एक बहुत बड़ा-सा किचेन गॉर्डन है जिसमें तरह तरह सब्जियों और फलों के पेड़ लगे है। कोने में एक बड़ा-सा नल लगा है। जिसके नीचे एक बड़े टब में घर के ढेर सारे कपड़े पड़े हैं। जिस एक आदमी बैठकर धो रहा है। घर के पिछवाड़े एक सफेद रंग की प्यारी सी बिल्ली घूम रही है। आकाश उसे बता रहा है कि ये बिल्ली हर दिन इसी वक़्त दूध पीने उसके घर आ जाती है। और दूध पीकर घूम टहलकर चली जाती है। आकाश ने इस बिल्ली का नाम भी रख दिया है पूसी। आकाश को पशु पक्षियों और जानवरों से

बेहद प्यार है। जमीन पर एक बड़ा-सा पिंजरा रखा है जिसमें दो तोते हैं एक नर और एक मादा, जिनके नाम मिट्ठू और मिठ्ठी है। घर का रसोइयाँ गौरी और वीरेन्द्र लकड़ी जलाकर आग ताप रहे हैं। वह भी कुछ देर वहीं आग के पास बैठ गया है। कुछ देर आग तापकर अब वह बँगले के गेट की तरफ बढ़ रहा है। सुबह जिस गार्ड ने उसे गेट पर रोका था अब वही उसे देखकर मुस्करा रहा है। उसके निकलने के लिए गेट खोल दिया गया है। बँगले के बाहर एक पतली दुबली बूढ़ी गाय टहल रही है। आकाश उस गाय को देखकर दुखी हो गया है।

''जब ये गाय बेचारी दूध देती थी तब इसका मालिक उसको चारा देता था और अब ये बूढ़ी हो गयी तो कोई उसे खाना भी नहीं देता।'' आकाश के स्वर में बूढ़ी गाय के प्रति प्रेम है, हमदर्दी है। आकाश भले ही एक बच्चा है लेकिन उसकी बात बिल्कुल सही है कि इंसान जानवरों पशु पक्षियों, जानवरों का इस्तेमाल करता है और जब वह बेचारे उसके काम के नहीं रह जाते तो वह स्वार्थवश उन्हें छोड़ देता है। आकाश भीतर रोटी लाने चला गया है। गाय को खिलाने के लिए। एक इतने बड़े अधिकारी का बेटा होने के बाद भी आकाश में किसी तरह का कोई घंमड नहीं है। वह बेहद सीधा सादा है। वह चलते चलते रोड तक आ गया है। वह आकाश को बाय कहकर घर के लिए निकल पड़ा है। रेलवे स्टेडियम कॉलोनी में बेहद सन्नाटा है। रविवार का दिन अपने में एक अजीब-सा आलस समेटे होता हे। वह मन ही मन सोच रहा है कि वह आज शाम को असीम से मिलने जाएगा। वह असीम से कई रोज से नहीं मिला है। शहर के बीचोंबीच स्थित टाऊनहाल में ऊनी कपड़ों का बाजार लगा है। तिब्बती मार्केट। उसके पास कुछ भी खरीदने के लिए पैसे नहीं है। अगले महीने जब उसे पैसे मिल जाएगे तब वह यहाँ आकर माँ के लिए एक शॉल खरीदेगा। वह जैकेट की जेब में ठंड से ठिठुरते अपने हाथ डालकर घर की ओर बढ़ रहा है।

19

वह असीम के साथ उसके कमरे में बैठा है। बाहर बेहद ठंडा है। लेकिन रूम हीटर चलने के कारण कमरा भीतर से गर्म है। हमेशा की तरह कमरे में सिगरेट का धुआँ फैला है। ऐश ट्रे ताजा राख से भरी है। कमरे में हर तरफ किताबें बिखरी है। असीम के कमरें में किसी को भी आने की इजाजत नहीं है। सिर्फ उसका नौकर शंकर दिन में एकाध बार सिगरेट, चाय, खाना वगैरह लेकर आ जाता है। पिछले कुछ महीनों से वह भी सिगरेट पीने लगा है। नशे के लिए नहीं, असीम को कम्पनी देने के लिए।

असीम कहता है कि सिगरेट का कश खींचकर सोचता इंसान ज्यादा बुद्धिजीवी लगता है। असीम कंबल में पैर डालकर एक टक दीवार की ओर देख रहा है। आज वह चुप है। उदास है। वह असीम से उसकी उदासी का कारण पूछ रहा है। असीम कह रहा है कि उसे टालस्टाय के नावेल अन्ना कैरनिना की चरित्र अन्ना से प्यार हो गया है। वह कल रात सपने में राशियाँ पहुँच गया था। अन्ना को ढूढ़ने। मनोविज्ञान में उसकी ये स्थिति जरूर कोई बीमारी होगी। एक अजीब सी बीमारी। किसी नावेल के चरित्र से प्रेम कर बैठना। अन्ना की कही बाते उसे भुलाए नहीं भूलती है।

''प्रेम'' अन्ना मन ही मन प्रेम शब्द को दोहराती है और ब्रास्की से कहती है ''मै इस शब्द को इसलिए नापसन्द करती हूँ कि इसका अर्थ मेरे लिए उससे भी कहीं ज्यादा महत्त्वपूर्ण है, जितना आप समझ सकते हैं''। (Love, the reasons i dislike that word. it means too much for me. far more than you can understand). और प्रेम से भरी अन्ना के साथ समाज क्या करता है? अपमान, तिरस्कार, प्रताड़ना और लांछन।

सिगरेट का एक लम्बा कश खींचकर असीम कह रहा है कि सच्चा प्रेम एक अपवाद है, जो शायद सौ सालों में एकाद भाग्यशाली मनुष्यों को ही नसीब होता है। लेकिन फिर भी हर इंसान प्रेम करता है। प्रेम की ऊँचाइयाँ छूने की इच्छा सब में होती है। इंसान खुद भले ही कितना भी झूठा हो लेकिन एक बार सच्चा प्रेम जरूर करना चाहता है। लेकिन सौ में से निन्यानवें मनुष्यों के साथ क्या होता है? प्रेम महज एक शारीरिक आकर्षण, विमूढता, एक अन्धा दीवानापन होकर रह जाता है। शंकर ने दो प्याली चाय लाकर रख दी है। असीम ने ख़त्म होती सिगरेट से एक नयी सिगरेट जला ली है। असीम आगे कह रह है कि प्रेम ही दुनिया की हर समस्या का समाधान है सफलता की परिभाषा कुछ यूँ होनी चाहिए कि कोई इंसान जितना प्रेम करेगा, उसे उतना ही सफल माना जाएगा। अगर ऐसा हुआ तो दुनिया बदल जाएगी। पढ़ने के अलावा असीम को इन दिनों एक नया शौक लगा है फ़िल्में देखने का। असीम के चाचा कलकत्ते में कैमरामेन हैं। चाचा जब भी शहर आते हैं, उसके लिए ढेरों फ़िल्मे लेकर आते हैं। जिसमें ज्यादातर फ़िल्में बंगाली भाषा की ही होती हैं। चाचा अकसर उसे सत्यजीत रे, ऋत्विक घटक, मृणाल सेन, वगैरह के बारे में बताते हैं। आज असीम का प्लान है ''रे'' की अपुट्रायलाजी देखने का है। पाथरे पाँचली, आपराजितों और अपुर संसार। फ़िल्म का पहला भाग शुरू हो गया है। उसे बंगाली नहीं आती है इसलिए असीम उसे बांग्ला संवादों का हिन्दी मतलब बता रहा है। पाथेर पंचाली ग्रामीण बंगाल में सेट है। कहानी में पाँच मुख्य पात्र हैं। अपु और उसकी बहन दुर्गा, उसके पिता हरिहर, उसकी माँ और एक बूढ़ी दादी इन्दीर। फ़िल्म के विजुअल्स इतने प्रभावशाली हैं कि वह और असीम एकटक फ़िल्म देख को रहे हैं। लगभग

डेढ़ घंटे में पहला भाग समाप्त हो चुका है। फ़िल्म के कुछ दृश्य उसकी स्मृति में बस गये है। अपु और दुर्गा का ट्रेन को देखकर भागना। चोरी की शिकायत के चलते दुर्गा का मार खाना बारिश में भीगकर दुर्गा का बीमार पड़ना और बुखार से तड़प कर मर जाना। पहले भाग के अन्त में हरिहर का दुखी परिवार गाँव छोड़कर जा रहा है। शंकर ने लाकर सिगरेट का नया पैकेट रख दिया है। वह और असीम कई प्याली चाय पी चुके हैं। फ़िल्म का दूसरा भाग अपराजितों शुरू हो चुका है। कहानी बनारस में सेट है। फ़िल्म की शुरूआत में ही अपु के पिता हरिहर की मृत्यु हो गयी है। और आगे अपु स्कॉलरशिप लेकर कलकत्ते पढ़ने चला गया है। वह और असीम फ़िल्म देखते ही जा रहे हैं। बिना थके बिना रुके। फ़िल्म की आखिरी कड़ी ''अपुर संसार'' जो तीनों कड़ियों में सबसे बेहतरीन है कहानी को आगे बढ़ाती है। अपु अपने दोस्त पुलु की बहन अर्पणा की शादी में गया है। दुर्भायवश लड़का पागल निकल गया है। अपु अर्पणा से शादी करके उसे अपयश से बचाता है। लेकिन बाद में अर्पणा अपने बच्चे को जन्म देते समय मर जाती है। अर्पणा की मौत से दुखी अपु लगभग पाँच साल तक पागलों की तरह भटकता है। फ़िल्म के अन्त में पुलु के अनुरोध पर अपु अपने बच्चे को देखने आता है जिसे उसने जन्म से एक बार भी नहीं देखा है। बाप-बेटे के मिलन पर कहानी की आखिरी कड़ी ख़त्म होती है। पिछले आठ घंटों से लगातार फ़िल्मे देखने से उसकी आँखे दर्द हो रही है। असीम कर रहा है कि वह कलकत्ते जाएगा और जल्द ही ढेर सारी फ़िल्में लेकर आएगा और दोनों जमकर फ़िल्में देखेंगे।

रात के ग्यारह बजे चुके हैं। बाहर कोहरा इतना घना है कि कुछ भी दिखाई नहीं दे रहा है। वह असीम से विदा लेकर घर की ओर चल पड़ा है। माँ इन दिनों उसके देर से घर की आने की आदत की वजह से परेशान रहती है और वह चाहकर भी माँ की ये शिकायत दूर नहीं कर पा रहा है।

20

उसका परिवार अब सिर्फ चार लोगों का ही रह गया है। ज्योत्सना, साहित्या वह और माँ। उसकी दो बड़ी बहनें शादी करके अपने घर जा चुकीं हैं। माँ पिताजी की छोड़ी दो जिम्मेदारियों से निपट चुकी है। इन दिनों ज्योत्सना डां. सहगल के डेंटल क्लिनिक में काम कर रही है। डॉ. सहगल शहर के जाने माने डेंटिस्ट हैं। ज्योत्सना का काम है मरीजों को अपॉन्टमेंट देना, फोन कॉल्स लेना, मरीजों को एक-एक करके डॉक्टर के चेम्बर में भेजना, उनसे फीस कलेक्ट करना वगैरह। ज्योत्सना नौ बजे तक क्लिनिक पहुँच जाती है और रात आठ बजे तक आती है।

इन दिनों उसे भी एक नया काम मिल गया है। हिन्दी अखबार की प्रेस में प्रूफरीडिंग का। जिसे प्रेस की भाषा में लिखाई दुरुस्त करना कहते है। प्रुफ रीडर आलोक कुमार ने ही सम्पादक महोदय को उसका नाम सजेस्ट किया था। आलोक खुद निमोनिया की बीमारी के कारण बिस्तर पर पड़े हैं।

ठंड जबरदस्त है। ज्यादातर पार्ट टाइम प्रुफ रीडर शादीशुदा हैं। और रात में काम करने को तैयार नहीं हैं। उसके लिए तो दिन में काम करने और रात में काम करने की कोई ख़ास फर्क नहीं है। पैसा उसके लिए रात की नींद से कही ज्यादा महत्त्वपूर्ण है। उसे महीने के एक हज़ार रुपये मिलेगे। जो उसकी अब तब की सबसे बड़ी कमाई होगी। ये काम उसे तब तक करना होगा जब तब आलोक निमोनिया से पूरी तरह ठीक न हो जाए और वह वापस काम पर ना आ जाए।

वह घर से खाना खाकर आता है। और प्रेस में चाय पीकर अपना काम शुरू कर देता है। इस काम को करने में उसे बड़ा मजा आ रहा है। कुछ ही दिनों में कई पत्रकारों से उसकी दोस्ती हो गयी है। आज उसे कम करते हुए एक महीना हो गया है। सिर्फ वह जानता है कि इस काम को करने के लिए उसने झूठ बोला है। प्रूफ रीडर होने के लिए कम से कम ग्रेजुएट होना जरूरी है। वह ग्रेजुएट नहीं है। वह इस साल ग्रेजुएट होगा। वह सोच रहा है कि अगर सम्पादक महोदय ने उससे उसकी डिग्री माँगी तो वह क्या करेगा? डेढ़ महीना गुजर चुका है। ठंड में भी काफ़ी कमी आ गयी है। आलोक ठीक होकर काम पर वापस आ गया हैं। उसे उसके पैसे मिल गये हैं। डेढ़ हज़ार रुपये और कल से उसे काम पर ना आने के लिए कहा गया है। वह सोच रहा है कि अगर आलोक दो हफ्ता और नहीं आते तो वह पूरे दो हज़ार रुपये कमा लेता। लेकिन वह ऐसा कैसे सोच सकता है? क्या उसकी ये खुशी उसकी ये कमाई आलोक के दुख उसकी बीमारी पर निर्भर थी। क्या वह स्वार्थी है? या फिर परिस्थितयों ने उसे ऐसी हालात में लाकर खड़ा कर दिया है अगर सारा दोष परिस्थितियों का है तो उसके हृदय पर ये अजीब-सा भार क्यों है?

इन दिनों वह वक़्त बर्बाद कर रहा है और वक़्त उसे। वह पूरा दिन रेलवे लाइब्रेरी में बैठा रहता है। उसने लाइब्रेरी में पड़ी सैकड़ों किताबें पढ़ ली है। इतना सब पढ़कर नि:संदेह उसके ज्ञान का स्तर बढ़ा है और बौद्धिक ऊहापोह भी। इन दिनों जिन प्रमुख लेखकों से वह गहरे प्रभावित हुआ है वह है अलबर्ट कामू और फ्रांज काफ्का। कामू नोबेल प्राइज विजेता एक फेंच अल्जीरियन लेखक है। कामू की किताबें दरअसल उपन्यास नहीं है बल्कि दर्शन की किताबें हैं। कामू की जो कृति उसे सबसे ज्यादा पसन्द है वह है "आऊटसाइडर"।

आऊटसाइडर का चरित्र एक नकारात्मक सत्यवादिता का प्रतीक है। उसने अपनी माँ को मरने के लिए एक वृद्धाश्रम में छोड़ दिया है। उपन्यास की शुरूआत में

ही उसे समाचार मिलता है कि उसकी माँ मर चुकी है। माँ की मौत पर उसे कोई गहरा दुख नहीं है। माँ की मौत के बाद वह सिगरेट पी रहा है और उसके क्रिया कर्म के बाद वह एक लड़की के साथ फ़िल्म देखने चला गया है और उसके साथ रात गुजारता है। कहानी के बीचोंबीच वह परिस्थितिवश एक हत्यारा बन गया है। बाकी के उपन्यास में उस पर मुकदमा चल रहा है। मुकद्दमें के अन्त तक वह एकदम उदासीन हो गया है और आखिरकार उसे मौत की सजा सुना दी जाती है। कामू का यह पात्र समस्त मानव जाति के लिए एक बेहद महत्त्वपूर्ण प्रश्न उठाता है। प्रश्न यह है कि ये दुनिया जो इतनी एवसर्ड इतनी बेतुकी है वहाँ पर एक इंसान क्या कर सकता है? आऊटसइडर के चरित्र का जवाब है कि यहाँ सिवाय असन्तुष्ट रहने के और कुछ भी नहीं किया जा सकता है। लेकिन सत्य तो ये है कि जीवन के गूढ़ प्रश्न फिर भी रहस्य ही रहेंगे। अनबूझे अनुत्तरित। वह अकसर किताब के कवर पर छपी कामू की तस्वीर देखता रहता है। हुडवाला काला जैकेट पहने, मुँह में सिगरेट दवाए। उसने सुना है कि मात्र छियालीस साल उम्र में एक रहस्यमय सी कार दुर्घटना में कामू मर गया।

दूसरा लेखक जो उसे पसन्द है, वह है फ्रांज काफ्का। काफ्का एक जर्मन लेखक हैं। काफ्का ये शब्द उसे बड़ा विचित्र लगता है। वह सोचता है कि हर शब्द की तरह जर्मन मे काफ्का का भी कुछ ना कुछ मतलब जरूर होगा। उसने सुना है कि काफ्का टीवी की बीमारी से मर गया और अपनी मौत के बाद लोकप्रिय हुआ। काफ्का का जो उपन्यास उसे सबसे ज्यादा पसन्द है वह है "द ट्रायल"। ट्रायल की कहानी बड़ी विचित्र है। उपन्यास का चरित्र "जोसेफ के" एक रात अचानक अरेस्ट कर लिया जाता है। वह किस अपराध का अभियुक्त है पूरे नावेल में इसका कोई उल्लेख नहीं मिलता। "के" पर एक रहस्यमय कोर्ट में मुकद्दमा चल रहा है। उपन्यास "काफ्काई प्रभाव" की संरचना के माध्यम से एक ऐसे निरीह व्यक्ति का जीवन चित्रण है, जो सर्वव्यापी और अनाम शक्तियों के विरुद्ध संघर्षरत है, किन्तु शायद इस तथ्य से अनभिज्ञ भी है कि यही शक्तियाँ उस पर न केवल भावी कदम का निर्धारण कर रही हैं, बल्कि उसके भरपूर विरोध में भी संलग्न हैं। उपन्यास की आखिर में उसे मौत की सजा सुना दी जाती है। पूरे एक वर्ष की अफसरशाहिक भूलभूलैया के बाद दो आदमी जो बेहद काले और डरावने कपड़े पहने हैं, उसे पकड़कर ले जाते हैं और एक भयानक एकान्त में उसके हृदय के भीतर तेजधार चाकू भोंककर तथा दो बार उसे घुमाकर जोसेफ के को कुत्ते की तरह मार डालते हैं। यह एक ऐसी काल्पनिक कथा है, जिसमें सांकेतिकता का भरपूर प्रवाह है तथा फ्रायड के सपनों का विश्लेषण की कथावाचन परम्परा का भी इस पर भरपूर प्रभाव है।

रेलवे लाइब्रेरी में उसकी पहचान एक लड़की से हो गयी है। लड़की का नाम नीलिमा है। नीलिमा अपाहिज है। उसका दाहिना पैर पोलियों से ग्रस्त है। वह

बैसाखी लेकर चलती है। नीलिमा बाटनी की स्टूडेंट है और रिसर्च कर रही है। नीलिमा घंटों बैठकर पढ़ती रहती है। शारीरिक रूप से सक्षम ना होते हुए भी उसकी लगन और एकाग्रता देखते ही बनती है। कभी-कभी वह किसी फूल पत्ती या अनाज पर काम करती है। उसके रिसर्च का टापिक है। Molecular analysis of genetic variation in selected crops. वह नीलिमा के बेहद नजदीक आ गया है वह उसे नीलू बुलाने लगा है। जिस नाम से उसे उसके घर वाले बुलाते है। अकसर वह रेलवे कैन्टीन से अपने और नीलिमा के लिए चाय ऑर्डर कर देता है। दोनों साथ बैठकर चाय पीते हैं, बातें करते हैं। पिछले दो दिन से नीलिमा लाइब्रेरी नहीं आ रही है वह नहीं जानता है क्यों? शायद वह बीमार है। उसकी रोज की बैठने की जगह खाली है। आज उसका मन भी पढ़ाई में नहीं लग रहा है उसे मालूम है कि एक रोज जब नीलिमा की रिसर्च पूरी हो जाएगी तब वह लाइब्रेरी आना छोड़ देगी। शायद तब वह भी लाइब्रेरी आना छोड़ देगा।

21

मार्च का महीना है। मौसम में हल्की गर्मी आ चुकी है। दिन के चार बज रहे हैं। वह आईजी साहब के बँगले की ओर बढ़ रहा है। रेलवे स्टेडियम कॉलोनी में हमेशा की तरह सन्नाटा है। ये सन्नाटा उसे उसके बचपन के कमिश्नर के बँगले के पीछेवाले जंगल में फैले सन्नाटे की तरह लगता है। वह गेट से भीतर घुस रहा है और देख रहा है कि एक खूबसूरत औरत एक ग्यारह बारह साल के बच्चे के साथ अम्बेसडर कार से उतर रही है। उसे आकाश को पढ़ाते आज तीन महीने से भी ज्यादा हो गये हैं लेकिन अभी तक उसने इस औरत को इस घर में नहीं देखा है। ये औरत आईजी साहब के साथ फोटो में खड़ी उनकी पत्नी भी नहीं है। वह उसे देखकर रुक गयी है।

''आकाश के सर''

''जी''

''मैं मृणालिनी कुमार, लखनऊ से आई हूँ। ये मेरा बेटा है श्लोक। बेटा सर को नमस्ते करो।'' लड़का अपने मोटे काले फ्रेमवाला चशमा ठीक रहा है और उसे नमस्ते कर रहा है।

''आकाश आपकी बहुत तारीफ करता है इम्प्रूवमेंट भी काफ़ी है उसमें। चलिए चलिए भीतर चल कर बात करते हैं।'' वह गाड़ी में पड़े अपने पैकेट निकाल रही है। उसकी नजरें आकाश को ढूढ़ रही हैं। भीतर से आईजी साहब को आता देखकर वह सोफे पर ही बैठ गया है। आईजी साहब हमेशा की तरह जल्दी में हैं

और वह कहीं जा रहे हैं। ''मीट माई वाइफ मृणालिनी, शी वर्क्स फार स्टेट प्लानिंग कमीशन।'' अगले साल श्लोक भी लखनऊ से यहीं आ जाएगा तो आपको उसे भी पढ़ाना पड़ेगा। आईजी साहब अपनी टाई ठीक कर रहे हैं।

वह मुस्करा रहा है और श्लोक की तरफ देख रहा है। ''वी आर गोइंग फॉर सम प्रोग्राम, यूँ कैरी ऑन'' कहकर आईजी साहब मृणालिनी जी और श्लोक के साथ बाहर चले गये। वह आकर स्टडी में बैठ गया है। आकाश आ गया है और अपने बस्ते में से किताबें निकाल रहा है। उसने अपनी चुप्पी तोड़ दी है।

''ये आपकी मदर है क्या?''

''नहीं सर, मेरी माँ गाँव में रहती हैं, नाना नानी के साथ, वह पागल हो गयी हैं, इसलिए पापा उन्हें यहाँ नहीं लाते हैं।

दो साल पहले पापा ने मैडम से शादी कर ली है।'' आकाश के मुँह से मृणालिनी जी के लिए मैडम शब्द बड़ा अजीब लग रहा है। मृणालिनी जी को मैडम कहने से साफ है कि आकाश बतौर माँ उन्हें स्वीकार नहीं कर पाया है। और जैसे घर के नौकर चाकर और बाकी लोग उन्हें मैडम कहते हैं वैसे ही आकाश भी उन्हें मैडम कहता है। कम से कम तब, जब वह सामने नहीं होती। आकाश आगे बता रहा है कि मैडम के पहले पति धवल कुमार एक आई. ए. एस. ऑफीसर थे। वह आईजी साहब के बैचमेट थे और दोनों में अच्छी दोस्ती भी थी। तीन साल पहले धवल अंकल ने सुसाइड कर ली और फिर पापा ने मैडम से शादी कर ली। मैडम के कुल चार बच्चे हैं तीन लड़कियाँ कृष्णा, कावेरी और वैशाली। और एक लड़का श्लोक।

आकाश कह रहा है कि मैडम बहुत मक्कार हैं। दरअसल वह उसके पिता से नहीं बल्कि उनके पैसे उनके रूतवे से प्यार करती है। वह दीवार पर लगी घंड़ी देख रहा है। आधा घंटा निकल चुका है आज उसका मन आकाश को पढ़ाने में नहीं लग रहा है। आकाश भी आज उसे सब कुछ बता देना चाहता है। सब कुछ जो उसके दिल में है। वह आकाश की आँखों में नफरत और ग़ुस्सा देख रहा है। ''जानते हैं सर धवल अंकल ने सुसाइड क्यों किया था? क्योंकि वह मैडम की हरकतों से तंग आ गये थे।''

''कैसी हरकतें?'' वह पूछ रहा है।

''गन्दी हरकतें सर, शराब पीना, दूसरे जेन्टस के साथ सोना अंकल को नीचा दिखाना।''

उसे यकीन नहीं हो रहा है कि इतनी-सी उम्र में आकाश ये सब भी जानता है। पता नहीं सच क्या है? ये सब आकाश को कैसे मालूम है? ''जानते हैं सर मैडम यहाँ क्यों आई है। पापा से पैसे ऐंठने। अपनी अय्याशी के लिए। मैडम मुझे और मेरी बहनों को बिल्कुल पसन्द नहीं करती। मैं भी उनसे नफरत करता हूँ सर वह कभी

मेरी माँ नहीं हो सकती है। मेरी माँ बहुत अच्छी हैं सर। वह पागल नहीं है।'' आकाश फफक कर रो पड़ा है। आकाश उसके सीने से लगकर रो रहा है। वह सोच रहा है कि क्या मृणालिनी वाकई वैसी ही है, जैसा आकाश बता रहा है या फिर उसके भीतर इस बात का ग़ुस्सा है कि उसके पिता ने उसकी माँ को छोड़कर एक दूसरी औरत से शादी कर ली।

आकाश का रोना कम हो गया है ''मैं झूठ नहीं बोल रहा हूँ सर। चाहे तो आप गार्ड्स से पूछ लीजिए। आपने उसकी आँखे नहीं देखी है। कितनी लाल आँखे हैं उनकी, जैसे एक शराबी की होती है। यकीन ना हो तो नजदीक जाकर स्मैल कीजिएगा। सर वह दिन में भी पीती है।'' वह आकाश के आँसू पोंछ रहा है।''

''मैडम मेरी माँ के इलाज के लिए पैसा खर्च करने नहीं देती है। वह चाहती है कि मेरी माँ मर जाए और वह पापा की पूरी प्रॉपर्टी हड़प कर ले। लेकिन तब मैं बड़ा हो जाऊँगा और पैसे कमाऊँगा तो अपनी माँ का इलाज जरूर करवाऊँगा।। पिछले साल जब मैं उनसे मिलने गया था, तब उन्होंने मुझे खीर बनाकर खिलाई थी। सर अगर वह पागल होती तो खीर कैसे बनाती? ये सब मैडम की चाल है।'' रो रोकर आकाश की आँखें लाल पड़ गयी हैं। उसने उसे मुँह धोने के लिए बाथरूम में भेज दिया है। गौरी ने लाकर चाय रख दी है। चेहरा धोकर आकाश बाहर आ गया है। वह उससे कह रहा है कि ''ये सारी बातें आप किसी को भी मत बताइयेगा। अगर पापा को ये सब पता चला तो पापा आपको निकाल देंगे। इस घर में सिर्फ मैडम की ही चलती है। पापा उनके खिलाफ एक शब्द भी नहीं सुन सकते हैं। एक बार निहारिका बोर्डिंग से आई थी और ग़ुस्से में उसने मैडम को डायन कह दिया था तब पापा ने उसे खूब पीटा था सर। बेचारी का शरीर नीला पड़ गया था। वह सच में डायन है सर। एक रोज पापा को भी खा जाएगी जैसे वह धवल अंकल को खा गयी।'' इस मूड में आकाश को कुछ भी पढ़ाना बिल्कुल ठीक नहीं होगा। वह बातचीत का विषय बदलना चाहता है। वह आकाश से कुछ हल्की फुल्की बातें कर रहा है। जैसे क्लास में आज किस बच्चे को मार पड़ी। आज वह टिफिन में क्या लेकर गया था। इम्तेहान के बाद वह क्या करेगा। कहाँ-कहाँ घूमने जाएगा? शाम के साढ़े पाँच बज चुके हैं। वह आकाश के साथ स्टडी के बाहर निकल रहा है। ये बड़ा-सा बंगला, ये बड़े-बड़े कमरे आज उसे बड़े अजीब से लग रहे हैं। वह सोच रहा है कि रात को जब आईजी साहब मैडम के साथ अपने कमरे में सोने चले जाते होंगे तब इन बच्चों पर क्या गुजरती होगी? आकाश उसे लेकर आईजी साहब के कमरे में आ गया है। वह पहली बार आईजी साहब के कमरे में आया है। कमरा बेहद सुन्दर है। कमरे में एक बड़ा-सा डबल बेड है, एक ड्रेसिंग टेबल है और एक बड़ा-सा कवॅर्ड है। काँच की मेज पर ताजा गुलाबों का गुलदस्ता रखा है। बुक शेल्फ

में कुछ किताबें पड़ी हैं। कुर्सी पर मैडम का स्वेटर पड़ा है। बिस्तर के एक कोने पर एक नयी साड़ी पड़ी है।

"सर आपको कुछ दिखाना है" यह कहकर आकाश बेड ने नीचे घुस गया है। आकाश बेड के नीचे पड़ी हुई शराब की बोतल उसे लाकर दिखा रहा है।

"सर अब तो विश्वास हो गया, मैं झूठ नही बोलता हूँ सर" आकाश वहे बोतल वापस रखने फिर से बेड के नीचे घुस गया है। बाहर गेट पर आईजी साहब की गाड़ी की आवाज आ रही है। आकाश उसे लेकर फौरन कमरे से बाहर निकल गया है। वह और आकाश बाहर निकल आए हैं। आईजी साहब और मृणालिनी जी गाड़ी से उतर रहे हैं।

"गोइंग" वह गाड़ी से उतरकर अपनी साड़ी ठीक कर रही है। "जी" वो मैडम के काफ़ी करीब आ गया है। उसका ध्यान मैडम की आखों की तरफ चला गया है। उनकी आँखें वाकई लाल है। और वह किसी शराबी की आँखों की तरह लग रही है। डूबी-डूबी मस्त। वह हँस रही है। इस पल उसे उनकी हँसी बड़ी घिनौनी लग रही है।

22

कल इम्तेहान का रिजल्ट आ चुका है वह पास हो गया है। अब वह सरकारी नौकरियों की परीक्षा दे सकता है। वह आगे एम.ए. भी कर सकता है या सिविल सर्विसेस की तैयारी भी। उसके इस शहर के अधिकांश ग्रेजुएट छात्र सिविल सर्विसेस की तैयारी में जुटे हैं। इनमें ज्यादातर आर्ट्स स्टूडेंट ही हैं। उसकी नजर में इस शहर में सिविल सर्विसेस की तैयारी वक़्त बर्बाद करने और कुछ न करने का एक्सक्यूज बन गयी है। सिविल सर्विसेस की तैयारी करना गर्व की निशानी है। वह ऐसे तमाम लड़कों को जानता है, जो अच्छे परिवारों से हैं और इस तैयारी के चक्कर में अपने जीवन के कई साल बर्बाद कर चुके हैं। उसने अब तक निर्णय नहीं लिया है कि वह आगे क्या करेगा लेकिन कम से कम वह सिविल सर्विसेज की तैयारी तो नहीं करेगा। वह अपनी क्षमता जानता है। वह खुद को धोखा नहीं दे सकता है। वह स्टेशन के नजदीक स्थित एक किताब की दुकान "जन चेतना" पर बैठा है। जन चेतना उसके इस शहर में मार्क्सवादियों की दुकान के नाम से मशहूर है या यूँ कहें कि बदनाम है। यह अलग बात है कि इस दुकान पर मार्क्स और लेनिन की किताबों के अलावा और भी बहुत कुछ पढ़ने को मिल जाता है। जैसे हिन्दी साहित्य की चुनिन्दा किताबें, कविताओं की अच्छी किताबें, विश्व साहित्य की अनुवाद की हुई

किताबें। इसके अलावा साहित्यक मैगजीन आजकल, हँस, वागर्थ वगैरह भी इस छोटी-सी दुकान पर मिल जाती है। दरअसल यह छोटी-सी दुकान शहर में चल रहे एक मूवमेंट का हिस्सा है। शहर के यूथ की एक अच्छी ख़ासी संख्या इस मूवमेंट से जुड़ी है। उसने शहर में और यूनिवर्सिटी में यहाँ वहाँ जनचेतना के पोस्टर लगे देखे है। जिसमें कुछ क्रान्ति-व्रान्ति की बातें लिखी रहती है। इस मूवमेंट से जुड़े लोग जगह जगह किताबों की प्रदर्शनी लगाते हैं, नाटक करते हैं। शाम को उनकी गोपनीय मीटिंग चलती है। जनचेतना नाम की यह दुकान फायदे के लिए नहीं चलाई जाती है। इस दुकान से होनेवाली आमदनी क्रान्ति के प्रचार-प्रसार के लिए खर्च कर दी जाती है। मूवमेंट से जुड़े विद्यार्थी अपनी पढ़ाई से समय निकालकर चार-चार घंटे के लिए इस दुकान पर बैठते हैं। इस दुकान पर बैठने वाले कई लड़कों को वह जानने लगा है। राधे, वेंकट, कुणाल वगैरह। वह अकसर उनसे बात करता है। ये लड़के मानते हैं कि एक रोज एक क्रान्ति होगी, लेकिन क्रान्ति कब होगी? कैसे होगी? इस बारे में वह ज्यादा कुछ नहीं बता पाते हैं। इसी दुकान पर उसका परिचय 'पाश' की कविताओं से हुआ है। वह इस दुकान पर बैठकर घंटों पाश को पढ़ता रहता है। वह मन बना चुका है कि इस बार पैसे मिलने पर वह पाश की सारी किताबें खरीद लेगा। पाश जिनका पूरा नाम अवतार सिंह सन्धू था। मात्र 20 साल की ही उम्र में पाश पंजाबी के प्रतिष्ठित कवि बन गये थे। 1962 में जब पाश ने कविता लिखनी शुरू की तो उस वक़्त देश भर में नक्सलवाद की गूँज थी। पाश इस आन्दोलन से गम्भीर रूप से प्रभावित हुए थे। जन आंदोलन में गहरा विश्वास रखनेवाले पाश की हर कविता में सामान्य आदमी की क्रान्तिकारी भावना पूरी शिद्दत से उभरकर सामाने आती है। खलिस्तान समर्थक आंतकवादियों ने पाश की हत्या कर दी। उसे पाश की सारी कविताओं पसन्द है। लेकिन सबसे ज्यादा पसन्द है पाश की अन्तिम प्रकाशित कविता 'सबसे खतरनाक'।

सबसे ख़तरनाक होता है,
मुर्दा शान्ति से भर जाना
न होना तड़प का सब सहन कर जाना
घर से निकलना काम पर
और काम से लौटकर घर जाना
सबसे खतरनाक होता है
हमारे सपनों का मर जाना।
सबसे खतरनाक वह घड़ी होती है
आपकी कलाई पर चलती हुई भी जो
आपकी नजर में रुकी होती है

सबसे खतरनाक वह दिशा होती है
जिसमें आत्मा का सूरज डूब जाए
और जिसकी मुर्दा धूप का कोई टुकड़ा
आपके जिस्म के पूरब में चुभ जाएँ।

शाम धुँधली हो रही है। उसे किताबों के अक्षर दिखाई देना बन्द हो गये हैं।

दुकान बैठे लड़के राधे ने बल्व जला दिया है। तभी उसे सामने से आती एक खूबसूरत सी युवती दिख रही है। युवती ने खादी का सलवार कुर्त्ता पहना है। कन्धे पर हल्के गुलाबी रंग का दुपट्टा, माथे पर एक बड़ी-सी बिन्दी है। उनके पैरों में कोल्हापुरी चप्पल है। कन्धे पर एक छोटा-सा झोला है जैसा पत्रकारों के पास होता है। वह दुकान के भीतर आकर किताबे देख रही है। शायद राधे उन्हें जानता है। शायद वह इस दुकान पर अकसर आती है। ''मेरी किताब नहीं आई'' वह राधे से कह रही है।

''कौन-सी किताब?'' राधे शायद भूल गया है।

''रेजरेक्शन, टॉलस्टाय की'' वह उससे कह रही है।

''वह तो नहीं आई है अभी'' राधे बुक शेल्फ में देखकर कर रहा है।

''मेरे पास है हिन्दी में पुनरुत्थान नाम से'' वह बीच में ही टपक पड़ा है।

''मुझे खरीदनी है कलेक्शन के लिए'' वह उसकी तरफ देख रही है।

''जब तक ना मिले तक तक कम से कम मुझसे लेकर पढ़ सकतीं हैं, अगर आप चाहें तो''। उसे लगता है कि वह खुद को फोर्स कर रहा है। ''टॉलस्टाय पढ़ने को मिल जाए यही बहुत है लेकिन किताब लेकर अगर बाद में मेरी नीयत बदल जाए तो और मैं उसे वापस न करूँ तो'' यह कहकर वह हँसने लगी है उसकी हल्की सी हँसी से सब कुछ बड़ा सहज हो गया है। राधे ने तीन चाय ऑर्डर कर दी है।

''मै अनीता द्विवेदी राइटर हूँ। आपसे मिलकर बहुत अच्छा लगा'' वह मुस्करा रही है।

''क्या-क्या लिखा है आपने?'' वह उससे पूछ रहा है।

''कुछ अफसाने जो हिन्दी पत्रिकाओं में छप चुके हैं कुछ नज्में भी। आजकल मैं मेरा कहानी-संग्रह पूरा करने में जुटी हूँ। लेकिन मैने अभी तक कुछ नहीं लिखा है।'' वह कहते कहते रुक गया है।

''आप कहाँ रहती हैं?''

''यहीं इन्द्रप्रस्थ कॉलोनी में''

''मैं भी उसी ओर जा रहा था एक दोस्त से मिलने'' उसने झूठ-मूठ कह दिया है। वह उसके साथ कुछ वक़्त और गुजारना चाहता है।

''मेरे घर चलेंगे?''

‘‘जरूर’’ यह करकर वह उनके साथ चल पड़ा है। चलते–चलते वह आपस में बात कर रहे हैं कि कौन–सी किताब उन्हें सबसे ज्यादा अच्छी लगती है और कौन सा लेखक उन्हें सबसे ज्यादा पसन्द है। समकालीन साहित्य में क्या लिखा जा रहा है। कौन–सी किताब वह नहीं पढ़ पाएँ हैं। जिन्हें वह पढ़ना चाहते हैं। वह साहित्य पर अनीता जी की जानकारी से काफ़ी प्रभावित है। वह अनीता द्विवेदी के घर आ गया है। वह उसे अपने बारे में बता रही हैं कि वह दिल्ली की रहनेवाली हैं। उनके पति प्रजीश हिन्दुस्तान लीवर में काम करते हैं। उनकी जॉब ट्रांसफरेबल है इसलिए वह शहर–शहर घूमते रहते हैं। इस शहर में आए उन्हें दो महीने ही हुए है। उनके दो बच्चे हैं एक लड़का सुलभ जो सातवीं क्लास में है। और एक लड़की दिव्या जो आठवीं क्लास में है। वह उनके ड्राइंगरूम में सोफे पर बैठा है। ड्राइंगरूम काफ़ी सुन्दर है।

सोफे के बीच में एक काँच की गोल मेज रखी है जिस पर शीशे की बोतल में मनीप्लान्ट लगा है। दीवार पर हाथ से बनाई पेंटिंग लगी है। जमीन पर मोटी कालीन बिछी है। कोने में एक टेपरिकॉर्डर पड़ा है। टेपरिकॉर्डर के पीछे ढेर सारे कैसेट पड़े हैं। ज्यादातर कैसेट क्लासिकल म्युजिक के हैं। उस्ताद अमीर खान, मालिकार्जुन मंसूर, उस्ताद विलायत खान। इतने में अनीता जी भीतर से चाय लेकर आ गयी है। ‘‘आपका आडियो कलेक्शन’’ काफ़ी अच्छा है। वह चाय सिप कर रहा है।

‘‘मुझे क्लासिकल, ग़ज़ल और भजन बहुत पसन्द है।’’

‘‘आपके हसबेंड?’’

‘‘वह टूर पर गये हैं। गर्मी की छुट्टियाँ चल रही हैं बच्चे अपने मामा के यहाँ आगरा गये हैं, मेरा किताबों का कलेक्शन देखेंगे?’’ उनकी आँखों में बच्चों सी चंचलता आ गयी है। जैसे वह कुछ छुपा हुआ दिखाने को बताने को आतुर हो। वह उनके साथ बेडरूम में पहुँच गया है। कोने में एक शीशे की आलमारी पड़ी है जिसमें किताबें भरी हैं। कलेक्शन वाकई अद्‌भुत है। ‘‘इनमें से काफ़ी किताबें मुझे पढ़नी थी मैं ले जा सकता हूँ कुछ किताबे’’? उसने शानी की ‘कालाजल’ पर हाथ रख दिया है।

‘‘वापस कर देना कही तुम्हारी नियत भी बदल गयी तो’’ वह दोनों हँस पड़े हैं। एक–एक कप चाय और हो जाए, काफ़ी पीयोगे? मैं अच्छी बनाती हूँ।

वह उसे लेकर अपने किचन में आ गयी है। किचन छोटा जरूर है पर बेहद साफ–सुथरा है। छोटी–सी छोटी भी चीज अपनी जगह पर रखी है। उसे यकीन नहीं हो रहा है कि अभी सिर्फ एक घंटा पहले ही वह इस औरत को जानता भी नहीं था। वह उसे एक किताब की दुकान पर मिली थी। अब वह उसके साथ उसके किचन में खड़ा है। शाम की ठंडी हवा से किचन का पर्दा हिल रहा है। वह काफ़ी पीता हुआ वापस ड्राइंगरूम में आ गया है। रात के आठ बज गये हैं। वह और ज्यादा बेतकल्लुफ नहीं हो सकता है। अब उसे जाना चाहिए। ये वक़्त शायद उनके खाना

बनाने का होगा। वह जाने के लिए उठ गया है।

"फिर कब आओगे?"

"जल्द ही अबकी बार आपकी किताब भी लाऊँगा, रेजरेक्शन" वह उसे छोड़ने गेट तक आ गयी है।

"चलो इस नये शहर मे एक दोस्त मिल गया"

उन्होंने गेट खोल दिया है। शाम की हल्की रोशनी में वह और भी ज्यादा खूबसूरत लग रही है।

"नाइस टू मीट यू। सी यू सून" ये कहकर वह चल पड़ा है। जीवन में पहली बार उसने एक अपोजिट जेंडर के साथ इतना अन्तरंग समय गुजारा है। वह सोच रहा हे कि आज की शाम कितनी अच्छी थी। वह तेज कदमों से घर लौट रहा है। रात उसके सपने में अनीता द्विवेदी आई है। सपने में वह अपनी उम्र से छोटी लग रही है। शायद उसकी उम्र की। उन्होंने सफेद कुर्त्ता और चुड़ीदार सलवार पहना है। लाल दुपट्टा हवा में लहरा रहा है। वह उनके साथ हरी नर्म घास पर चल रहा है। हाथों में हाथ डाले। पाश को गुनगुनाते।

23

रविवार का दिन है। वह सिविल लाइन्स में आर.टी.ओ से सटी एक पान की दुकान पर खड़े होकर सिगरेट पी रहा है सामान्य दिनों में यहाँ बहुत भीड़भाड़ होती है। लेकिन आज आरटीओ, बिजली विभाग का ऑफिस और आसपास के आधा दर्जन से ज्यादा स्कलों के बन्द होने के कारण सड़क पर सन्नाटा है। इक्का दुक्का आदमी आते जाते दिख रहे हैं। वह सिगरेट का आखिरी कश खींच रहा है और तभी उसे सामने से एक लड़का आता दिखाई दे रहा है। उसे सिगरेट की तलब लगी है।

"भइया जल्दी से एक विल्स दे दो" वह जेब से पैसे निकाल रहा है।

अचानक उसका ध्यान लड़के के हाथ में पकड़ी किताब की ओर जा रहा है।

"कलेक्टेड पोएम्स ऑफ जोसेफ ब्रॉडस्की।"

ब्रॉडस्की जिसे वह हमेशा से पढ़ना चाहता था। वह किताब देखने की तीव्र इच्छा दबा नहीं पा रहा है।

"क्या मैं देख सकता हूँ?"

"स्योर" लड़के ने सिगरेट जला ली है।

"वह किताब के कवर पर छपी ब्राडस्की" की फोटो देख रहा है। "मैने ब्रॉडस्की की एक कविता पढ़ी थी बहुत प्यारी कविता थीं, मैं उसके बारे में जानता

चाहता था'' वह किताब के पन्ने पलट रहा है?

''दरअसल लोग ब्राडस्की के बारे में बहुत कम जानते हैं। ज्यादातर लोग सिर्फ इतना ही जानते हैं कि वह रशियन था और उसे नोबेल प्राइज मिला था।''

उसने भी एक और सिगरेट जला ली है, उसकी सस्ती ब्रांड चार्म्स।

''आई एम व्योम, व्योम पराशर, चाय पिएँगे। सिगरेट के साथ चाय ना हो तो मजा नहीं आता, मेरे घर चले, मेरे पास स्कूटर है'' उसने अपना परिचय दे दिया है।

वह व्योम के स्कूटर पर बैठ गया है। स्कूटर बेहद पुराना है और अजीब सी आवाज कर रहा है। व्योम धीरे धीरे स्कूटर चला रहा है। दोनों बात कर रहे हैं। वह उसे ब्रॉडस्की के बारे में बता रहा है। ''यू नो ब्रॉडस्की को एंटी सोवियत और सोशल पैरासाइट कहकर आर्कटिक लेबर कैम्प में भेज दिया गया था। बड़ा अजीब लगता है ये सब सुनकर कि ये सब रशिया में हुआ होगा।'' टालस्टाय के देश में। दिस गाय हैज सीन इनफ ऑफ पावर्टी। हिज ओन पैरेंट्स डायड स्टारवींग। पन्द्रह साल की उम्र में उसने स्कूल छोड़ दिया था। ही इज ए ग्रेट एग्जामपल ऑफ सेल्फ लर्निं ग। उसने खुद ही पोलिश, लैटिन और अँग्रेज़ी सीखी। उसने अपनी सारी कविताएँ भी खुद से ही अँग्रेज़ी में ट्रांसलेट की है। अमेरिका ने उसके टैलेंट की कद्र की और उसे आश्रय दिया जब उसके अपने देश ने उसे निकाल दिया था। ब्रॉडस्की ने एग्जाम्पल में भी बेहतरीन कविताएँ लिखी है। एंड टुडे वी सेलीब्रेट हिम।'' वह व्योम की जानकारी से अचम्भित है। व्योम ऊर्जा से भरा है और बेहद रेस्टलेस है। वह हिन्दी बोलते बोलते अचानक अँग्रेज़ी बोलने लगता है और अँग्रेज़ी बोलते बोलते हिन्दी। वह एक मिनट भी स्थिर नहीं रह सकता है। व्योम की आँखें जीवन से भरी हैं और शरीर हिलता-डुलता कुछ करने को आतुर। व्योम उसे लेकर अपने घर पहुँच गया है। उसका घर एक अच्छी रिहायशी कॉलोनी में है। घर तीन मंजिला है। बाहर ओपेन गैरेज में एक पुरानी कार खड़ी है। वह मन ही मन सोच रहा है कि व्योम काफ़ी धनी है, जबकि उसके पहनावे से ऐसा नहीं लगता है कि वह ऐसे बड़े घर में रहता होगा। वह उसके साथ एक पतले से गलियारे से होकर एक कमरे की ओर बढ़ रहा है। ''बाई द वे आर यू ए लिटरेचर स्टुडेंट''? वह उससे पूछ रहा है।

''नो सर, आई एम एन इंजीनियर'' वह मुस्करा रहा है। वह कमरे के भीतर आ गया है। कमरा छोटा है और बेहद अस्त व्यस्त है। हर जगह किताबें बिखरी हैं। दीवार पर चीगुएवरा और बाब डेलेन के पोस्टर लगे हैं। मेज पर एक कम्प्यूटर पड़ा है। ऐश ट्रे में बासी राख पड़ी है। जमीन पर हर जगह सिगरेट के टुकड़े पड़े है। कमरे की खिड़कियाँ बन्द है। खिड़कियों पर मोटे पर्दे लगे हैं। कमरे का एक दरवाजा घर के भीतर आँगन की तरफ खुलता है। व्योम बिस्तर पर लेट गया है। वह उसे अपने बारे में बता रहा है कि वह इंजीनियरिंग लास्ट ईयर में है। इंजीनियरिंग का निर्णय

उस पर थोप दिया गया था। उसके दो बड़े भाई भी इंजीनियर हैं। साइंस पढ़ना उनकी खानदानी परम्परा है। लेकिन व्योम राइटर बनना चाहता है। व्योम के पिता लालची और मक्कार किस्म के इंसान हैं। इसलिए उसकी अपने पिता से नहीं जमती है। व्योम भी उनसे कोई मतलब नहीं रखता है। पिता ने उसकी आदतों के कारण तंग आकर उसे खर्चे पानी के पैसे देना बन्द कर दिया है। इसलिए अपनी छोटी मोटी जरूरतों और शौक के लिए उसे छोटे मोटे काम करने पड़ते है। जैसे वह टाइम्स ऑफ इंडिया के लोकल पेज के लिए लिखता है। बेवसाइट बनानेवाली एक कम्पनी विधि इंफोटेक के लिए काम करता है और सिगरेट और शराब के खर्चे के लिए इंटरमीडिएट के लड़कों को फिजिक्स पढ़ाता है। व्योम की नौकरानी ने आकर दो कप चाय लाकर रख दिया दी है। उसने भी अपने बारे में सब कुछ बता दिया है जो कुछ भी व्योम को बताने लायक है।

''सारी सर सिगरेट नहीं है'' व्योम चाय पी रहा है।

''इट्स ओके वैसे भी मैं कभी-कभार ही पीता हूँ''

वह व्योम की किताबें देख रहा है। तभी अचानक भीतर से चिल्लाने की, झगड़ने की आवाजें आना शुरू हो गयी हैं।

आवाज आँगन की ओर से आ रही है। आवाज शायद व्योम के पिता की है।

''तुम माँ बेटे किसी काम के नहीं हो, बेटे को आवारागर्दी से फुर्सत नहीं है। माँ बैठी है उसकी गलती पर पर्दा डालने के लिए। मैने स्कूटर छूने के लिए मना किया था, किससे पूछकर ले गया था स्कूटर''?

''व्योम कमरे से बाहर निकल गया है।''

''ये लीजिए अपने स्कूटर की चाबी, कॉलेज गया था''

''संडे को कॉलेज गये थे या अपने आवारा दोस्तों के मिलने गये थे''

''मेरे दोस्तों को कुछ मत कहिए''।

''तुम्हारी इंजीनियरिंग की फीस मैने दी है। पढ़ाई करो। नहीं तो लात मार के घर से निकाल दूँगा सर पर छत नहीं रहेगी, खाने को रोटी नहीं रहेगी, तो सब यारी दोस्ती निकल जाएगी, देखो तब कौन दोस्त साथ देता है?''

''मैं एग्जाम के बाद दिल्ली चला जाऊँगा और कभी वापस नहीं आऊँगा आपकी मनहूस शक्ल देखने मिस्टर महेश पराशर''। व्योम की आवाज तेज हो गयी है।

''इस कुतियाँ को भी ले जाना अपने साथ'' व्योम की माँ वहीं खड़ी है।

''खबरदार जो मेरी माँ को गाली दी''

व्योम के पिता सीढ़ियों से ऊपर जा रहे हैं। झगड़ा रुक गया है। व्योम की माँ सीढ़ी पर बैठकर रो रही है। व्योम माँ के आँसू पोछ रहा है।

''मैं हूँ ना। सब ठीक हो जाएगा हम लोग इस घर में नहीं रहेंगे'' व्योम माँ

को दिलासा दे रहा है। वह दरवाजे की आड़ से सब कुछ देख रहा है। व्योम कमरे में वापस आ गया हैं

''सॉरी बुरा मत मानिएगा, ऐसे झगड़े यहाँ रोज होते रहते हैं। आप ही बताइये कि ऐसे माहौल में कोई कैसे पढ़ सकता है''? व्योम की आवाज बुझ गयी है वह रुके हुए पंखे की ओर देख रहा है। दोपहर से लाइट नहीं है।

''इस शहर में कुछ नहीं रखा है सर, मेरा दम घुटता है यहाँ। एग्जाम देकर मैं दिल्ली चला जाऊँगा। इस साल सुदीप्ता की पढ़ाई भी पूरी हो जाएगी।''

''सुदीप्ता कौन है'' वह पूछ रहा है।

''मेरी गर्लफ्रेंड है, यहीं पास में रहती है। वह बंगाली है। वह बीएससी लास्ट ईयर की स्टुडेंट है। आर लव हर ए लाट। एक मुहल्ले में रहकर भी हम मिल नहीं पाते हैं। मैं डरता हूँ कि बेचारी कहीं बदनाम ना हो जाए। इस शहर में प्यार करना भी पाप है। किसी रोज मिलवाऊँगा, शी इज वेरी व्यूटीफुल''।

वह लगभग एक घंटे से व्योम के साथ बैठा है और उसे सुन रहा है। व्योम की समस्याएँ बड़ी गम्भीर है। पैसों की समस्या, कैरियर की समस्या, प्यार ना कर पाने की समस्या। उसे व्योम पर तरस आ रहा है। लेकिन व्योम से मिलकर वह बेहद खुश भी है कि इस शहर में कम से कम एक लड़का है जो कुछ अलग करना चाहता है, लिखना चाहता है। इस छोटे शहर से बाहर निकलना चाहता है। वह ब्रॉडस्की की किताब माँगकर फिर आने का वादा करके निकल पड़ा है। व्योम उसे गेट तक छोड़ने आया है। व्योम के पिता बालकनी में खड़े हैं और उसे घूर रहे हैं। शायद वह उसे भी व्योम का कोई आवारा दोस्त समझ रहे होंगे। वह धीरे-धीरे घर की ओर बढ़ रहा है। मई का महीना है। गर्मी है। मौसम में तेज उमस है। दिन-दिन भर बिजली नहीं होती है। उसके लिए भी वक़्त गुजारना मुश्किल हो जाता है। वह घर पहुँच गया है। बिजली भी आ गयी है। वह सीधा अपने कमरे में आ गया है और ब्रॉडस्की को पढ़ने बैठ गया है।

I Was only that
Which you touched with your palm
Over which, over which in the deaf
Raven black night
You bent your head
I was practically blind
You appearing, then hiding
Taught me to see...

24

वह खुद को देख रहा है। दुबला शरीर, शरीर पर एक कॉटन की कमीज, पैरों में एक फेडेड जींस, पाँवों में घिसी हुई चप्पल, चेहरे पर हल्की-हल्की दाढ़ी, माथे पर गहरी चिन्ता और आँखे कुछ खोजती हुई। वह दिखने में साधारण है, बेहद साधारण। उसके व्यक्तित्व में कुछ भी ऐसा नहीं है जो किसी को उसकी ओर खींचे। उसने कहीं पढ़ा था। एन आर्टिस्ट पर्सनालिटी इज इरेलीवेंट टू हिज वर्क। लेकिन क्या आज इस आधुनिक जमाने में अच्छा दिखना जरुरी नहीं है। शायद अच्छा होने से भी ज्यादा। उसे अगर अपने बारे में कोई एक चीज पसन्द है तो वह है उसकी अपनी आवाज। आवाज जिसमें आधार है। गहराई है।, गम्भीरता है। असीम कहता है कि उसकी आवाज रेडियो के लिए परफेक्ट है। असीम के कहने पर ही कुछ महीना पहले उसने कैजुएल अनाऊंसर का ऑडिशन दिया था। आज माँ ने उसे लाकर एक चिट्ठी दी है। चिट्ठी एक पेज की है जिसमें लिखा है कि गत माह हुई आकाशवाणी स्वर परीक्षा में आपका स्वर उपयुक्त पाया गया। चिट्ठी में आगे लिखा है कि आकाशवाणी उसे कार्यक्रमों के लिए बुला सकता है लेकिन वह उसे बुलाने के लिए बाध्य नहीं होगा। इक्कीस तारीख यानि परसों उसे रेडियो स्टेशन बुलाया गया है। वह बहुत खुश है। वह बचपन से रेडियो सुनता आ रहा है। रेडियो से उसे बहुत लगाव है। ये वह माध्यम है जहाँ सिर्फ आपकी आवाज महत्त्व रखती है आप उसी से जाने जाते हैं। उसने कुछ साल पहले गाने और समाचार सुनने के लिए एक पाकेट रेडियो खरीदा था। वह न जाने कहाँ पड़ा है? उसे वह रेडियो ढूँढ़ना होगा, चालू करना होगा।

आज इक्कीस तारीख है। वह निर्धारित समय से आधा घंटा पहले ही आकाशवाणी पहुँच गया है। आकाशवाणी शहर के बीचों बीच टाऊनहाल के करीब है। वह सीधा कैन्टीन में पहुँच गया है। उसने पीने के लिए एक चाय ले ली है और एक सिगरेट जला ली है। अचानक उसके कानों में एक आवाज पड़ रही है। इस आवाज से वह भलीभांती परिचित है। ये आवाज एनाऊंसर संजीव दुबे की है। वह सामने की बैंच पर बैठे हैं। उनकी दाढ़ी बढ़ी हुई हुई है और उन्होंने काले मोटे फ्रेम का चश्मा पहना है। वह उठकर जा रहा है। उनकी चाल में एक अजीब सी मस्ती है। वह भी उनके पीछे चलता हुआ आकाशवाणी भवन परिसर में पहुँच गया है। वेटिंग रूम में पहले से ही सात-आठ लड़के बैठे हैं। उसकी तरह वह भी इस ऑडिशन में पास हुए हैं। थोड़ी देर में स्टेशन डायरेक्टर हरीश भारती उनके पास आ गये हैं। सभी लड़के एक एक करके अपना परिचय दे रहे हैं। वह उन्हें लेकर ऑल इंडिया रेडियो घुमा रहा है। वह उनके साथ बातचीत भी कर रहे हैं। नीचे का पहला कमरा ड्यूटी रूम है। ड्यूटी ऑफीसर के बैठने का कमरा। धीमी आवाज में रेडियो बज रहा है।

हरीश उन्हें बता रहे हैं कि ऑल इंडिया रेडियो दुनिया का सबसे बड़ा रेडियो नेटवर्क है। अब वह उन्हे लेकर कंट्रोलरूम में आ गये हैं। कंट्रोलरूम काफ़ी बड़ा है। यहाँ बड़ी बड़ी मशीनें रखी हैं। एयर कंडीशन चलने के कारण कमरा बेहद ठंडा है। स्टाफ बैठकर अपना काम कर रहा है। स्टेशन डायरेक्टर उन्हे बता रहे हैं कि ब्रॉडकास्टिंग की सबसे महत्त्वूर्ण जगह है कंट्रोलरूम। जब भी एक अनाउंसर कुछ बोलता है तो उसकी आवाज सबसे पहले कंट्रोलरूम में पहुँचती है। कंट्रोलरूम से ट्रांसमीटर में और फिर वहाँ सं उसकी आवाज का आउटवर्ड ट्रांसमीशन होता है। लिसनर या श्रोता तक। उसके रेडियो सेट पर। ट्रांसमीटर काफ़ी बड़े होते हैं और अकसर शहर के बाहर लगे होते है। ट्रांसमीटर दो तरह के होते हैं। लो पावर ट्रांसमीटर और हाईपावर ट्रांसमीटर। अब वह उन्हें लेकर एनाउंस बूथ यानीं उद्घोषक कक्ष में आ गये हैं। वह उन्हें बता रहे हैं कि एनाउंसर बूथ में प्रवेश करने से पहले दरवाजे के बीच में लगे गोल शीशे में देख लेना चाहिए कि कही अनाउंसर अनाउंसमेंट तो नही कर रहा है। स्टुडियों में संजीव दुबे बैठे हैं। स्टेशन डायरेक्टर के इशारे पर सब चुपचाप अपनी जगह पर खड़े हो गये है। संजीव माइक पर है—‘‘थोड़ी ही देर में आप हिन्दी में समाचार सुनेंगे।’’ म्युजिक बज रहा है। हरीश कह रहे हैं कि ये फिलर है। जब आपके पास कुछ सेकंड है तो आप ये फिलर बजाकर समाचार पैच कर देते हैं। फिर स्टेशन डायरेक्टर उन्हें लेकर रिकॉर्डिंग स्टुडियों आए हैं। यहाँ पर वह उन्हें रिकॉर्डिंग के बारे में बता रहा है। आखिर में वह उन्हें लेकर लाइब्रेरी में आए हैं। लाइब्रेरी में ऑडियो सीडी। पुराने एल.पी. रिकॉर्ड, ढेरों रेकॉर्डेड टेप पड़े हैं। लाइब्रेरियन यादव नयी खरीदकर आई सीडी की एंट्री राजिस्टर में कर रहे हैं। फिर उनकी मुलाकात स्टेशन इंजीनियर और प्रोग्राम एक्जिक्युटिव से कराई जा रही है। डेढ़ घंटे बीत गये हैं। स्टेशन डायरेक्टर उन्हें लेकर कमरे में आ गये हैं। वह अब उन्हें बता रहे हैं कि यहाँ तीन तरह की ड्युटियाँ होती हैं। प्रातःकालीन सभा, दिन की सभा यानी जनरल शिफ्ट और सायंकालीन सभा। दिन की सभा अकसर परमानेंट स्टाफ ही करता है। कैजुअल एनाउंसर को अधिकतर सुबह या शाम की ही ड्युटी मिलती है। हर हफ्ते संजीव दुबे या कोई सीनियर अनाउंसर ड्यूटी चार्ट बनाते हैं। एनाउंसर को उसकी ड्यूटी बता दी जाती है। एक कैजुअल एनाउंसर को एक महीने में अधिकतम छह ड्यूटी तक मिल सकती है। हर ड्यूटी के लिए उन्हें तीन सौ रुपये पारिश्रमिक मिलेगा। पैसा उन्हें चैक से मिलेगा। जिसे इनकैश करने के लिए उनके पास खुद के नाम का एक बैंक अकाउंट होना चाहिए। इसके अलावा उन्हें समय समय पर दूसरे कार्यक्रमों जैसे रेडियो डाक्यूमेंट्री, वॉयस ओवर वगैरह करने का मौका भी मिल सकता है जिसके लिए उन्हे अलग से फीस मिलेगी। कल से उन्हें ट्रेनिंग पर आना है। तीन-तीन लड़कों का तीन ग्रुप बना दिया गया है। काम सीख

लेने पर अगले महीने से शायद उन्हें ड्यूटी भी मिलने लगे। मीटिंग ख़त्म होनेवाली है। कैन्टीनवाले लड़के ने सबके पीने के लिए चाय रख दी है। हरीश कर रहे हैं कि एक एनाउंसर का काम काफ़ी चुनौतीपूर्ण है। आँधी आए या तूफान रेडियो बजता रहना चाहिए। लोगों का मनोरंजन होता रहना चाहिए। आगे वह कह रहे हैं कि टीवी और सैटेलाइट चैनलों के आ जाने से रेडियो अब कम सुना जाने लगा है। लेकिन दूर दराज के क्षेत्रों में गाँवों में अब भी रेडियो ही मनोरंजन और खबरों का एक मात्र माध्यम है। मीटिंग ख़त्म हो चुकी है। वह सीधा असीम के घर पहुँच गया है। उसे अपनी इस छोटी-सी उपलब्धि के बारे में बताने। असीम उसकी इस खुशी से बेहद खुश है। वह असीम के साथ फ़िल्म देखने बैठ गया है। आज की फ़िल्म है "मेधा ढाका तारे" जिसके निर्देशक हैं ऋत्विक घटक। वह बड़े ध्यान से फ़िल्म देख रहे हैं। फ़िल्म की मुख्य पात्र है नीता। नीता बेहद गरीब है। नीता ने अपने परिवार के लिए अपनी खुशियाँ कुर्बान कर दी है। नीता त्याग की एक मिसाल है। नीता के रोल में सुप्रिया चौधरी का अभिनय देखते ही बनता है। फ़िल्म के आखिर में नीता को टीबी हो जाता है। नीता का भाई शंकर उसका इलाज कराने के लिए उसे लेकर शिलांग के एक सेनेटोरियम में जाता है, जहाँ नीता की मौत हो जाती है।

"दादा, अमी बचते चाय (दादा मैं जीना चाहती हूँ), दादा तुमी एक बार बोलो, अमी बाचबो?" नीता का यह डायलॉग रूला देनेवाला है। जीवन में पहली बार वह कोई फ़िल्म देखकर रोया है। गरीबी इंसान से सबकुछ कराती है। गरीबी सबसे बड़ा अभिशाप है।

नीता के परिवार की तरह उसका परिवार भी एक दुखी परिवार है। एक गरीब दुखी परिवार। इन तमाम सालों में वह और उसका परिवार दुख की एक मोटी परत के नीचे रहने के आदी हो गए हैं। अपने दोस्तों और समाज पर वह यह दुख प्रकट नहीं करना चाहता है, लेकिन जब वह अपनी उम्र के अधिकांश दूसरे लड़कों से अपनी तुलना करता है, तो पाता है कि यह दुख और गरीबी धीरे-धीरे उसके अस्तित्व को खा रहे हैं। वह जल्द से जल्द इस दुख से छुटकारा पाना चाहता है।

25

ज्योत्सना की शादी हो गयी है। वह अपने ससुराल जा चुकी है। ज्योत्सना ने घर की कई जिम्मेदारियाँ उठाई थी, जिसका अहसास उसे उसके जाने के बाद हो रहा है। साहित्या इन दिनों बेहद तनाव में रहती है। वह सोचती रहती है कि आगे घर के खर्चे कैसे चलेंगे? उसकी शादी के लिए पैसों का इन्तजाम कैसे होगा? वह भी

परेशान रहता है। जिन्दगी के क्षितिज पर उसे पैसों की समस्या दिखाई दे रही है, पल-पल गहराती। शाम के डूबते सूरज की लालिमा की तरह। घर में चल रहे अभाव के चलते साहित्या ने सेल्स गर्ल की नौकरी पकड़ ली है। वह दिन भर कड़ी मेहनत करती है। सड़कों पर घूम-घूम कर शैम्पू बेचने से उसका रंग काला पड़ गया है। आज उसने कड़ी धूप में साहित्या को शैम्पू के रिक्शें के साथ चलते देखा है। उसका मन गहरे दुख से भर गया है। उसके इस छोटे से शहर में लोग काम करनेवाली लड़कियों को अच्छी निगाह से नहीं देखते हैं। हर बार साहित्या जब शैम्पू बेचती है तो थोड़ा-सा खुद को भी बेच देती है। उसे खुद को बेचना ही पड़ता है। एक जवान सेल्स गर्ल से कोई सिर्फ शैम्पू नहीं खरीदता है। उसे जल्द ही कुछ करना होगा। कम से कम इतने पैसे कमाने होंगे कि साहित्या को ये काम न करना पड़े। बी.ए. के रिजल्ट आकर तीन महीन गुजर चुका है और वह अब तक निर्णय नहीं ले पाया है कि उसे आगे क्या करना है? इन परिस्थितियों में क्या करना ठीक होगा। पिछले महीने उसने दोस्तों के कहने पर लॉ का इंट्रेस एग्जाम दिया था बिना किसी इच्छा के। सभी चाहते हैं कि वह लॉ में एडमिशन ले ले। शायद इसलिए कि लॉ उसके खून में है। उसके पिता इस शहर के एक बड़े लॉयर थे। इस पेशे से जुड़े लोग आज भी उन्हें जानते हैं। कुछ दोस्तों का तर्क ये भी है कि लॉ सबसे कम पूँजी का व्यवसाय है। बिना अधिक खर्च किये, डिग्री पाकर वह कुछ कमाने योग्य बन सकता है। लेकिन वह तो कवि है। वह तो कविताएँ लिखकर अपना जीवन गुजारना चाहता है। क्या लॉ की पढ़ाई उसे साहित्य से दूर नहीं कर देगी? क्या पिताजी की तरह उसे भी इस पेशे को चुनने का अफसोस रहेगा? प्रश्न ये है कि और किया भी क्या जा सकता है? वह इन दिनों कहीं नहीं जाता है। ज्यादातर वक़्त अपने कमरे में ही गुजारता है। इन दिनों उसने पढ़ना भी छोड़ दिया है। वह ना तो रेलवे, लाइब्रेरी जाता है ना ही जान सर से माँगकर किताबें ही लाता है। पैसों की जरूरत के आगे सब बेमानी लगता है। व्योम नौकरी की तलाश में दिल्ली जा चुका है। असीम ने फ़िल्म लाइब्रेरी का धन्धा शुरू किया है। अनीता द्विवेदी अपने कहानी संग्रह 'शिकस्त' पर काम कर रही है। आकाश अपनी बहन से मिलने शिमला गया है। उसके पास करने के लिए कोई काम नहीं है। वह दिन बीतने का इन्तजार करता है और दिन के बीत रात बीतने का।

आज जुलाई की सात तारीख है। उसे उसके दोस्त राजीव से पता चला है कि लॉ के एडमिशन आज क्लोज हो रहे हैं। राजीव उसे बता रहा है कि उसने इंट्रेस एग्जाम के रिजल्ट देखे थे। लिस्ट में उसका भी नाम था। वह राजीव से एडमिशन फीस के बारे में पूछ रहा है। राजीव उसे बता रहा है कि पूरा पाठ्यक्रम तीन साल का है। हर साल दो सेमेस्टरों में बँटा है। पहले साल की फीस तीन हज़ार रुपये है।

एडमिशन फीस को लेकर। एडमिशन के लिए उसे एक फोटोग्राफ, ग्रेजुएशन की मार्कशीट और फीस लेकर जाना है। वह फीस के बारे में सोच रहा है। तीन हज़ार रुपये। उसके पास कुछ महीनों के बचाए हुए चौदह सौ रुपये हैं। उसे तुरन्त बाकी के पैसों का इन्तज़ाम करना होगा वर्ना उसका ये साल बर्बाद हो जाएगा। वह जान सर से मिलने यूनिवर्सिटी गया है। वह अपनी क्लास में हैं। वह क्लास के बाहर खड़ा होकर उसके निकलने का इन्तजार कर रहा है। सुबह के ग्यारह बज रहे हैं। क्लास छूट चुकी है। सर जॉन क्लास से बाहर आ चुके हैं। वह एक भी क्षण गवाए बिना उन्हें अपनी परेशानी बता रहा है। वह उसे घर जाकर उनकी पत्नी डायना से पैसे लेने को कर रहे हैं। वह भागते हुए सर जॉन के घर पहुँच गया है। डायना अभी स्कूल से आई ही है। उन्होंने आलमारी से निकालकर उसे उसकी जरूरत वाले पैसे दे दिए हैं। वह घर जाकर मार्कशीट और फोटो निकालकर कॉलेज के लिए भाग रहा है। दिन के डेढ़ बज गये हैं। जुलाई में नया सत्र शुरू हो गया है। कॉलेज में चहल पहल है। आकाश में बादल लगे हैं। मौसम ठंडा है। वह लॉ डिपार्टमेंट पहुँच गया है। स्टाफ लंच के लिए गया है। लंच ढाई बजे तक चलेगा तब तक उसे इन्तजार करना होगा। वह वक़्त बिताने के लिए कॉलेज में घूम रहा है। ये वही कॉलेज है जहाँ से उसके दादाजी ने पढ़ाई की थी। उसी कॉलेज से उसके दो सौतेले भाइयों ने भी पढ़ाई की है। इस कॉलेज का नाम जीसस के पहले बारह शिष्यों में से एक शिष्य सन्त एंड्र्यूज के नाम पर पड़ा है। सन 1828 में एक मिशन स्कूल के रूप में इसकी स्थापना हुई थी। सन 1894 में यह मिशन स्कूल से एक प्रापर कॉलेज बना था। कॉलेज अँग्रेजों का स्थापित किया हुआ है। इसे ईस्टर्न यूपी के ऑक्सफोर्ड का दर्जा प्राप्त है। कॉलेज से सटा हुआ एक बड़ा चर्च है। संत एंड्रूस चर्च।

कॉलेज के भीतर आने के लिए दो गेट है। एक मुख्य गेट जो मेन सड़क पर खुलता है। दूसरा गेट छोटा है और कोर्ट की ओर खुलता है। पीछे वाले गेट के भीतर साइकिल स्टैंड है जहाँ लड़कों का जमावड़ा लगा हुआ है। आगे बास्केटबाल कोर्ट और क्रिकेट ग्राउंड है। ग्राउंड के चारों ओर अलग-अलग विषयों के विभागों की बिल्डिंग है। हिस्ट्री डिपार्टमेंट, बॉटनी डिपार्टमेंट, कॉमर्स डिपार्टमेंट वगैरह। ग्राउंड के एक छोर पर लाइब्रेरी है और उससे सटा बड़ा-सा एग्जामिनेशन हॉल है। मेन गेट से लगे स्टाफ क्वार्टर है। और एक तरफ प्रिंसीपल का घर है। वह बास्केटबाल कोर्ट की सीढ़ियों पर बैठा है। और आते जाते लड़के लड़कियों को देख रहा है। कॉलेज का मतलब है स्वतन्त्रता। शायद स्वच्छन्दता भी। उसे ये लड़के लड़कियाँ बेहद खुश लग रहे हैं। जीवन और ऊर्जा से लबालब भरे। उनकी चाल में एक अजीब सी मस्ती है। और आँखों में आनेवाले कल के सपने हैं। वह आखिर उनकी तरह क्यूँ नहीं है? क्या वह वक़्त से पहले ही प्रौढ़ हो गया है। क्या जीवन की कठिनाइयों ने, अभाव

ने उसके भीतर के युवा को मार डाला है? हल्की-हल्की बूँदाबाँदी शुरू हो गयी है। ढाई बज चुके हैं। वह वापस एडमिशन रूम में पहुँच गया है। एडमिशन शुरू हो गया है। लाइन में कुल मिलाकर दस बारह लड़के ही है। उसका नम्बर आ गया है स्टाफ उससे उसकी रैंक पूछ रहा है। उसे मेरिट में उसकी रैंक भी नहीं मालूम है। वह रजिस्टर में उसका नाम चेक कर रहा है। अठ्ठासी। ''बड़ी जल्दी आये बेटा। आज नहीं आते तो एडमिशन भी नहीं मिलता, साल बर्बाद हो जाता। ला पढ़ने जा रहे हो थोड़े जिम्मेदार बनो'' स्टाफ का लहजा थोड़ा-सा व्यंगात्मक हो गया है। उसने एडमिशन फार्म और फीस दे दी है। स्टाफ रसीद काट रहा है। उसका एडमिशन हो गया है वह चैन की साँस ले रहा है। बाद में आकर उसे कॉलेज और लाइब्रेरी का आईडी कार्ड बनवाना होगा। वह डिपार्टमेंट के नोटिस बोर्ड पर क्लास के टाइमिंग और टीचरों के नाम देख रहा है। क्लास सुबह सात बजे शुरू होगी और दस बजे तक चलेगी। वह असीम के घर पहुँच गया है। दोनों सिगरेट पी रहे हैं। असीम सी डी लाइब्रेरी के नये धन्धे को लेकर उत्साहित है। लाइब्रेरी का नाम क्या सोचा है वह असीम से पूछ रहा है।

''सेवंटी एमएम'' असीम मुस्करा रहा है।

26

उसके खर्चे बढ़ गये हैं। और अब तो उसे लॉ कि फीस का भी इन्तजाम करना पड़ेगा। वह रात भर फ्लावेयर की ''मादाम बावेरी'' पढ़ता रहा है। फ्रांस के जाने माने उपन्यासकार गुस्ताव फ्लावेयर की इस कृति को 1856 में अपने प्रकाशन के बाद अधार्मिकता और अनौतिकता के आरोप झेलने पड़े थे। सिर्फ इसलिए क्योंकि फ्लावेयर ने अपनी नायिका को विवाहोत्तर प्रेम और यौन सम्बन्धों में लिप्त दिखाने का साहस किया था। मादाम बावेरी इन सौ सालों में एक क्लासिक बन गयी है। ईमा इस दौर की सबसे बोल्ड महिला चरित्र है और शायद हर दौर में रहेगी। ईमा की कहानी उनके सपनों की, उन सपनों को पूरा करने के आधे आधूरे विफल प्रयासों की और उस असफलता से उठी निराशाओं और कुंठा की कहानी है।

उपन्यास का एक पहलू काव्यात्मक है और दूसरा पहलू दार्शनिक है। मादाम बावेरी पढ़कर वह फ्लावेयर की लेखनी का दीवाना हो गया है। सुबह के दस बज गये है। माँ उसके देर से उठने की आदत से परेशान है। माँ ने उसे बताया है कि कोई लड़का उससे मिलने आया है। वह दरवाजा खोलकर गेट की ओर गया है। गेट पर एक नेपाली लड़का खड़ा है। इस लड़के को उसने पहले कभी नहीं देखा है। लड़का

कह रहा है कि उसे न्यू एरा बोर्डिंग स्कूल की मालकिन मिसेज चन्द्रा ने भेजा है। वह उससे मिलना चाहती हे। उन्होंने उसे शाम पाँच बजे बुलाया है। लड़का जा चुका है। वह सोच रहा है कि न्यू एरा बोर्डिंग स्कूल शायद सिविल लाइंस में कहीं पर है? ये मिसेज चन्द्रा कौन हैं? उन्हें उसके घर का पता कैसे चला? शायद उन्हें किसी टीचर की जरूरत है? पर उन्हें कैसे पता चला होगा कि वह पढ़ाता है? शायद किसी ने उन्हें उसके बारे में बताया होगा। शायद जॉन सर ने।

शाम के पाँच बज रहे हैं। वह न्यू एरा बोर्डिंग स्कूल के गेट पर खड़ा है। लाल रंग का गेट काफ़ी बड़ा है, जिसमें से कम से कम दो गाड़ियाँ एक साथ जा सकती है। गेट पर लोहे की काली तख्ती पर सफेद पेंट से लिखा है ''न्यू एरा बोर्डिंग स्कूल, विजिटर टाइमिंग 6 पीएम-8 पीएम।'' गेट से बच्चे झाँक रहे हैं। बाहर सड़क के उस पार एक महावत एक हाथी को लेकर खड़ा है। हाथी शायद कहीं दूर से चलकर आया है और सुस्ता रहा है। बच्चे हाथी के बारे में बाते कर रहे हैं। एक बच्चा कर रहा है कि अगर हाथी गुस्से में आया तो सबको अपने पैरों के नीचे कुचलकर मार सकता है। दूसरा बच्चा कह रहा है कि सर फर्नांडिस के हाथ पाव बाँधकर हाथी के सामने फेंक देना चाहिए। वह सोच रहा है कि ये सर फर्नांडिस कौन हैं? एक बच्चा कह रहा है कि अगर हाथी पादा तो उसकी आवाज और बदबू से सब मर जाएँगे। महावत उसे चलने का कह रहा है। हाथी अब चलने को तैयार है।

बच्चे चिल्लाकर हाथी को टाटा कर रहे हैं। बच्चे वापस खेल में लग चुके हैं। वह पिछले पन्द्रह मिनट से गेट पर ही खड़ा है। अचानक उसे बगल के बँगले से वही नेपाली लड़का निकलता दिख रहा है, जो सुबह उसके घर आया था। वह उसे देखकर मुस्करा रहा है। उसने जेब से चाभी निकालकर बोर्डिंग का गेट खोल दिया है। वह भीतर आ गया है। खेल के मैदान के चारों ओर फूलों की क्यारियाँ हैं और मैदान के बीचोंबीच से कंक्रीट की एक पट्टीदार सड़क सीधे बोर्डिंग को जाती है। सामने बोर्डिंग के कमरे दिखाई दे रहे हैं। खेल के मैदान के एक कोने में बेंत की दो कुर्सियाँ पड़ी हैं। एक कुर्सी पर अखबार पड़ा है। नेपाली लड़का उसे बिठाकर भीतर चला गया है। बच्चे खेलने में लगे हैं और खूब शोर मचा रहे हैं। तभी उसे भीतर से एक पतला दुबला-सा आदमी आता दिखाई दे रहा है। उसने सफेद शर्ट और सफेद पैंट पहनी हैं। वह काला है और फ्रेंच कट दाढ़ी रखे हुए है। उसके हाथ में एक पतली-सी छड़ी है। बच्चों ने उसे देखकर खेलना बन्द कर दिया है। वह समझ गया है कि यही सर फर्नाडिस है जिन्हें बच्चे हाथी के पैरों तले कुचलवाना चाहते हैं।

''योर प्ले शूड वी ओवर बाइ नाऊ''

''सर जट्स फाइव मिनेटस मोर'' एक बच्चा कह रहा है।

''नाट इवन ए सेकैंड, मेक ए क्यु एंड गो इन साइड''

बच्चे लाइन बनाकर भीतर जा रहे है। सर फर्नांडिस उसकी ओर देख रहे हैं।

''यू आर ए विजिटर, राइट''?

''यस'' उसके मुँह से निकल गया है।

''देन गो इनसाइड'' यह कहकर वह फूटबाल उठाकर भीतर चले गये हैं। खेल के मैदान मे अब सन्नाटा है। नेपाली लड़के ने उसके लिए चाय लाकर रख दी है। उसने अखबार उठा लिया है। थोड़ी देर में ही उसे सामने से नाटे कद की एक मोटी-सी महिला आती दिखाई दे रही है। उन्होंने मैरुन कलर की महंगी साड़ी पहनी है और खूब लाउड मेकअप किया है। यही मिसेज चन्द्रा हैं। वह कुर्सी से उठ गया है।

''सिट सिट, सारी फॉर बीइंग लेट'' वह हॉफ रही है। तीखे परफ्यूम की महक हवा में घुल गयी है।

''आई एम ऑनर ऑफ दिस बोर्डिंग, मेरे हसबैंड पॉलिटिक्स में है, जिला काँग्रेस अध्यक्ष आप तो जानते ही होंगे''?

''जी'' वह दरअसल उन्हें नहीं जानता है। राजनीति से उसका कोई लेना देना नहीं है। वह तो अखबार भी नहीं पढ़ता है।

''आई जी साहब इनके दोस्त है। एक रोज वह आए थे हमारे घर और आपकी बड़ी तारीफ कर रहे थे। उनका बेटा आकाश हमारे स्कूल में ही पढ़ता है। ही वाज ए डफर लेकिन काफ़ी इम्प्रुफमेंट है उसमें। आई नो यू मस्ट वी बिजी, लेकिन अगर थोड़ा-सा वक़्त आप बोर्डिंग के लिए भी निकाल लेते तो बड़ा अच्छा होता। एक टीचर थे हमारे पास लेकिन वह दिल्ली चले गये। उनके बाद कोई टीचर टिकता ही नहीं है। रिजल्ट खराब हो रहें हैं। रेप्यूटेशन खराब हो रही है। आप तो जानते ही हैं कि हॉस्टल में किस टाइप के बच्चे रहते हैं। या तो वह जो बहुत शरारती होते हैं या वह जिनके माँ बाप साथ नही रहते हैं। काफ़ी बच्चे इंटीरियर से आए हैं। और पढ़ाई में काफ़ी कमजोर हैं।'' वह गम्भीरता से उनकी बात सुन रहा है।

''छोटे बच्चों को मिस्टर फर्नांडिस पढ़ाते हैं अप टू थर्ड स्टेंडर्ड।'' फोर्थ से नाइंथ तक आपको पढ़ाना होगा। इन नाइंथ वी हैव जस्ट वन स्टुडैंट कार्तिक। ही इज ए ब्रिलिएंट चाइल्ड उसे पढ़ाने की जरूरत नहीं है। इन एंर्थ वी हैव मैक्सीसम चिल्ड्रैन सम नाइन इनक्लूडिंग माई ओन चाइल्ड। आप देख लीजिए कैसे मैनेज हो सकता है, साढ़े तीन बजे तक बच्चे स्कूल आ जाते हैं। उसके बाद एकाध घंटा खेलने के लिए। वह भी जरूरी है। इज्न्ट इट?''

''जी''

''आप पाँच बजे के बाद कभी भी आकर पढ़ा सकते हैं। नौ बजे रात को खाना स्टार्ट होता है। प्लीज ना मत बोलिएगा। वह उसके चेहरे की ओर देख रही है।

''ओके'' वह अपनी चाय ख़त्म कर चुका है।

''वाट फीस यू विल चार्ज?''

हमेशा की तरह उसे इस बार भी नहीं मालूम है कि उसे कितनी फीस लेनी चाहिए? वह चुप है। ''टू थाउंसेड फाइव हंड्रेड दिस मच आई कैन पे यू, बाद में बढ़ा देंगे'' वह उसे आफर दे रही है। ये रकम उसकी अपेक्षा से भी ज्यादा है। दो तीन घंटे के ढाई हज़ार रुपये कुछ कम नहीं होते हैं।

''दरअसल ये बोर्डिंग मैं फायदे के लिए नहीं चलाती हूँ। जस्ट नो प्रॉफिट नो लॉस बिजनेस। सिर्फ खुद को इंगेज रखने के लिए और शहर में एक अच्छा बोर्डिंग तो होना ही चाहिए, जहाँ दूर दराज के बच्चे आकर पढ़ सकें।''

''जी बिल्कुल'', वह उनकी बात से सहमत है। वह मन ही मन सोच रहा है कि मिसेज चन्द्रा ने उसका इंटरव्यू भी नहीं लिया। शायद उन्हें उसकी काबिलियत पर पूरा भरोसा है। पर क्या वह वाकई काबिल है? क्या वह इन शरारती बच्चों का पढ़ा पाएगा? अगर वह उनकी उम्मीद पर खरा नहीं उतरा तो आईजी साहब को कितना बुरा लगेगा। ढाई हज़ार रुपये। साहित्या पूरा दिन काम करती है फिर भी उसे सिर्फ डेढ़ हज़ार रुपये ही मिलते हैं। सोचते सोचते वह अपने विचारों में दूर तक चला गया है। साहित्या ने सेल्स गर्ल की नौकरी छोड़ दी है। वह माँ के साथ खुश है। उसने सर जान के पैसे लौटा दिए हैं। उसने फिलिप्स कम्पनी का टू इन वन खरीद लिया है। जिसे वह महीनों से खरीदना चाह रहा है। शाम के सात बज चुके हैं। बोर्डिंग की लाइटें जल चुकी हैं। मिसेज चन्द्रा चाहती हैं कि वह बोर्डिंग देख ले, बच्चों से मिल ले और कल से उन्हें पढ़ाना शुरु कर दे। क्युकि सिर्फ दस दिन बाद से ही बच्चों के एग्जाम शुरू हो रहे हैं। वह मिसेज चन्द्रा के साथ बोर्डिंग देख रहा है। कुल मिलाकर छ कमरे हैं जो एक दूसरे से लगे हुए हैं। सबसे पहला कमरा स्टडी है, जिसमें बच्चों के बैठने के लिए स्टूल और बेंच लगे हैं दीवार पर एक बड़ा-सा ब्लैक बोर्ड लगा है।

दोनों कोनों में लकड़ी की दो आलमारियाँ हैं, जिनमें सामने की तरफ शीशे लगे हुए हैं। एक आलमारी में किताबें रखी हैं। होली बाइबिल, गीता, कुरान, नैतिक शिक्षा, रेन एंड मार्टिन इंग्लिश ग्रामर वगैरह। दूसरी आलमारी में खेलकूद की चीजें पड़ी हैं। फूटबाल, नेटबॉल, टेबल टेनिस, बाक्सिंग ग्लव्स, शतरंज वगैरह। स्टडी से सटा हुआ कमरा विजिटर रूम है, जिसके दरवाजे पर एक छोटा-सा साइन बोर्ड लगा है, जिस पर लिखा है—प्रोपराइटर न्यू एरा बोर्डिंग स्कूल मिसेज सरोज चन्द्रा।

विजिटर रूम के बादवाला कमरा स्टोर रूम है, जिसका उपयोग अनाज और और खाने पीने के दूसरे समान रखने के लिए होता है। उसके बाद का कमरा डायनिंग हाल है। डायनिंग हॉल से सटा किचन है। बच्चे बैठकर नाश्ता कर रहे हैं। मिस्टर फर्नांडिस चाय पी रहे हैं। मिसेज चन्द्रा उसका परिचय दे रहीं हैं।

''आवर न्यू टीचर''

बच्चों का ध्यान उसकी ओर चला गया है।

''आई सा हिम, आई थॉट ही वाज ए विजिटर''। वह आगे बढ़ गये हैं। डायनिंग हाल से लगे हुए तीन बड़े कमरे बच्चों का लिविंग रूम हैं। लिविंग रूम की दीवारों पर पशु पक्षियों और जानवरों के चित्र बने हैं। हर कमरे में दो सीलिंग फैन लगे हैं। हर कमरे की दीवार पर एक बड़ा कूलर भी लगा है। कमरे की दीवारों से बिस्तर लगे हुए हैं। हर बिस्तर के नीचे बच्चों के सामान के ट्रंक पड़े हैं, जिस पर उनका नाम और क्लास का नाम लिखा है। एक लड़की कोने में बैठी बेडशीट बदल रही है। उसने सफेद स्कर्ट और सफेद टॉप पहना है। वह नर्स जैसी लग रही है।

''ये बच्चों की आया है, केयर टेकर मिस रूबी'' मिसेज चन्द्रा उसे बती रही हैं।

''ये बच्चों के नये सर हैं'' रूबी उसे देखकर मुस्करा रही है। मिसेज चन्द्रा उसे बता रहीं हैं कि बोर्डिंग में कुल मिलाकर सात स्टॉफ है। मिस्टर फर्नांडिस जो वार्डन कम टीचर हैं। रूबी आया है। जयन्त एडमिशन वगैरह देखता है। खाना बनाने के लिए दो कुक है। शिव कुमार बच्चों को स्कूल छोड़ने का काम करता है। मधुर बच्चों के पीटी टीचर और फिजिकल इंस्ट्रक्टर हैं। वह आठवाँ स्टाफ होगा। मिसेज चन्द्रा उसे लेकर स्टडी में आ गयी हैं। जयन्त स्टोर रूम से निकल रहा है।

''सर के लिए चाय भिजवाओ और बच्चों को बुलाओ'' मिसेज चन्द्रा वहीं कुर्सी पर बैठ गयी हैं। धीरे-धीरे बच्चे आ रहे हैं। वह गिन रहा है कुल मिलाकर अठाइस बच्चे हैं। बच्चे अपनी अपनी क्लास के अनुसार ग्रुप बनाकर बैठ गये हैं।

''मीट योर न्यू टीचर'' मिसेज चन्द्रा कुर्सी से खड़ी हो गयी हैं।

सबसे आगेवाली बेंच पर बैठा भूरी आँखोंवाला लड़का खड़ा हो गया है।

''वेलकम सर, गुड इवनिंग सर''

उसे सुनकर बाकी बच्चे भी जोर से चिल्ला रहे हैं। ''वेलकम सर गुड इवनिंग सर''

सबसे पिछली सीट पर बैठा लड़का दूसरे लड़के को कोहनी मार रहा है।

''स्टैंड अप'' मिसेज चन्द्रा चिल्ला रही हैं।

लड़का अभी भी बैठा है।

''आई सेड स्टैंड अप''

लड़का खड़ा हो गया है और अगल-बगल देख रहा है।

मिसेज चन्द्रा ''ये बोर्डिंग का सबसे बदमाश स्टूडेंट है अंकुर जखमोला'', ही इज ए फेलियर। प्लीज टेक केयर ऑफ हिम। बीट हीम इफ यू वांट।'' मिसेज चन्द्रा उसे बेस्ट ऑफ लक कहकर जा चुकी हैं। वह ब्लैक बोर्ड के पास खड़ा है। वह बच्चों को देख रहा है और बच्चे उसे। उसके ब्लैक बोर्ड की ओर देखते ही

बच्चे एक–दूसरे को इशारे कर रहे हैं। वह पीछे से उसकी नकल उतार रहे हैं। जैसे ही वह पलटकर उनकी तरफ देख रहा है और पूछ रहा है—''वाट आर यू डूइंग, वाट्स रांग विथ यू?''

''नथिंग सर'' बच्चे बनावटी सादगी ओढ़ ले रहे हैं। शायद वह काफ़ी कम उम्र का है। वह वैसा नहीं है, जैसे कि आमतौर पर टीचर होते हैं। शायद इसीलिए बच्चे उसे गम्भीरता से नहीं ले रहे हैं। उसे गम्भीरता का मुखौटा ओढ़ना होगा, वरना वह उन्हें पढ़ा नहीं पाएगा।

''लेट्स हैव इंट्रोडक्शन फर्स्ट''

''यू गिव योर इंट्रोडक्शन, यू आर आवर टीचर'' तीसरी बेंच पर बैठा एक मोटा–सा लड़का कह रहा है।

आई विल गिव यू माई इंट्रोडक्शन, आफ्टर यू ऑल।

''आर यू मैरिड सर?'', एक लड़का

''नो''

''गर्ल फ्रैंड सर'' दूसरा लड़का धीमी आवाज में। उसे हँसी आ रही है वह अपनी हँसी रोक रहा है।

''सो नाव यू ऑल विल टेल मी योर नेम, योर क्लास एंड वन गुड्स थिंग अबाउट यू''

''गुड थिंग्स मीन वाट सर?'' भूरी आँखवाला लड़का पूछ रहा है।

''लाइक इफ यू कैन डांस़ और सिंग और यू आर गुड एट स्पोटर्स?''

बच्चों ने सोचना शुरू कर दिया है। आगे वाली बेंच से इंट्रोडक्शन का कार्यक्रम शुरू हो गया है बच्चे मजे से ले रहे हैं। सबसे पहले मिसेज चन्द्रा का बेटा अनन्य खड़ा हो गया है। वह बेहद मोटा है और उसकी आवाज भी उसी की तरह भारी है।

''आई एम अनन्य चन्द्रा। आई स्टडी इन क्लास सेवेंथ, आई एम गुड इन जीके।''

बच्चे तालियाँ बजा रहे हैं। एक के बाद बच्चा खड़ा होकर अपना इंट्रोडक्शन दे रहा है।

आखिर में अंकुर खड़ा हो गया है। बच्चे उसे अंकुर हाजमोला कह रहे हैं।

''आई एम अंकुर जखमोला, आई एम इन फीफ्त स्टैंडर्ड। आई एम गुड एट...'' वह सोच रहा है।

''ही इज गुड एट स्टीलिंग अदर पीपल थिंग्स।''

बच्चे चिल्ला रहे हैं।

अंकुर शर्मिंदा है ''नो सर आई एम नाट, दे आर लाइंग।''

“सर यू विल बीट अस?” मनीष पूछ रहा है।

“नो वाए शुड आई?”, वह कहा रहा है।

“सर आवर लास्ट टीचर यूज्ड टू बीट अस एलॉट, गाड पनीश्ड हिम। ही मेट विद एन एक्सीडेंट” उसे हँसी आ रही है। अंकुर ने मौका पाते ही नोट का बुक का पेज फाड़कर रॉकेट बनाना शुरू कर दिया है। अब वह बच्चों से पूछ रहा है कि उनके पिता क्या करते हैं? और वह बड़े होकर क्या बनना चाहते हैं? एक बार फिर शोर-शराबा शुरू हो गया है। मिसेज चन्द्रा का बेटा अनन्य फिर खड़ा हो गया है।

“माई फादर इज ए पॉलिटिशन, आई वांट टू बीकम...।” वह सोच रहा है।

“बॉक्सर, बॉक्सर, फाइटर, सुपरमैन” बच्चे पीछे से चिल्ला रहे हैं।

“पाइलट”। “झूठा झूठा” बच्चे चिल्ला रहे हैं। अनन्य मुस्करा रहा है। आखिरी सीट पर कार्तिक बैठा है। वह बच्चों में सबसे ज्यादा शान्त है। उसके चेहरे पर एक गम्भीरता है, जो उसकी उम्र के बच्चों में अकसर नहीं दिखाई देती है। अब कार्तिक खड़ा हो गया है। वह कह रहा है कि उसके पिता एक किसान हैं और वह बड़ा होकर एक डॉक्टर बनना चाहता है। उसके छोटे-से गाँव में कोई अच्छा डॉक्टर नहीं है, इसलिए लोगों को इलाज कराने के लिए दूर शहर में जाना पड़ता है। उसका जवाब सुनकर बच्चे तालियाँ बजा रहे हैं। अधिकांश बच्चे मध्यमवर्गीय परिवार से आए हैं। सिर्फ कुछेक को छोड़कर।

उसने अपना नाम बता दिया है। आगे वह कह रहा है कि “माई जॉब हियर विल बी टू टीच यू। आई विल टीच यू फॉर थ्री आवर्स। इन फर्स्ट वन ऑवर आई विल हेल्प यू टू डू योर होमवर्क। इन नेक्स्ट वन ऑवर वी विल लर्न थिंग्स। इन द लास्ट ऑवर आई विल टेक योर टेस्ट। आई विल ट्राई टू मेक माई टीचिंग एज इंट्रेस्टिंग एज पासीबल। वी विल स्टार्ट स्टडीज फ्राम टूमारो। आई एम ए लॉ स्टुडेंट। माई फादर डाइड वेन आई वॉज वेरी स्माल। आई हैव माई सिस्टर एण्ड मदर एट होम। आई एम डूईंग दिस जॉब टू बी एबल टू मैनेज माई ओन स्टडीज। आई वांट योर सपोर्ट। विल यू सपोर्ट मी?”

“यस, सर” बच्चे चिल्ला रहे हैं।

रात के आठ बज गये हैं।

वह स्टडी से बाहर निकल आया है। सितम्बर का महीना है हल्की-हल्की हवा चल रही है। वह सोच रहा है कि इन शरारती बच्चों को मारपीट कर, डरा-धमकाकर पढ़ाना मुश्किल होगा। इन्हें पढ़ाने के लिए उसे प्यार का सहारा लेना पड़ेगा। अपने माँ-बाप, अपने घरों से दूर रह रहे ये बच्चे प्यार के भूखे हैं। उसे बच्चों को मेहनत से पढ़ाना होगा। ये काम उसे तब तक करना होगा जब तक उसकी लॉ की पढ़ाई पूरी ना हो जाए। वह मैदान में खड़ा है। नेपाली लड़का मेन गेट की चाभी

लेने भीतर गया है। जयन्त और आया अँधेरे में खड़े होकर कुछ बातें कर रहे हैं। वह गेट की तरफ बढ़ रहा है। बच्चे स्टडी के बाहर आकर उसे जाता हुआ देख रहे हैं।

27

हर साल की तरह दीवाली की छुट्टियाँ मनाने के लिए उज्जवल शहर आया है। वह जब भी शहर आता है उससे मिलने घर जरुर आता है। इंजीनियरिंग में ये उसका आखिरी साल है। वह उसे दिल्ली महानगर के जीवन के बारे में बता रहा है। उज्जवल कह रहा है कि दिल्ली का जीवन बेहद फास्ट है। सभी भागते रहते हैं। दिल्ली में हर तरह के कैरियर के अवसर है। अगर वह चाहे तो भविष्य में दिल्ली आ कर प्रैक्टिस कर सकता है। उज्जवल के एक रिश्तेदार दिल्ली में लायर है। तीस हज़ारी कोर्ट के बाहर उनका चैम्बर है। उनकी वकालत खूब चलती है। वह और उज्जवल चाय पी रहे हैं। वह उज्जवल से कह रहा है कि जब तक साहित्या की शादी ना हो जाए वह कहीं नहीं जा सकता है और वैसे भी प्रैक्टिस में उसकी कोई रुचि नहीं है। उज्जवल चला गया है। रोज की तरह शाम पाँच बजे वह बोर्डिंग आ गया है। दीवाली की छुट्टी में बोर्डिंग के अधिकांश बच्चे अपने अपने घर चले गये है। आबिद, दानिश और कार्तिक को छोड़कर। आबिद और दानिश मुस्लिम है। वह दीवाली नहीं मनाते हैं। इसलिए उनके माँ बाप उन्हें लेने नहीं आए है। कार्तिक के पिता बीमार है। इसलिए उसे लेने भी कोई नहीं आया है। वह आबिद, दानिश और कार्तिक के साथ स्टडी में बैठा है। वह उन्हें शरलाक होम्स की एक जासूसी कहानी सुना रहा है। जो उसने हाल ही में पढ़ी है। तीनों बड़े ध्यान से कहानी सुन रहे हैं।

मिस रूबी ने उसके पीने के लिए चाय लाकर रख दी है। कहानी ख़त्म करके वह उन्हें शरलाक होम्स चरित्र के रचयिता आर्थर कानन डायल के बारे में बता रहा है। 18 साल की उम्र में जब डायल फीजिशियन बनने के लिए इडनबर्ग में पढ़ाई कर रहे थे तो उस वक़्त वह अपने शिक्षक प्रोफेसर डा. जोसेफ बेल से बहुत प्रभावित हो गये थे। डॉ. बेल के लेक्चर बेहद मनोरंजक होते थे। वह अपनी डिटेक्टीव रीजनिंग के लिए काफ़ी प्रसिद्ध थे। वह अपने मरीजों को सिर्फ देखकर उनके बारे में काफ़ी कुछ बता देते थे। जैसे कि वह किस देश के हैं, क्या काम करते हैं वगैरह-वगैरह। शायद शरलाक होम्स के चरित्र की प्रेरणा डॉ. बेल ही रहे होंगे। ऐसा उसका मानना है। शाम के सात बजे चुके हैं। वह बच्चों का दिल बहला कर उन्हें दीवाली की शुभकामना देकर स्टडी से बाहर निकल आया है। त्योहार के कारण शहर में रोशनी और चहल-पहल है। वह असीम के घर आ गया है। असीम का फ़िल्म लाइब्रेरी का

धन्धा फेल हो गया है। धन्धे में काफ़ी पैसे बरबाद हो चुके हैं। इस शहर के लोग अच्छी फ़िल्में देखने के बजाय सी–ग्रेड और पोर्न फ़िल्में देखने में ज्यादा रुचि रखते हैं। पाइरेसी भी इस धन्धे को अच्छा ख़ास नुकसान पहुँचा रही है। असीम अपनी हार पर दु:खी भी है और शर्मिंदा भी। असीम के पिता इन दिनों उससे बेहद नाराज है। वह दिन भर उसे ताने देते रहते हैं। कोसते रहते हैं। असीम को पिता के ताने सुनने पड़ते हैं, क्योंकि वह पैसों के लिए उन पर निर्भर है। इन दिनों असीम के पिता जमीन के किसी मुकदमें के सिलसिले में कलकत्ता जाते रहते हैं। इसलिए उनके आदेश पर असीम को इन दिनों दुकान पर बैठना पढ़ रहा है। ये असीम के लिए दुनिया का सबसे कठिन काम है। असीम सुबह छ: बजे सोकर उठता है और नहा धोकर सात बजे तक नीचे आकर दुकान खोल देता है। उसके बाद वह बिना मन के गणेश लक्ष्मी की मूर्ति पर गेंदे के छोटे फूलों की माला चढ़ाता है और अगरबत्ती जलाता है। असीम के पिता का मानना है कि ऐसा करने से दिन की शुरुआत अच्छी होती है और धन्धा भी अच्छा चलता है। असीम के पिता का कहना है कि उसका फ़िल्म लाइब्रेरी का धन्धा इसलिए फेल हो गया क्योंकि उसने धन्धा शुभ मुहुर्त देखकर शुरू नहीं किया था और उसकी लाइब्रेरी में गणेश लक्ष्मी की मूर्ति भी नहीं थी।

वैसे असीम के गुमसुम, उदास रहने का एक और कारण भी है। वह ये कि उसे प्यार हो गया है। प्यार एकतरफा है। होता यूँ है कि हर रोज सुबह आठ बजे के करीब एक औरत अपनी छोटी–सी बच्ची के साथ उसकी दुकान के सामने से गुजरती है। उस औरत की सुन्दरता और उसकी सादगी असीम को उसका दीवाना बना रही है। अपनी छोटी–सी रूमाल से अपना मुँह पोंछती अपनी साड़ी सम्भालती अपनी छोटी–सी बच्ची की उँगली पकड़े जब वह असीम की दुकान के सामने से गुजरती है तो असीम का दिल जोर जोर से धड़कने लगता है। कभी–कभार वह असीम की दुकान पर आकर उससे पेंसिल रबर वगैरा भी खरीद लेती है। तब अकसर असीम प्यार से उसकी बेटी को कोई चाकलेट या टाफी दे देता है। जिसे वह ये कहकर फौरन लौटा देती है कि ''रहने दीजिये आदत खराब हो जाएगी।'' ये सब पिछले महीने भर से चल रहा है। किसी रोज अगर वह नहीं आती है तो असीम का मन न तो दुकानदारी में लगता है ना ही किसी और काम में। वह अंजान औरत धीरे–धीरे असीम के जीवन का केन्द्र बनती जा रही है। असीम ने धीरे–धीरे उसके बारे में काफ़ी कुछ पता लगा लिया है। औरत का नाम कौशिकी है। वह यहीं पास में रहती है और पास के हिन्दी मीडियम स्कूल में पढ़ाती है। कौशिकी गरीब परिवार से है। उसके पिता कोर्ट में मुंशी है। कौशिकी का पति नगर निगम में ठेकेदार है। वह उसके चरित्र पर शक करता है। कौशिकी के गरीब पिता उसके ससुराल वालों के दहेज की माँग पूरी नहीं कर पाए इसलिए कौशिकी के ससुराल वाले उसे मारते–

पीटते हैं। गालियाँ सुनना, मार खाना, अपमानित होना उसकी नियति बन चुकी है।

शंकर ने उनके पीने के लिए चाय लाकर रख दी है। असीम कह रहा है कि आज सुबह जब कौशिकी उसकी दुकान पर आयी थी तो उसने उसके माथे पर हल्की चोट का निशान और गले पर नाखुनों की खरोंच का निशान देखा था। उसे लगता है कि उसके पति ने ही जरूर उसे मारा होगा। असीम गहरी पीड़ा में है। लेकिन वह कर ही क्या सकता है? कौशिकी शादी शुदा है। उसके जीवन में हस्तक्षेप करने का असीम को कोई अधिकार नहीं है। लेकिन असीम अपने इस दिल को कैसे समझाए? उसे उसके हाल पर कैसे छोड़ दें? इन दिनों असीम जब भी भगवान को फूलों की माला चढ़ाता है, अगरबत्ती जलाता है तो कौशिकी की सलामती के लिए प्रार्थना जरूर करता है। शायद ईश्वर ही सब कुछ ठीक कर दें।

जब से असीम प्यार में पड़ा है उसका जीवन देखने का नजरिया ही बदल गया है। वह अत्याधिक भावुक और संवेदनशील हो गया है। असीम दुकान पर बैठकर पूरा दिन ग़ज़लें और नज्में पढ़ता रहता है। गालिब, मोमिन, जोंक, फिराक, शहरयार। उन्हें पढ़ने से उसके दिल को बड़ा सुकून मिलता है। जीवन में पहली बार वह असीम की आँखों की कोरों में आँसू का एक कतरा देख रहा है। असीम कह रहा है। ये शायर भी अजीब होते हैं। देखो शहरयार ने कैसे इन लाइनों में मेरा हाल बयाँ कर दिया है।

तुझसे मिलने की तुझको पाने की
कोई तदबीर सूझती ही नहीं
एक मंजिल पे रुक गयी है हयात
ये जमीं जैसे घूमती ही नहीं
अजीब चीज है ये वक़्त जिसको कहते हैं
कि आने पाता नहीं और बीत जाता है।

असीम इन दिनों जल्दी सो जाता है। ताकि कम से कम सपनों में, अपनी कल्पना में कौशिकी के साथ वक़्त बीता सके। असीम सोने की तैयारी में है। वह असीम से कुछ किताबें माँगकर उससे विदा लेकर घर की ओर चल पड़ा है। असीम की संगति में उसे भी ग़ज़लें और नज्में पढ़ने का शौक लग गया है। वह भी इन दिनों गालिब, मोमिन, जोक, फिराक और शहरयार को पढ़ने लगा है। वह दोपहर में 'रेडियो लाइब्रेरी' में बैठकर ग़ज़लें सुनता रहता है। बेगम अख़्तर उसे सबसे ज्यादा पसन्द है।

मुझे सब है याद जरा जरा
तुम्हे याद हो के ना याद हो
वह जो हमने तुमने करार था
तुम्हे याद हो के ना याद हो।

बेगम अख़्तर की जादुई आवाज उसके कानों से होकर सीधे उसके रूह में उतर जाती है। बेगम अख़्तर की जो ग़ज़ल उसे सबसे ज्यादा पसन्द है, वह है–

'ए मोहब्बत तेरे अंजाम पे रोना आया...'

रेडियो पर अब उसकी आवाज पहचानी जाने लगी है। श्रोता उसकी आवाज की उसके कार्यक्रमों की तारीफ करने लगे हैं। पिछले कई महीनों से एक लड़की उसे पोस्टकार्ड लिख रही है। उसे भी उसकी आवाज बेहद पसन्द है। इस बार उसने पोस्टकार्ड के साथ दीवाली का ग्रीटिंग कार्ड भी भेजा है। लड़की का नाम चारू बाला शर्मा है। वह उसे उसके पोस्टकार्ड से जानता है। जैसे वह उसे उसकी आवाज से जानती है। वह सोच रहा है कि चारू देखने में कैसी होगी? क्या उसमें कला और कलाकार की परख होगी? क्या वह कभी उससे मिल पाएगा? उसे अपने बारे में बता पाएगा। उसने मन ही मन चारू का एक रूप गढ़ लिया है। अपनी कल्पना में। बड़ी-बड़ी आँखें, लम्बे बाल, सुन्दर पतले होंठ, पतली उँगलियाँ और बड़ी प्यारी से आवाज। वह सो गया। कल दीवाली है।

28

वह और व्योम अकसर रविवार की शाम को माधोपुर बाँध की तरफ आ जाते हैं। व्योम को भी यह जगह बहुत पसन्द है। दोनों वहाँ बैठकर घंटों बातें करते हैं। अपने फेवरेट राइटर, अपनी फेवरेट किताबों वगैरह के विषय में। कभी-कभी व्योम सुदिप्ता के बारे में भी बात करता है। वह उसे बताता है कि वह कितनी प्यारी है और वह उसे कितना प्यार करता है। व्योम जानता है कि सुदिप्ता के पिता से उसका हाथ माँगने के लिए उसके पास कम से कम एक ठीक-ठाक नौकरी होनी चाहिए। इसीलिए व्योम ने दीवाली के बाद दिल्ली जाने का फैसला कर लिया। वह व्योम के दिल्ली जाने के निर्णय से बहुत खुश है।

वह लॉ में एडमिशन लेकर भूल ही गया था कि डिग्री पाने के लिए उसे इम्तेहान भी देने होंगे। जुलाई में एडमिशन लेने के बाद से वह एक बार भी कालेज नहीं गया है। उसके पास न तो कालेज का स्टुडेंट आईडी कार्ड है ना ही लाइब्रेरी कार्ड। वह लॉ डिपार्टमेंट में किसी को नहीं जानता है, सिवाय राजीव के। राजीव सेकेंड ईयर का स्टुडेंट है। उसे राजीव से पता चला है कि दिसम्बर के दूसरे हफ्ते से लॉ के इग्जाम शुरू हो रहे हैं। दिसम्बर का दूसरा हफ्ता यानी उसके पास महिने भर से भी कम का समय है। इम्तेहान की खबर ने उसके मन को एक गहरे अवसाद से भर दिया है। वह जानता है कि लॉ साहित्य जैसा नहीं है जिसमें वह बिना पढ़े भी

बहुत कुछ लिख सकता है। लॉ में चीजें समझ कर रटनी पड़ती है। विज्ञान की तरह। पूरी रात उसे इम्तेहान का भय सताता रहा है। वह सुबह जल्दी उठ गया है। नवम्बर की हल्की ठंड है। वह सुबह साढ़े आठ बजे कालेज चला आया। क्लासेज चल रही हैं। क्लास दस बजे तक छूटेगी। लाइब्रेरी और आफिस भी दस बजे तक ही खुलेंगे। तब तक उसे समय गुजारना होगा। वह बास्केट बाल ग्रांउड की सीढ़ियों पर बैठा है। पतली सड़क के दूसरी तरफ क्रिकेट ग्राउंड है। कुछ लड़के खेल की प्रैक्टिस कर रहे हैं। धीरे-धीरे कॉलेज में चहल पहल बढ़ रही है। वह लड़के-लड़कियों को आते जाते देख रहा है। हल्की-हल्की धूप खिल गयी है। नवम्बर की गुनगुनी धूप। वह साइकिल स्टैंड में आ गया है। सुबह के साढ़े नौ बज गये है। वह सोच रहा है कि उसे कॉलेज आना अच्छा क्यों नहीं लगता है? वह अपनी उम्र के बाकी लड़कों की तरह क्यों नहीं है? क्या कॉलेज में आना, घूमना-फिरना, दोस्त बनाना हमारे यूथ का एक महत्त्वपूर्ण हिस्सा नहीं है। वह हिस्सा जो उसने जीना ही नहीं सीखा है। क्या वह एक यूथ है? एक तरुण। ऊर्जा और उत्साह से भरा हुआ। आनेवाले कल से बेखबर। नहीं वह वैसा तो नहीं है। वह सोच रहा है और यहाँ-वहाँ घूमकर वक़्त काट रहा है। तभी लॉ की क्लासेज छूट गयी है। क्लास से लड़के लड़कियाँ निकल रहे हैं। वह असहज हो गया है। वह इनमें से एक भी चेहरे को नहीं जानता है। तभी सामने से उसे राजीव आता दिख रहा है। उसने चैन की साँस ली है कि इस भीड़ में कम से कम एक लड़का तो है जिसे वह जानता है। राजीव उसे देखकर मुस्करा रहा है।

"सूरज आज किधर से निकला है?"

"इम्तेहान सर पर है" वह मुस्करा रहा है।

"मालूम है"

वो राजीव को अपनी समस्या बता रहा है कि उसे आईडी कार्ड और लाइब्रेरी कार्ड बनवाने हैं। तभी वह लाइब्रेरी से किताबें निकलवा पाएगा। राजीव उससे कह रहा है कि उसके पास फर्स्ट सेमेस्टर की कुछ किताबें पड़ी हैं। अगर वह चाहे तो उसके घर आकर उन किताबों को ले सकता है। राजीव उसे एक लड़के से मिलवा रहा है। लड़के का नाम एडवर्ड है। एडवर्ड भी लॉ फर्स्ट ईयर का स्टुडेंट है। एडवर्ड पढ़ाई में अच्छा है और कॉलेज की क्रिकेट टीम का कैप्टन भी है। एडवर्ड के पिता इसी कॉलेज में बॉटनी के लेक्चरर है। राजीव एडवर्ड को आईडी कार्ड बनवाने और लाइब्रेरी से किताबें निकलवाने में उसकी मदद करने को कह रहा है। एडवर्ड हैरान है कि उसने आज तक न तो उसे क्लास में देखा है ना ही कॉलेज में। राजीव जा चुका है। वह एडवर्ड के साथ लाइब्रेरी की तरफ बढ़ रहा है। क्रिकेट की प्रैक्टिस करते लड़के उसे देखकर मुस्करा रहे हैं। एडवर्ड उसे बता रहा है कि फर्स्ट सेमेस्टर में कुल मिलाकर चार पेपर है। जिसमें से दो सब्जेक्ट की किताबें वह लाइब्रेरी से

निकाल सकता है। बाकी की किताबें उसे किसी से माँगनी या खरीदनी पड़ेंगी। एडवर्ड की मदद से उसने आधे घंटे के भीतर आईडी कार्ड बनवाकर कांट्रेक्ट और फैमिली लॉ की किताबें भी निकलवा ली है। एडवर्ड उसे लेकर अपने घर जा रहा है। उसके घर का पिछवाड़ा कॉलेज ग्राउंड की ओर ही खुलता है। पिछवाड़े एक छोटा-सा गेट है। जिसे खोलकर वह एडवर्ड के घर भीतर आ गया है। घर छोटा है लेकिन बेहद सुन्दर है। एडवर्ड की छोटी-सी कुतिया जीनी उसके इर्द गिर्द घूम रही है। एडवर्ड के परिवार में कुल पाँच लोग है। उसके माता पिता, एक बूढ़ी दादी और एक छोटा भाई रायन। रायन फैशन डिजाइनिंग में डिप्लोमा कर रहा है। कमरों से होता हुआ वह उसकी स्टडी में आ गया है। स्टडी बेहद छोटी है। एक बड़ी-सी मेज के दोनों तरफ दो कुर्सियाँ लगी हैं। मेज पर लॉ की किताबें ओर ऑक्सफोर्ड की डिक्शनरी रखी है। पीछे एक बुकशेल्फ हैं, जिसमें कुछ किताबें रखी है। एडवर्ड उसे पिछले साल के पेपर दिखा रहा है। वह इग्जाम का पैटर्न देख रहा है। एडवर्ड कह रहा है कि उसे हर विषय की किताब एक बारी पूरी पढ़ लेनी चाहिए ताकि उसे विषय का एक जनरल आइडिया लग जाए। उसके बाद उसे वह चीजे पढ़नी चाहिए जो परीक्षा की दृष्टि से महत्त्वपूर्ण है। एडवर्ड उससे कह रहा है कि एक महीने की पढ़ाई से वह आराम से पास जो जाएगा। अगर वह चाहे तो हर दिन-दोहपर में आकर उसके साथ लॉ की प्राब्लम डिस्कस कर सकता है। वह स्टडी से बाहर निकल आया है। बाहर टेबल टेनिस पड़ा है। वह एडवर्ड से हाथ मिलकर उसका शुक्रिया अदा कर घर की ओर चल पड़ा है। एडवर्ड की बातों से उसके मन में इम्तेहान के प्रति बैठा डर ख़त्म तो नहीं हुआ लेकिन कम जरूर हुआ है। वह सीधा अपने कमरे में आ गया है। उसने मेज पोछ लिया है और लिटरेचर की सारी किताबें हटा दी है। उसने टेबल लैम्प भी पीछे कर दिया है। उसने आलमारी में पड़ी नोट बुक भी निकाल ली है जो वह दो महीने पहले लाया था। अब एक दिन भी बरबाद करना काफ़ी महँगा पड़ सकता है। उसे तुरन्त ही पढ़ाई शुरू करनी होगी। वह कांट्रेक्ट की किताब के पन्ने पलट रहा है तभी माँ उसे आकर कह ही है व्योम आया है। वह गेट पर गया है, वहाँ व्योम खड़ा है। वह उसे महीनों बाद देख रहा है। व्योम बदला-बदला सा लग रहा है। वह व्योम को भीतर आने को कह रहा है। व्योम कहीं घूमना चाहता है। किसी खुली जगह पर। 'सैंट्रल पार्क चलते हैं' व्योम कह रहा है।

वह व्योम के स्कूटर पर बैठकर सैंट्रल पार्क आ गया है। शाम धुँधली हो रही है। रंग बिरंगी लाइट में फव्वारें से छूटता पानी बड़ा सुन्दर लग रहा है। हल्का-हल्का म्यूजिक बज रहा है। वह और व्योम एक बेंच पर बैठ गये हैं। क्यारियों में सुन्दर फूल खिले हैं। व्योम ने जेब से निकालकर सिगरेट जला ली है। पुराने जोड़े फाउंटेन के नजदीक बैठे है। नये जोड़े दूर कोनों में झाड़ियों के इर्द-गिर्द बैठे हैं। एकाध बच्चे

घास पर खेल रहे हैं। व्योम कह रहा हे कि ये जोड़े आपस में क्या बात कर रहे होंगे? शायद आदमी कह रहा होगा कि उनमें से किसी एक की शकल उसके किसी भाई या रिश्तेदार से मिल रही है। शायद औरत कह रही होगी कि शादी के पहले वह अपने दोस्तों के साथ इस पार्क में आई थी। नये बिना शादी शुदा वाले जोड़ों के लिए ये पार्क एक डेंटिंग स्पाट बन गया है। लेकिन छेड़छाड़ की घटनाएँ बढ़ने से पार्क अथारिटी ने कड़ाई बरतनी शुरू कर दी है। पुलिस किसी वक़्त भी धमक जाती है। व्योम उसे वह पेड़ दिखा रहा है, जिसके नीचे उसने सुदीप्ता को पहली बार किस किया था। माली ने उसे ऐसा करते हुए देख लिया था और वह पुलिस को बुलाने की धमकी देने लगा था। तब व्योम ने जेब से निकालकर सौ रुपए उसकी जेब में डाल दिया और माली भुनभुनाता हुआ चला गया। प्रेमी युगल के लिए शहर में एक नया डेटिंग स्पाट बन गया है। तारामंडल। जो अभी बन रहा है, सर्किट हाउस के नजदीक। व्योम बेहद खुश है कि कल सुबह वह सुदीप्ता से मिल रहा है। तारामंडल के पास। रास्ते में वह व्योम से पूछ रहा है कि वह दिल्ली में क्या कर रहा है? व्योम कह रहा है कि देश में प्राइवेट इंजिनियरिंग कॉलेजों की बाढ़ सी आ गयी है। हर साल अच्छी ख़ासी संख्या में इंजिनियरिंग ग्रेजुएट मार्केट में आ रहे हैं। सप्लाई बहुत ज्यादा है और डिमांड बेहद कम। व्योम कह रहा है कि वह इंजीनीयरिंग की तैयारी कराने वाली एक कोचिंग में फीजिक्स पढ़ रहा है। खर्चे पानी के पैसे निकल जाते हैं। वह एम टेक में एडमिशन लेने के लिए सोच रहा है। वह बातचीत करते–करते सेंट्रल पार्क से बाहर आ गये हैं। वह सैंट्रल पार्क के निकलकर सिविल लाइन्स आ गये हैं। वह बातचीत करते हुए इन्दिरा बाल विहार पार्क की ओर जा रहे हैं। इन दिनों शाम को पार्क में बहुत ज्यादा भीड़ होने लगी है। पार्क के ईर्द–गिर्द स्नैक्स, जूस और काफ़ी वगैरह की दुकानें हैं। व्योम ने दो काफ़ी ले ली है। दोनों पार्क के भीतर आ गए हैं। पार्क के अन्दर व्योम को इंजीनियरिंग कॉलेज के कुछ लड़के मिल गए हैं। ये लड़के कॉलेज में व्योम के जूनियर थे। इनमें से अधिकांश लड़के आखिरी साल में हैं। वह व्योम से दिल्ली के जीवन के बारे में पूछ रहे हैं। व्योम उन्हें दिल्ली के मनोरंजक क़िस्से सुना रहा है। चाय, काफ़ी और सिगरेट का दौर ख़त्म होने का नाम ही नहीं ले रहा है। रात को नौ बज गये हैं। वह व्योम से विदा लेकर घर की ओर चल पड़ा है।

29

इन दिनों उसे एक नया शौक लगा है। टेबल टेनिस खेलने का। वह अकसर दोपहर में एडवर्ड के घर आ जाता है। दोनों घंटों बैठ कर लॉ की प्रॉबल्म डिस्कस करते हैं।

जब वह बोर जो जाते हैं तो टेबल टेनिस खेलना शुरू कर देते हैं। वह बचपन से खेलकूद में हमेशा पीछे रहा है। लेकिन ये खेल खेलने में उसे बड़ा मजा आ रहा है। टेबल टेनिस को पींग पांग भी कहते हैं। यह खेल एक बड़ी–सी मेज पर खेला जाता है। मेज के बीचों बीच एक नेट तना रहता है। इसे एक साथ दो या चार खिलाड़ी खेल सकते हैं। टेबल टेनिस का रैकेट गोल होता है और रबड़ से लैमिनेट किया हुआ होता है। खेल प्लास्टिक की गेंद से खेला जाता है, जो बेहत हल्की होती है। खेल काफ़ी तेज होता है जिसमें फुर्ती और त्वरा की जरूरत होती है। सर्विस की हुई गेंद को खेलनेवाले खिलाड़ी को ऐसे प्रहारित करना होता है कि गेंद जाल पार करके विरोधी क्षेत्र को स्पर्श करे। फिर सामने वाले खिलाड़ी को गेंद लौटानी पड़ती है। जब एक खिलाड़ी नियमों के भीतर गेंद को लौटा नहीं पाता है तो प्वाइंटस बनते हैं। एक गेम ग्यारह प्वाइंट का होता है। वह कास्टीट्यूशनल लॉ के पेपर की तैयारी कर रहा है और एडवर्ड के साथ 'रिट' डिस्कस कर रहा है। दोपहर के एक बज गये है। वह घर वापस लौट रहा है। घर के मोड़ पर उसे एक आदमी मिला है। वह उसे जानता है। आदमी का नाम वी.के. वर्मा है। वर्मा जी स्कॉलर एकेडमी नाम की कोंचिग चलाते हैं।

"आपसे ही मिलने आ रहा था।"

"कहिए"

"बात दरअसल ये है कि बी.ए. पार्ट वन में इंग्लिश लिटरेचर के लिए काफ़ी एनक्वायरी आ रही है। लिटरेचर की बात आई तो सोचा सबसे पहले आपसे पूछ लू" बी.के. वर्मा मुस्करा रहे हैं।

"स्ट्रेंथ क्या है?" वह पूछ रहा है।

"फिलहाल तो आठ लड़कियाँ तैयार हैं। और भी लड़कियाँ आ जाएँगी। आप शुरू कर सकते हैं। ये साल चला कर देखते है। नेक्स्ट इयर थोड़ा एडवर्टीजमेंट कर देंगे।" वर्मा की बात में लोभ मिला आग्रह है।

"मेरे भी लॉ के इग्जाम है, दो हफ्तों में" वह टालने के लिए कह रहा है।

"सिर्फ एक घंटा, हफ्ते में पाँच दिन भी पढ़ा देंगे तो बहुत हो जाएगा। लड़कियाँ को ना कहना ठीक नहीं लगेगा।"

"सोचकर बताता हूँ"

"इसमें सोचना क्या है? टीचर तो बहुत मिल जाएँगे। लेकिन..." वह कहते कहते रुक गये हैं।

"फीस" वह अब अपना महत्त्व जान गया है।

"टू फिफ्टी बोला है मैंने, सबको फिफ्टी परसेंट देता हूँ। आपको सिक्सटी दे दूँगा। सिक्टी–फोर्टी। और अगले महीने से शायद स्ट्रेंथ भी बढ़ जाए।"

वह मन ही मन सोच रहा है कि अगर वह ना कह देगा तो नुकसान उसका ही है। वर्मा को तो दूसरा टीचर मिल जाएगा। वैसे लिटरेचर पढ़ाना उसके लिए मुश्किल भी नहीं होगा। उसे पैसों की जरूरत है। दिन का सिर्फ एक घंटा देकर वह महीने के बारह पन्द्रह सौ रुपये और कमा लेगा।

''ठीक है'' वह सोचकर कह रहा है।

''तो कल सुबह आठ बजे लड़कियों को बुला लूँ?'' वर्मा जी खुश हो गये हैं।

''ठीक है, मैं सुबह पहुँच जाऊँगा लेकिन मेरे अपने इम्तेहान के वक़्त मैं पढ़ा नहीं पाऊँगा। दस दिन क्लास नहीं चलेगी।'' वह कह रहा है।

''ठीक है सर, कोर्स ख़त्म कर दीजिएगा, बस मैं तो यही चाहता हूँ'' वी. के. वर्मा जी जा चुके हैं, वह घर पर आ गया है। वह अपनी पढ़ाई में लग गया है। शाम को उसे हॉस्टल भी जाना है।

ठंड हर दिन बढ़ रही है। आज दिसम्बर की दो तारीख है। वह सुबह आठ बजे स्कॉलर एकेडमी पहुँच गया हैं। कोचिंग खुल गयी है। नीचे सड़क पर ढेर सारी साइकिलें खड़ी है। वह सीढ़ियों से ऊपर आ गया है। कोचिंग का हर कोना भरा है। कोई भी क्लास खाली नहीं है। प्यून प्रदीप उससे कह रहा है कि लड़कियाँ ऑफिस में बैठी है। वह ऑफिस में आ गया है। कुल मिलाकर सात लड़कियाँ हैं। दो लड़कियाँ कुर्सी पर बैठी हैं और बाकी लड़कियाँ खड़ी हैं। उसे वर्मा जी पर ग़ुस्सा आ रहा है कि उन्होंने लड़कियों के बैठने के लिए एक क्लास का भी इन्तजाम नहीं किया है। ऐसे खड़े खड़े वह उन्हें कैसे पढ़ा पाएगा?

''मुझे कहा गया था कि आठ लड़कियाँ है'' वह पूछ रहा है।

''सर पंखुड़ी नहीं आई है। हम लोग स्योर नहीं थे कि आप आएँगे।'' एक लड़की कह रही है।

''मैं सुबह सात बजे का टाइम रखना चाहता हूँ। आप लोगों के लिए ठीक रहेगा?'' वह कह रहा था।

''सर मैं बहुत दूर से आती हूँ ठंड में रिक्शा नहीं मिलता है।'' एक दूसरी लड़की कह रही है।

''ठंड तो बस इस महीने है। उसके बाद तो कोई दिक्कत नहीं होनी चाहिए'' वह कह रहा है।

''ठीक है, सर मैं मैंनेज कर लूँगी।''

''मैं हफ्ते में पाँच दिन पढ़ाऊँगा, दो हफ्ते बाद मेरे अपने इम्तेहान है इसलिए मुझे दस दिन की छुट्टी लेनी पड़ेगी, उसके बाद क्लास रेग्यूलर चलेगी।'' वह चाय पी रहा है।

''आप क्या पढ़ रहे हैं सर?'' वही लड़की पूछ रही है।

''लॉ'' लड़कियाँ मुस्करा रही हैं।

''पढ़ाई कल से शुरू करेंगे। किसी के पास किताब है तो मैं सैलेबस देखना चाहूँगा?''

एक लड़की ने उसे किताबें दे दी है। सेलेबस वही है जो उसके वक़्त में था। शायद उसके पास खुद के लिखे नोट्स भी पड़े हो। प्रोज, पोएट्री, ड्रामा, शार्ट स्टोरीज।

''चलो आप लोग अपने-अपने नाम बता दो।''

लड़कियाँ मुस्कराते हुए उसे अपने-अपने नाम बता रही हैं।

ज्योति
सुमन
रुचि
शिप्रा
नम्रता
ईशा
चयनिका

उसने अपना भी संक्षिप्त-सा परिचय दे दिया है। ''पहले हम ड्रामा ख़त्म करेंगे, फिर प्रोज और पोएट्री। कल आप सब वक़्त पे आ जाना और अगर आपकी कोई दोस्त या कोई सहेली भी पढ़ना चाहे तो आप उसे लेकर आ सकती हैं।'' वह कुर्सी से उठ गया है। लड़कियाँ जा चुकी हैं। वह वी. के. वर्मा से मिलने के लिए रूका है। वर्मा जी का और इन्तजार करना बेकार है। उनका कहीं पता नहीं है। वह पूछना चाहता है कि सुबह सात बजे उसे एक खाली क्लास चाहिए। वह ऑफिस में बैठा अखबार पढ़ रहा है। सुबह के नौ बज चुके हैं। वह आकाशवाणी आ गया है। ड्यूटी रूम में ड्यूटी आफिसर शैलेन्द्र बैठे हैं। वह लॉग बुक भर रहे हैं। धीमी आवाज में रेडियो बज रहा है। वह स्टुडियो की तरफ चला गया है। स्टुडियो में संजीव दुबे एनाउसमेंट कर रहे हैं। वह उसे बता रहे हैं कि स्टेशन शहर से जुड़ी चुनी हुई हस्तियों और प्रसिद्ध जगहों के बारे में डाक्युमेंट्री बनवा रहा है। उन्होंने प्रसिद्ध चित्रकार अमृता शेरगिल पर डाक्युमेंट्री करने के लिए उसका नाम अनुशंशित किया है। अमृता शेरगिल यही उसके इस शहर के पास अपने खानदानी घर में कुछ साल रही है। उसे वहाँ जाकर उनके विषय में कुछ जानकारियाँ, कुछ तथ्य इक्ट्ठे करने है। डाक्युमेंट्री महीने भर के भीतर बननी है। वह स्टेशन डायरेक्टर से मिलकर अपना रिसर्च का काम शुरू कर सकता है। वह उन्हें अपने लॉ के इग्जाम के बारे में बता रहा है। वह उनसे कह रहा है कि वह डाक्युमेंट्री जरूर करेगा लेकिन अपने इम्तेहान के बाद। स्टुडियो से निकलकर वह अकाउंट्स डिपार्टमेंट में आ गया है। पिछले तीन

महीनों से किसी भी कैजुएल अनाउंसर को पेमेंट नहीं मिली है। आल इंडिया रेडियो में पारिश्रमिक ना सिर्फ बहुत कम है, बल्कि बेहत अनियमित भी है।

"चेक तैयार है क्या?" वह अकाउंटेंट से पूछ रहा है।

"फंड नहीं है सर"। अकाउंटेंट महोदय का रटा-रटाया जवाब है। वह बेहद ग़ुस्से में हैं। वह सोच रहा है कि वह तो पढ़ा कर दो पैसे कमा लेता है, लेकिन उन लोगों का क्या होता होगा जो रेडियो पर ही आश्रित है? महीनों बिना पेमेंट के वह अपने खर्चों से कैसे निपटते होंगे?

उसने पैंट की जेब से पर्स निकाल लिया है। पर्स में सिर्फ साठ रुपये हैं। वह सोच रहा है कि एक छोटा-सा पर्स और हमारी तमाम जरुरतें। जरूरतें जो हमसे मेहनत मशक्कत करवाती है, झूठ बुलवाती है, और कभी-कभार दूसरों के सामने गिड़गिड़ाने पर भी मजबूर कर देती है। उसके सामने खड़ा एक कैजुएल एनाउंसर विनीत आकाउंटेंट के सामने गिड़गिड़ा रहा है। उसे अपने बच्चों के स्कूल की फीस भरनी हैं। अकाउटेंट एक अजीब-सी घृणित मुस्कान दे रहा है।

"फंड नहीं है सर, जाइए स्टेशन डायरेक्टर साहब से बात कर लीजिए।"

वह विनीत की मदद करना चाहता है, लेकिन उसके खुद के पास पैसे नहीं है।

जीवन में कई बार ऐसे क्षण आते हैं, जब हम सच्चे दिल से किसी की मदद करना चाहते हैं। लेकिन हमारे वश में कुछ नहीं होता है। ऐसे क्षण बड़े पीड़ादायक होते हैं।

30

सुबह के सात बज रहे हैं। वह स्कॉलर एकेडमी पहुँच गया है। लड़कियाँ पहले से खड़ी उसका इन्तजार कर रही है। रोज की तरह हर क्लास भरी है। आज तो ऑफिस भी बन्द है। प्यून प्रदीप कह रहा है कि ऑफिस की चाभी वर्मा जी के पास है। वह बहुत ग़ुस्से में हैं। उसके मन में आ रहा है कि वह बिना क्लास लिये लौट जाए लेकिन ऐसा करना ठीक नहीं होगा। आखिर इसमें इन लड़कियों की क्या गलती है। ये बेचारी तो ठंड में अपने अपने घरों से पढ़ने आई है। प्रदीप कह रहा है कि वह अगर चाहे तो कोंचिंग के खुले टैरेस पर भी पढ़ा सकता है। शायद उसे ब्लैक बोर्ड की जरूरत नहीं होगी। प्रदीप ने उसके कहने पर टैरेस पर कुर्सियाँ लगवा दी है। लड़कियाँ भी वर्मा जी से खासीनाराज हैं। "सर वर्मा जी इतने मनी माइंडेड है कि पहले ही दिन फीस माँग रहे थे। ऐसे भला करता है कोई" चयनिका।

''सर आप अपने घर पर ही पढ़ा दीजिए हम लोग वहीं आ जाएँगे।'' सुमन कह रही है।

वह लड़कियों की परेशानी समझ रहा है लेकिन वह उन्हें अपने घर पर पढ़ाने के लिए नहीं बुला सकता है। वह नहीं चाहता है कि कोई भी जाने की वह पढ़ाता भी है।

''मैं वर्मा जी से क्लास के लिए बात करता हूँ। शायद हमें क्लास का टाइमिंग बदलना पड़ेगा।'' वह कह रहा है। तभी एक सुन्दर-सी लड़की आ गयी है।

''गुड मार्निंग सर, मैं पंखुड़ी''

''गुड मार्निंग, बैठ जाओ'' वह पंखुडी से कह रहा है। ठंड के कारण पंखुड़ी की नाक लाल हो गयी है। उसने स्वेटर भी नहीं पहना है।

''आपको ठंड नहीं लग रही है?'' वह कह रहा है।

''थोड़ी-थोड़ी है पर मैं पहाड़ पर रही हूँ, अल्मोड़ा में। वहाँ बहुत ठंड पड़ती है। ये ठंड तो कुछ भी नहीं है उसके सामने।'' वह धीमे से कह रही है।

''आप अल्मोड़ा की रहनेवाली हो?'' वह पूछ रहा है।

''नहीं रहनेवाली तो यहीं की हूँ, लेकिन चाचा जी के पास रहती थी। सातवीं से बारहवीं तक वहीं पढ़ी हूँ।''

''कल से आप प्लीज स्वेटर पहन कर आना'' उसने पढ़ाना शुरू कर दिया है। थोड़ी देर में ही उसे पता चल गया है कि ईशा और पंखुड़ी को छोड़कर बाकी सारी लड़कियाँ हिन्दी मीडियम स्टूडेंट रही है और उनकी अँग्रेज़ी बेहद खराब है। इसलिए उसे उन्हें बेसिक ग्रामर और ट्रांसलेशन भी सिखाना होगा ताकि वह अपने विचार अँग्रेज़ी में लिख पाएँ। यानी उसके लिए ये दुगनी मेहनत का काम होगा। उसने ड्रामा पढ़ाना शुरू कर दिया है। 'टेवेल्थनाइट'। उसने लड़कियों को अलग-अलग पात्र दे दिए है। लड़कियाँ अपने अपने डायलाग पढ़ रही है और वह उन्हें उसका मतलब बता रहा है। पंखुड़ी उसे एकटक देख रही है और रह रहकर उसका ध्यान पंखुड़ी की ओर चला जा रहा है। पंखुड़ी बेहद सुन्दर है। अपने नाम की तरह। खुद में सिमटी अधखिली-सी। आज की क्लास ख़त्म हो चुकी है। वह पंखुड़ी को जाते हुए देख रहा है। वह भी उसे शरारत भरी मुस्कान दे रही है। वह एक नयी अंजान राह की ओर खींच रहा है। वह राह जो उसे न जाने कहाँ ले जाएगी?

आज उसे स्कॉलर एकेडमी में पढ़ाते एक हफ्ता हो गया है। वह हर दिन पौने सात बचे ही कोचिंग आ जाता है। वह धीरे-धीरे पंखुड़ी के बेहद करीब आ गया है। उसे पंखुड़ी को देखना उससे बात करना बहुत अच्छा लगता है। कोचिंग में पंखुड़ी पहले से ही मौजूद होती है। वह पन्द्रह बीस मिनट एक दूसरे बात करते हैं। वह

पंखुड़ी के बारे में थोड़ा बहुत जान गया है। पंखुड़ी के पिता बिजनेसमैन है। उनकी लोहे के सरिया बनाने की फैक्ट्री हैं। पंखुड़ी का एक छोटा भाई है, प्रदीप। वह नौवीं क्लास में है। पंखुड़ी के चाचा-चाची के कोई बच्चा नहीं है, इसलिए वह चाचा चाची के पास अल्मोड़ा में रहती थी। उसका ये नाम पंखुड़ी उसके चाचा का ही दिया है। चाचा फारेस्ट विभाग में रेंजर है। पंखुड़ी अब साढ़े छः बजे आने लगी है। वह भी साढ़े छः बजे ही आ जाता है। आज पंखुड़ी ने उसे सिगरेट पीते देख लिया है। वह दोनों ऑफिस में आकर बैठ गये हैं।

"आप सिगरेट पीते हैं?"

" हूँ कभी-कभी"

"नुकसान करती है फिर भी पीते है?"

"छोड़ दूँ"

"नहीं मैंने ऐसा तो नहीं कहा"

"आपकी पढ़ाई कैसी चल रही है"

"आप तो इंटेलिजेंट है बिना पढ़े ही पास हो जाएँगे" उसे पंखुड़ी की मासूमियत भरी बातों पर हँसी आ रही है। वह उसे बताना चाहता है कि वह अपने इम्तेहान को लेकर कितना डरा है। उसकी तैयारी भी पक्की नहीं है और वह उतना इंटेलिजेंट भी नहीं है जितना वह समझ रही है।

"आपके घर में कौन-कौन हैं?"

"मैं, मेरी बहन और माँ, तीन बहनें और भी थीं, जिनकी शादी हो गयी।"

"तो आप सबसे छोटे हैं।"

"हूँ"

"घर में जो सबसे छोटे होते हैं, वह अकसर माँ-बाप के दुलारे और बेहद जिद्दी होते हैं।" वह मुस्करा रही है।

"नहीं तो", वह हँसकर कह रहा है।

"नहीं, मेरा भाई घर में सबसे छोटा है, वह बहुत जिद्दी है।" पंखुड़ी कह रही है।

सात बजने में पाँच मिनट कम है। पाँच मिनट में लड़कियाँ आना शुरू हो जाएँगी। अचानक पंखुड़ी ने अपना हाथ उठाकर उसके हाथ पर रख दिया। उसके स्पर्श से उसे अजीब-सी सिहरन हो गयी है। उसका हाथ बेहद कोमल है। बेहद ठंडा भी। वह उसके इस बर्ताव से शक हो गया है। उसने उसका हाथ तुरन्त हटा दिया है।

"मैं अच्छी नहीं लगती हूँ आपको। हर वक़्त मेरे दिमाग में आप ही चलते रहते हैं। ऐसा क्यूँ हो रहा है।" वह एकटक उसकी आँखों में देख रही है। उसकी

आँखों में एक अजीब-सा नशा है। अगर पंखुड़ी उसकी स्टुडेंट नहीं होती तो यही सवाल उससे पूछता कि तुम भी हर वक़्त मेरे ख्यालों में रहती हो। ऐसा क्यूं हो रहा है? उसे खुद को सँभालना होगा। टीचर स्टूडेंट सम्बन्ध की अपनी एक गरिमा है, जिसे वह गिरा नहीं सकता है।

"मेरा काम तुम्हें पढ़ाना है, तुम्हारे माँ-बाप विश्वास करके तुम्हें यहाँ भेजते हैं।" उसने दूर से आती ईशा को देख लिया है। उसने झूठ-मूठ पंखुड़ी के नोट्स चेक करना शुरू कर दिया है। धीरे-धीरे बाकी लड़कियाँ भी आ गयी हैं। उसने पढ़ाना शुरु कर दिया है। पंखुड़ी ने एक बार भी उसकी तरफ नहीं देखा है। उसकी निगाहें नीची हैं। वह अपने पैर के अंगूठे की तरफ देख रही है। जैसे-तैसे उसने आज की पढ़ाई ख़त्म की है। आज से ठीक तीन दिन बाद सोमवार से उसके अपने इम्तेहान शुरू हो रहे हैं। आज से वह क्लासेज बन्द कर रहा है। दो जनवरी तक के लिए।

धीरे-धीरे लड़कियाँ निकल रही है। पंखुड़ी सबसे आखिर में निकली है। पंखुड़ी की कुर्सी पर कागज का एक टुकड़ा पड़ा है। उसने धीरे से वह टुकड़ा उठा लिया है।

कागज पर लिखा है, 'इग्जाम के लिए बेस्ट ऑफ लक। तीस दिसम्बर को मिलना चाहूँगी। कहीं ऐसी जगह जहाँ सिर्फ हम दोनों हो। सुबह-सुबह कुश्मी जंगल जाएँगे। मैं सुबह सात बजे गोल्फ मैदान के बाहरवाले पेट्रोल पम्प पर आपका इन्तजार करूँगी। अगर आप नहीं आए तो मैं समझूँगी कि आपकी ज़िन्दगी में कोई और है, जो आपको मुझसे भी ज्यादा चाहता है।' वह टेरेस पर खड़ा है और जाती हुई पंखुड़ी को तब तक देख रहा है जब तक वह उसकी आँखों से ओझल नहीं हो गयी है।

31

ठंड हर दिन बढ़ रही है। उसके इम्तेहान शुरू होनेवाले हैं। दो हफ्तों के लिए उसने हर काम से छुट्टी ले ली है। वह ना तो आई जी साहब के यहाँ जा रहा है ना ही हॉस्टल। दो हफ्तों के लिए उसने आकाशवाणी की ड्यूटी के लिए भी मना कर रखा है। इम्तेहान तक उसे सिर्फ एक विद्यार्थी बने रहना होगा। उसका कमरा दिन भर बन्द रहता है। खुद को जगाए रखने के लिए वह कई बार चाय पीता है। माँ कमरे में आकर उसके लिए खाना रख जाती है। दिन में एकाध घंटे के लिए वह एडवर्ड के घर आ जाता है। दोनों एक साथ बैठकर पढ़ाई करते हैं। उसके बाद वह सीधा घर आ जाता हैं। पढ़ते-पढ़ते जब वह बोर हो जाता है तो आलमारी खोलकर उन किताबों को देखता है, जिन्हें वह इम्तेहान के बाद पढ़ेगा। दीवाने-गालिब, रश्दी की मिडनाइट चिल्ड्रैन, मैरक्वीज की वन हंड्रेड ईयर्स ऑफ सॉलीट्यूड और डार्विन की

ओरेजिन आफ स्पेशीज जिसे वह काफ़ी समय से पढ़ना चाह रहा था।

आज वह कांट्रेक्ट का पहला पेपर देकर आया है। पेपर अच्छा हुआ है। वह जानता है कि वह पास हो जाएगा। अगर टार्ट्स का पेपर निकल गया तो वह फैमिली लॉ और इंडियन कांस्टीट्यूशन सँभाल लेगा। दस दिन के भीतर उसे इम्तेहान से छुटकारा मिल जाएगा। आज वह पंखुड़ी की लिखी चिट्ठी देख रहा है, जिसमें उसने तीस दिसम्बर को मिलने की इच्छा जाहिर की थी। क्या वह उसे मिलेगा? क्या उसे पंखुड़ी से मिलना चाहिए? उसने फैसला आनेवाले वक़्त पर छोड़ दिया है।

दिन बीत रहे हैं। आखिरकार लॉ के इग्जाम ख़त्म हो चुके हैं। लड़के लड़कियाँ बेहद खुश लग रहे थे। अधिकांश लड़के लड़कियाँ ग्रूप बनाकर पिक्चर देखने की प्लानिंग कर रहे हैं। वह एडवर्ड के साथ ग्राउंड से होता हुआ उसके घर की तरफ बढ़ रहा है। वह एडवर्ड के घर आ गया है। हमेशा की तरह जीनी उसके इर्द-गिर्द घूम रही है। वह उसके पैरों को चाट रही है। एडवर्ड का भाई रायन क्रिसमस के लिए घर की साफ-सफाई में जुटा हैं। टेबल टेनिस के नीचे पुराने अखबार और मैगजीन पड़े हैं। उसने अपने पढ़ने के लिए 'टाइम' मैगजीन के कुछ पुराने इश्यू उठा लिये हैं। वह एडवर्ड के साथ सिगरेट पीने मेन रोड पर आ गया है। एडवर्ड से विदा लेकर वह सीधा आकाशवाणी आ गया है। सबसे मिलजुल कर वह सीधा स्टेशन डायरेक्टर के कमरे में आ गया है। स्टेशन डायरेक्टर ने उसे अमृता शेरगिल पर डाक्यूमेंट्री करने के लिए साइन करने के लिए कांट्रेक्ट दे दिया है। वह उसे अमृता शेरगिल के बारे में बता रहे हैं। वह बड़े ध्यान से उनकी बातें सुन रहा है। उसने रिकार्डर ले लिया है। कल सुबह वह अमृता शेरगिल के घर जाएगा। वह अपने इस काम को लेकर बेहद उत्साहित है।

सुबह के साढ़े दस बज रहे हैं। वह बस पकड़कर शहर से पच्चीस किलोमीटर दूर सरैया नाम की जगह पर आ गया है। जगह कस्बानुमा है। बस ने उसे बाजार में ही छोड़ दिया है। थोड़ी ही दूर पर नार्थ ईस्टर्न रेलवे का एक छोटा-सा स्टेशन है। आसपास पुरानी चीनी मिलें हैं। वह बाजार से होता हुआ लोगों से पूछता हुआ मजीठिया घर आ गया है। सरैया का नाम बदलकर सरदार नगर रख दिया गया है। वह बेहद बड़े से पुराने किस्म के घर के गेट पर खड़ा है। घर आलीशान है। कम्पाउंड में बने सर्वेन्ट क्वार्टर से निकलकर एक आदमी उसकी ओर आ रहा है। वह घर का नौकर है। आदमी का नाम सुरेन्दर है। वह सुरेन्दर को बता रहा है कि वह आल इंडिया रेडियो से आया है। उसे अमृता शेरगिल पर एक डाक्यूमेंट्री बनाने की जिम्मेदारी सौपी गयी है। वह इस काम में उसकी मदद चाहता है। "साहब लोग तो बाहर रहते हैं। यहाँ कभी-कभार ही आते हैं। आप घर देख लीजिए। अमृता जी की

पेंटिंग्स और उनका कमरा देख लीजिए। उनके विषय में मैं जितना जानता हूँ आपको बता सकता हूँ।'' सुरेन्दर ने उसे बैठने के लिए कुर्सी दे दी है।

''यहाँ तो थोड़ी ही पेंटिंग हैं। ज्यादातर पेंटिंग्स तो सरकार ने रख ली है, दिल्ली में।'' सुरेन्दर कह रहा है। वह जानता है कि भारत सरकार ने उनकी पेंटिंग्स को राष्ट्रीय कला सम्पदा घोषित कर दिया है। वह सुरेन्दर के पीछे-पीछे चल पड़ा है। सुरेन्दर उसे अमृता जी के विषय में बता रहा है। अमृता कहाँ पैदा हुईं? उनका बचपन कहाँ पर बीता? वह भारत कब लौटीं? उनका परिवार किन किन जगहों पर रहा। कब उनकी शादी हुई और कब वह सरैया रहने के लिए आईं। वह जैसे इतिहास की दहलीज पर खड़ा है। वह सुरेन्दर के पीछे पीछे एक कमरे से दूसरे कमरे में घूम रहा है। कमरों में उनकी चीजें वैसे ही पड़ी है एक याद एक धरोहर की तरह। दीवारों पर उनकी बनाई पेंटिंग्स टँगी हैं। सुरेन्दर उन्हें पुराने पारिवारिक एलबम दिखा रहा है। अमृता जी बेहद सुन्दर थीं। अपनी पेंटिंग्स की तरह। वह उस जगह पर खड़ा है जहाँ बैठकर उन्होंने नहाते हुए हाथी की पेंटिंग बनायी थी। अब वह अमृता जी के कमरे में आ गया है। चीजें ज्यों की त्यों पड़ी है। कोने में उन पर लिखी किताबें और लेख वगैरह पड़े हैं। सुरेन्दर उसके लिए चाय का इन्तजाम करने चला गया है। कुछ देर के लिए वह इस कमरे में अकेला है। वह अपने शरीर में एक अजीब सा कम्पन महसूस कर रहा है। वह विश्व की महानतम महिला चित्रकार के कमरे में खड़ा है। वह सोच रहा है कि एक कलाकार के मन को जानना कितना मुश्किल है। सुरेन्दर उसके लिए चाय लेकर आ गया है। वह अपनी डायरी लेकर लिखने बैठ गया है।

''अमृता शेरगिल भारत की सुविख्यात महिला चित्रकार रही हैं। अमृता का जन्म सन् 1913 में वुडापेस्ट हंगरी में हुआ था। उनके पिता उमराव सिंह शेरगिल स्वयं एक क्रान्तिकारी, दार्शनिक, चिन्तक और फोटोग्राफर थे। अमृता की माँ मेरी गोट्समन एक ओपेरा गायिका थीं। अमृता दो बहनों में बड़ी थीं। अमृता का आरम्भिक जीवन विदेश में बीता। सन् 1921 के आसपास उनका परिवार शिमला में आकर बस गया। अमृता बचपन से ही बोल्ड थीं। चीजों को देखने का समझने का उनका अपना ही रवैया था। वह बचपन से ही बेहद निर्भीक थीं। कांवेंट की मठवादी शिक्षा के विरोध में उन्होंने खुद को ऐथइस्ट तक कह डाला था। भारत आने पर उनका सम्पर्क भारतीय कला और संस्कृति से हुआ, जिसका ख़ासा प्रभाव उनकी पेंटिंग्स पर देखा जा सकता है। वह हृदय से बेहद साधारण थीं। सामन्ती माहौल में उन्हें घुटन होती थी। कई युवकों को शादी के लिए मना करने के बाद 1938 में उन्होंने अघने ही एक रिश्तेदार चिकित्सा के विद्यार्थी विक्टर एगन से शादी कर ली थीं। शादी के बाद वह सरैया आ गईं ओर लगभग तीस साल तक इसी घर में रहीं। मजीठिया मूलतः पंजाब के थे लेकिन उन्हें सरैया का जागीरदार घोषित कर दिया गया था।

अमृता स्त्री अस्मिता के प्रति बेहद संवेदनशील थीं। उनकी पेंटिंग्स में औरतपन के इसी अहसास की सैकड़ों छवियाँ देखने को मिलती है। अमृता जी की कृतियाँ मुख्यत: तीन तरह की हैं। रेखांकन, जलरंग चित्र और तैल रंग चित्र। उनकी ज्यादातर पेंटिंग्स में महिलाएँ हैं। भारतीय ग्रामीण महिलाएँ। उनका जीवन, उनका दु:ख दर्द। चारपाई पर औरतें, दुल्हन का श्रृंगार, दो लड़कियाँ, हल्दी पीसती औरतें वगैरह। लेकिन सबसे बेहतरीन हैं उनके आत्मचित्र, सेल्फ पोट्रेट। उनके चित्रों में न्यूडिटी; बेहद कलात्मक और खूबसूरत तरीके से दिखाई गयी है...। आम आदमी की रोजमर्रा की ज़िन्दगीं...। वह लिखता चला जा रहा है। आख़िरकार शादी के मात्र चार चाल के भीतर ही मात्र अट्ठाइस साल की उम्र में अमृता ने जीवन से विदा ले ली। भारत सरकार ने उनके नाम पर एक डाक टिकट जारी किया है और दिल्ली में एक सड़क का नाम उनके नाम पर रखा गया है। अमृता शेरगिल मार्ग। वह सुरेन्दर का धन्यवाद कर मजीठिया कोठी से निकल आया है। पता नहीं सच क्या है? उसने सुना है कि लाहौर में अपने जीवन के आखिरी दिनों में अमृता गर्भवती थीं। वह बच्चा नहीं चाहती थीं। उनके पति विक्टर एगन ने घर पर ही उनका गर्भपात का आपरेशन किया। जिसमें बहुत खून गिरने के कारण वह कोमा में चली गयी और आखिरकार अपनी देह को छोड़कर शून्य में विलीन हो गयीं।

32

कल रात से वह 'ओरेजिन ऑफ स्पेशीज' पढ़ रहा है। स्ट्रगल फार एग्जीस्टेंस, नेचुरल सलेक्शन, डाइवरजेंस। उसे कुछ समझ में नहीं आ रहा है। उसका मन पढ़ने में नहीं लगा रहा है। रह रहकर उसके दिमाग में पंखुड़ी आ रही है। पंखुड़ी की लिखी छोटी-सी चिट्ठी वह पचासों बार पढ़ चुका है। वह इसी क्षण जाकर उससे मिलना चाहता हैं। उसके साथ बैठकर अपने दिल की बात करना चाहता है। उसने मन ही मन निश्चय कर लिया कि वह कल पंखुड़ी से जरूर मिलेगा, चाहे कुछ भी हो जाए। वह असीम से मिलने उसके घर आ गया है। असीम के पिता नीचे दुकान पर बैठे हैं और हमेशा की तरह उसे घूर रहे हैं। वह उन्हें अनदेखा करके सीढ़ियाँ चढ़कर ऊपर असीम के कमरे में आ गया है। हमेशा की तरह कमरे में सिगरेट का धुआँ फैला है। ऐश ट्रे सिगरेट की ताजा राख से भरी है। असीम कम्बल में पैर डाले लेटा हुआ फ़िल्म देख रहा है। वह असीम से महीनों बाद मिल रहा है। असीम कह रहा है कि जाड़ों की छुट्टियों के कारण स्कूल बन्द है और इस कारण वह कौशिकी को नहीं देख पा रहा है। न जाने वह कैसी होगी? असीम कौशिकी को बहुत मिस कर रहा है। दोनों को वक़्त काटना है। वक़्त काटने के लिए दोनों फ़िल्म देखने बैठ

गये हैं। आज की फ़िल्म है 'गॉडफादर'। फ़िल्म मारियो पूजो के बेस्ट सेलर उपन्यास पर आधारित है। फ़िल्म तीन भाग में है। कहानी सिसली के एक गरीब परिवार में पैदा हुए वीटो कारलियान की है। वीटो गाडफादर बन चुका है। न्यूयार्क शहर पर उसका आपराधिक वर्चस्व है। वीटों कारलियान के रोल में अभिनेता मालोन ब्रांडो है। उसका अभिनय देखते ही बनता है। गॉडफादर उसूलों वाला आदमी है। गाडफादर उन लोगों के प्रति बेहद दयालू है, जो उसे सम्मान देते हैं और उन लोगों के प्रति बेहद क्रूर जो उसकी बात नहीं मानते हैं। कहानी में आगे एक नया मोड़ आ जाता है जब नशीली दवाओं के धन्धे क़ो ना कहकर गॉडफादर कुछ लोगों से दुश्मनी मोल लेता है।

फिर शुरू होती है एक जंग, जिससे पूरा न्यूयार्क शहर हिल जाता है। वीटो के बेटे माइकल को पिता के धन्धे में आना पड़ता है। पहला भाग यहाँ पर ख़त्म होता है। गॉडफादर भाग दो, दो समानान्तर कहानियाँ प्रस्तुत करता है। युवा वीटों कारलियान की कहानी और माइकल के एक सीधे साधे इंसान से एक क्रूर माफिया बनने की कहानी। वह पिछले छ: घंटे से फ़िल्म देख रहे हैं। शाम के सात बच चुके हैं। वह घर जाना चाहता है। असीम उससे फ़िल्म की तीसरी और सबसे बेहतरीन कड़ी देखने की जिद कर रहा है। वह असीम के साथ फ़िल्म का तीसरा भाग देखने बैठ गया है। माइकल अब साठ साल का हो गया है। अपनी पत्नी 'के' के साथ उसका तलाक हो गया है। माइकल ने अपने गद्दार भाई फ्रेडो को मरवा दिया है। वह उसकी मौत पर दुखी भी है। माइकल दिनों दिन बढ़ती हिन्सा से उब गया है और अपने धन्धे को लीगलाइज करने में लगा हुआ है। कारलियोन फैमिली के लिए ये ऐसा वक़्त है, जिससे किसी पर भी भरोसा नहीं किया जा सकता है। फ़िल्म की आखिरी कड़ी का मुख्य पात्र है विसेंट मैनसिनी। विसेंट माइकल के भाई सोनी की नाजायज औलाद है। माइकल जहाँ एक ओर विसेंट के गुस्से से परेशान है, वहीं दूसरी तरफ परिवार के प्रति उसकी स्वामीभक्ति से प्रभावित भी है। विसेंट बेहद महत्त्वाकांक्षी है। विसेंट न सिर्फ माइकल का क्रिमिनल एम्पायर ही पाना चाहता है बल्कि उसकी बेटी मैरी को भी चाहता है। विसेंट गॉडफादर परम्परा को आगे बढ़ाता है। फ़िल्म के आखिर में बूढ़ा माइकल सिसली की अपनी पुरानी विला के सुनसान बगीचे में अकेला बैठा है। अपनी जवानी के दिनों को याद करता हुआ। उन खूबसूरत औरत को याद करता हुआ, जिसके साथ उसने सम्बन्ध रहे। फ़िल्म के आखिरी सीन में माइकल कुर्सी से गिरकर मर जाता है। उस वक़्त वहाँ पर सिर्फ एक कुत्ता मौजूद है। इस फ़िल्म ने उन दोनों को गहरे प्रभावित किया है। असीम फ़िल्म की तारीफ करता नहीं थक रहा है। रात के साढ़े दस बच चुके हैं। कल तीस दिसम्बर है। न जाने कल क्या लेकर आएगा? जीवन में पहली बार उसने असीम से उसकी

मोटर साइकिल माँगी है। असीम ने खुशी खुशी उसे मोटर साइकिल की चाभी दे दी है।

''कहाँ जाना है?'' असीम पूछ रहा है।

''कहीं दूर शहर से बाहर'' वह मुस्करा रहा है।

असीम उसकी मुस्कराहट से काफ़ी कुछ समझ गया है। वह मोटर साइकिल स्टार्ट कर घर की तरफ बढ़ गया है।

उसकी रात बड़ी मुकिश्ल से कटी है। वह रातभर पंखुड़ी के बारे में सोचता रहा है। सुबह पाँच बजे उसकी नींद खुल गयी है। उठकर उसने सबसे पहले दाढ़ी बनाई है और फिर पानी गर्म करके के नहा लिया है। वह अपने लिए चाय बना रहा है। सुबह के सवा छः बज रहे हैं। वह अपनी फेवरेट नीली जैकेट पहनकर मफलर ओढ़ कर बाहर निकल आया है। कुहरा इतना घना है कि कुछ भी दिखाई नहीं दे रहा है। हवा सर्द है और मौसम में गलन है। आज का दिन शायद साल का सबसे ठंडा दिन है। उसने धीरे से गेट खोलकर मोटर साइकिल निकाल ली है। पेपर बाँटनेवाला लड़का मुन्ना उसे देखकर मुस्करा रहा है। वह मोटर साइकिल चला कर धीरे धीरे आगे बढ़ रहा है। उसके मन में बड़े अजीब अजीब से ख्याल आ रहे हैं। वह सोच रहा है कि क्या इतनी ठंड में पंखुड़ी उससे मिलने आ पाएगी? वह अपने घर वालों से क्या कहेगी कि इतनी सुबह-सुबह कहाँ जा रही है? अगर पंखुड़ी आ भी गयी और उन दोनों को एक साथ किसी ने देख लिया तो क्या होगा? लेकिन जो सवाल उसे सबसे ज्यादा परेशान कर रहा है वह ये है कि अगर आज पंखुड़ी नहीं आई, तब वह आज का दिन कैसे गुजरेगा? क्या वह उससे मिले बिना रह पाएगा? वह पल पल अधीर हुआ जा रहा हैं। वह यूनिवर्सिटी चौराहे तक आ गया है। गोल्फ मैदान यहाँ से बस थोड़ी दूर है। उसने मोटर साइकिल सड़के के किनारे खड़ी करके सिगरेट जला ली है। सिगरेट पीने से उसे ठंड से थोड़ी राहत मिली है। उसकी घड़ी में छः बजकर चालीस मिनट हुए हैं। उसने मोटर साइकिल वापस स्टार्ट कर दी हे। वह धीरे धीरे पेट्रोल पम्प की तरफ बढ़ रहा है। उसका दिल जोर से धड़क रहा है। पेट्रोल पम्प के कोने में पंखुड़ी खड़ी है। उसने गहरे नीले रंग का सलवार कुर्ता पहना है और जींस की जैकेट पहनी है। उसने कान पर स्कार्फस बाँधा है। उसने उसके करीब जाकर मोटर साइकिल रोक दी है। पंखुड़ी उसके सामने खड़ी है। ठंड से ठिठुरती, मुस्कराती। हमेशा की तरह ठंड से उसकी नाक लाल पड़ गयी है।

''मैंने सोचा कि आप भूल गये होंगे?''

''इतनी सुबह कैसे आ गयी घर पर क्या कहा?''

''कह दिया दोस्तों के साथ पिकनिक मनाने जा रही हूँ''

''किसी ने देख लिया तो?''

''देख ले, मैं कोई बच्ची तो नहीं हूँ'' पंखुड़ी उसकी कमर में हाथ डालकर

उसकी पीठ से चिपक कर बैठ गयी है। उसने मोटर साइकिल स्टार्ट कर दी है। वह धीरे-धीरे आगे बढ़ रहे हैं। हाइवे की तरफ।

"आगे चाय पीएँगे"

"हूँ"

"वैसे जाना कहाँ है?"

"कुश्मी जंगल"

सुबह के आठ बज गये हैं। वह शहर के बाहर आ गये हैं। एअरफोर्स स्टेशन पीछे रह गया है। एक छोटी-सी चाय की दुकान पर उसने मोटर साइकिल रोक दी है। एक लड़के ने उन्हें मिट्टी के कुल्हड़ में चाय दे दी है। आज वह पंखुड़ी को बेहद करीब से देख रहा है। वह आज बहुत सुन्दर लग रही है। वह उसे निहार रहा है। दोनों एक-दूसरे से बात कर रहे हैं। पंखुड़ी उसे अपने परिवार, अपने बचपन के दोस्तों, अल्मोड़ा में बिताए अपने बचपन के बारे में बता रही है। उसने भी अपने बारे में उसे सब कुछ बता दिया है। बिना कुछ छुपाए। धीरे-धीरे उजाला बढ़ रहा है। वह कुश्मी जंगल आ गये हैं। उसने मोटर साइकिल स्टैंड करके लॉक कर दी है। वह जंगल के भीतर बने कच्चे रास्ते पर आ गये हैं। चारों तरफ बड़े बड़े साल के पेड़ है। दूर दूर तक कोई भी नजर नहीं आ रहा है। जंगली घास ओस से भीग गयी है। पंखुड़ी ने उसे अपना हाथ दे दिया है।

"मैंने सुना है वहाँ उस तरफ एक पुराना मन्दिर है।" वह उसे आगे मुड़ती सड़क के अन्त की ओर दिखा रही है।

"मैं मन्दिर नहीं जाता हूँ" वह कहना चाहता है।

"चलो तो सही" पंखुड़ी ज़िद कर रही है।

"चलो" वह मन्दिर की तरफ बढ़ रहे हैं। वह मन्दिर पहुँच गये हैं। मन्दिर बेहद पुराना है। मन्दिर के बाहर एक कुँआ है। आस पास आम, पीपल, बेल वगैरह के ढेरों पेड़ हैं। मन्दिर के पास एक बहुत पुराना बरगद का पेड़ है। बरगद के इर्द-गिर्द ढेरों लाल धागे बँधे हैं। पंखुड़ी ने अपने जैकेट की जेब से लाल धागे का एक गुच्छा निकाल लिया है। वह पेड़ के चारों ओर घूम रही है। उसने धागे का एक सिरा उसे पकड़ा दिया है। वह धागा बाँध रही है। पंखुड़ी मन ही मन कुछ बुदबुदा रही है।

"ये क्या कह रही हो?" वह उससे पूछ रहा है?

"ऐसे धागा बाँधों और कोई मन्नत माँगो, तो मन्नत पूरी हो जाती है।"

उसे उसके भोलेपन पर हँसी आ रही है। धागा बाँधने से भला किसी की मन्नत कैसे पूरी हो सकती है? फिर भी लोग धागे बाँधते हैं।

"जब मन्नत पूरी हो जाती है तो लोग यहाँ आकर कोई भी एक धागा खोलकर ले जाते है और खुद को बाँध लेते हैं।" वह उसे बता रही है।

''तुमने क्या माँगा?'' वह उससे पूछ रहा है।

''मन्नत किसी को नहीं बताते हैं, ये सब सीक्रेट होता है।'' पंखुड़ी शरमा रही है।''

''अब मन्दिर में चलें?''

वह मन्दिर के भीतर आ गये हैं। वह अपनी यादाश्त में पहली बार मन्दिर आ रहा है। मन्दिर किसी ग्राम देवी का है। ग्राम देवी की मूरत पर सिन्दूर, चावल के दाने और पानी चढ़ा है। मूर्ति के इर्दगिर्द ढेर सारे दिए जल रहे हैं। मूर्ति के पैरों में गेंदे के ताजे फूल पड़े हैं। उसे सब कुछ बड़ा अद्‌भुत लग रहा है। बेहद पवित्र। पंखुड़ी ने अपना दुपट्टा सर पर रख लिया है। वह आँखें बन्द किए मूर्ति के सामने खड़ी है। वह उसे देख रहा है। इस समय पंखुड़ी बड़ी पवित्र लग रही है, सुबह की नर्म ओस की तरह। ग्राम देवी की साधना में लीन है, खुद किसी देवी की तरह। इस क्षण उसके हृदय पर उसका वश नहीं है।

मन्दिर में कोई नहीं है। न कोई उपासक, ना पुजारी। उसने पंखुड़ी को अपनी बाँहों में भर लिया है।

उसने अपने होठ पंखुड़ी के होठ पर रख दिए है। इस क्षण न तो उसके मन पर कोई भार है, ना ही हृदय में किसी तरह का कोई डर। वह पंखुड़ी को चूम रहा हे। उसके होठ पंखुड़ी की आँखों, चेहरों, गालों, उसके होठों को गीला कर रहे हैं। दोनों की साँसें तेज चल रही हैं। पंखुड़ी के भीतर भी कोई विरोध नहीं है। जैसे उसे इस पल का कब से इन्तजार हो। वह कुछ बुदबुदा रही है।

''आई लव यू''

''आई लव यू टू'', वह अपनी उत्तेजना को सामान्य करने की कोशिश कर रहा है। धीरे-धीरे उसने अपनी बाँहों की पकड़ ढीली कर दी। इस क्षण उसे कुछ समझ में नहीं आ रहा है। एक तूफान धीरे-धीरे गुजर रहा है। वह मन्दिर से निकल आए हैं। वह उस रास्ते से होकर गुजर रहे हैं, जिस रास्ते वह आए थे। दूर एक लड़का बकरियाँ हाँकता हुआ जा रहा है। दोनों रुककर एक पेड़ के नीचे बैठ गये हैं। वह पंखुड़ी की उँगलियों से, उँगली में पड़ी अँगूठी से खेल रहा है। पंखुड़ी ने उसके कन्धे पर सर रख दिया है। उसने सुना है कि जब भी एक लड़की एक लड़के के कन्धे पर प्यार से सर रख देती है तब आसमान उसे देखता है। आसमान हर प्रेमियों के दिल का हाल जानता है। आज आसमान उन्हें भी देख रहा है। वह और पंखुड़ी वापस लौट रहे है। पंखुड़ी आगे आगे चल रही है और वह उसे चलता हुआ देख रहा है। पंखुड़ी की चाल में एक अजीब से मस्ती आ गयी है।

33

आज संडे है। वह व्योम के साथ उसके कमरे में बैठा है। दिल्ली से आने के बाद फिर व्योम लौट कर दिल्ली गया ही नहीं। व्योम अपनी माँ से इतना प्यार करता है कि उसके लिए अपनी माँ को छोड़कर कहीं और रहना बेहद मुश्किल है। और जब तक उसके पास कोई ठीकठाक नौकरी ना हो, तब तक वह माँ को अपने साथ दिल्ली भी नहीं ले जा सकता है। वह मुफलिसी की मार झेल रहा है। दिल्ली में कमाए थोड़े बहुत पैसे खर्च हो चुके हैं। उसके पिता ने उसे पैसे देने बन्द कर दिए हैं। व्योम होमसिक है। वह इस शहर को भले ही कितना भी कोसे, लेकिन इस शहर के बाहर अपने घर से दूर वह जीवन की कल्पना भी नहीं कर सकता है। व्योम आज बहुत गम्भीर है। जैसे कोई चीज उसे परेशान कर रही है। वह उससे उसकी परेशानी का करण पूछ रहा है। व्योम ने उठकर कमरे का दरवाजा बन्द कर दिया है। वह उसके नजदीक आकर बैठ गया है।

''एक बात कहूँ, आप किसी से कहेंगे तो नहीं?''

''नहीं''। ''मुझे कहने में बड़ा अजीब लग रहा है। लेकिन मैने डिसकवर किया है कि हमारे घर जो काम करनेवाली औरत आती है, विमला, उसके मेरे पिता जी के साथ सम्बन्ध हो गये है''।

उसे सुनने में बड़ा अजीब लग रहा है।

''मैंने उनकी बातें सुनी है। वह कमरा बन्द करके सेक्स कर रहे थे। ये सब कई महीनों से चल रहा है। शायद जब मैं दिल्ली गया था तब से। कॉलोनी में सब देख रहे हैं कि पिछले कुछ महीनों से इस औरत का पहनावा, रहन सहन, चाल ढाल सब बदल गया है। देखा जाए तो इसमें विमला की कोई गलती नहीं है। शी इज ए पूअर वूमैन। आल दैट सी नीड इज मनी। मेरा बाप साला उसके ऊपर पैसे उड़ा रहा है और मेरी माँ के पास ब्लड प्रेशर की दवा खरीदने के लिए पैसे नहीं हैं। मिस्टर महेश पराशर के क़िस्से बड़े मशहूर है सर। सालों पहले इन्होंने अपनी एक स्टुडेंट को भी सेक्सुअली एब्यूज करने की कोशिश की थी। छोटा-सा शहर है हमारा। लड़की अच्छे घर की थी। बदनामी के डर से चुप हो गयी, वर्ना इनकी तो नौकरी चली जाती। आई वांट टू किल हिम। मेरी माँ ने बहुत बरदाश्त किया है इस कमीने को। ही कट हर विंग्स। शी वाज हाइली एजुकेटेड, वेरी कैरियर ओरियंटड लेडी। शी वाज टीचिंग। इन्होंने उनकी जॉब छुड़वा दी। सो डैट शी बिकम्स डिपेंड आन हिम फार हर एक्सपेंसेज। मेरे दोनों बड़े भाई साले सेलफिश अपनी-अपनी ज़िन्दगी में बिजी है।'' व्योम बेहद आज ग़ुस्से में है।

''ऐसी कंडीशन में मैं मदर को कैसे छोड़ सकता हूँ। आई वाज नाट बीइंग

एवल टू कान्सन्ट्रेट आन माई असाइगमेंट इन डेल्ही।''

वह व्योम की बातें सुन रहा है। उसे उसके साथ गहरी हमदर्दी है। लेकिन वह उसके पारिवारिक मामले में कुछ नहीं कर सकता है। वह सिर्फ इतना चाहता है कि व्योम अपने पैरों पर खड़ा हो जाए और अपनी माँ को प्यार और सम्मान से रखे। जिसकी वह हकदार है। इन दिनों व्योम ने एक नावेल लिखना शुरू कर दिया है। नावेल सेमी आटोबायोग्राफिकल है। उसने नावेल का नाम 'मिरेज' रखा है। नावेल अँग्रज़ी में है। उसने व्योम को खर्चे के लिए कुछ पैसे दे दिए हैं। व्योम सिगरेट का पैकेट लेने बाहर आ गया है। वह व्योम के साथ गेट की तरफ बढ़ रहा है। उसके पिता बालकनी में खड़े होकर उन्हें घूर रहे हैं। गर्मी का महीना शुरू हो गया है। हर साल की तरह इस साल भी जान सर अपने पूरे परिवार के साथ पांडिचेरी चले गये हैं। अरबिन्दो आश्रम। छुट्टिया मनाने। हर बार की तरह इस बार भी घर की चाभी उसे दे दी गयी है। उसका काम है हर रोज आकर उनके कुत्ते ब्राक को रोटी, दूध और गोश्त देना। गमलों में पानी डालना। जान सर उसके लिए स्टडी खोलकर गये हैं। चाहे तो वह वहाँ बैठकर पढ़ भी सकता है। वह सोच रहा है कि क्या वह पंखुड़ी को जान सर के घर मिलने के लिए बुला सकता है। इससे बेहतर जगह उससे दूसरी कहाँ मिलेगी? यहाँ वह पंखुड़ी के साथ बैठकर सुकुन से बात कर सकता है। लेकिन कहीं ना कहीं उसके मन में इस बात को लेकर थोड़ा-सा डर भी है कि अगर सर जान को इस बात का पता लग गया तो उन्हें कितना बुरा लगेगा। शायद उनका विश्वास टूट जाएगा। लेकिन उन्हें पता कैसे लगेगा? कौन बताएगा उन्हें? सोचते सोचते वह सिविल लाइंस तक आ गया है। वह सिविल लाइंस के पी.सी.ओ. के केबिन से पंखुड़ी को फोन लगा रहा है। फोन की घंटी बज रही है। उसका दिल जोर जोर से धड़क रहा है। वह सोच रहा है कि अगर पंखुड़ी के अलावा किसी और ने फोन उठा लिया तो वह फौरन फोन काट देगा। वह पी.सी.ओ. के ग्लास केबिन में खड़ा लोगों को आते-जाते देख रहा है। फोन की घंटी बज रही है। पंखुड़ी ने फोन उठा लिया है।

''हैलो मैं, तुम कैसी हो?''

''मैं अच्छी हूँ, आप कैसे है?''

''मैं भी ठीक हूँ।''

''क्या कर रही थी, सॉरी मैंने डिसटर्ब तो नहीं किया।''

''नहीं मैं आपके ही बारे में सोच रही थी।''

वह खुद पंखुड़ी से मिलना चाह रहा है। लेकिन सीधे कहने का साहस नहीं जुटा पा रहा है।

''तुम मिलना चाहती थी न, हम मिल सकते हैं।''

"कहाँ?" पंखुड़ी की आवाज में खुशी झलक रही है।

"मेरे एक दोस्त है, टीचर है, वह छुट्टियों में बाहर गये हैं। उनका घर खाली है। घर की चाभी मेरे पास है। अगर तुम चाहों तो आज शाम...।"

उसने पंखुड़ी को जॉन सर का पता दे दिया है और छः बजे तक आने को कहा है। वहाँ से वह सीधा आई.जी. साहब के घर आ गया है। दोहपर के तीन बज रहे हैं। आकाश अपनी बहन के साथ टी.वी. पर फ़िल्म देख रहा है। आज आकाश को पढ़ाने का उसका बिल्कुल भी मन नहीं है। आकाश भी बिना मन के बैग उठाकर उसके साथ स्टडी में आ गया है। वह आकाश के मैथ्स को लेकर काफ़ी चिन्तित है। आकाश उसे भरोसा दिला रहे हैं कि वह व्यर्थ ही चिन्ता कर रहा है। वह पास हो जाएगा। वह आकाश को सबसे कठिन सवालों की प्रैक्टिस करने को कह रहा है। आकाश को मैथ्स से एलर्जी है। मैथ्स वह कड़वी दवा है, जिसे वह पीना नहीं चाहता है। जिसकी एक-एक घूँट उसे जहर की तरह लगती है। आकाश ने मन मारकर सवाल हल करना शुरू कर दिया है। वह पंखुड़ी के बारे में सोच रहा है। आज शाम को वह उससे क्या बात करेगा? क्या अपनी स्टूडेंड को इस तरह अकेले मिलने के लिए बुलाना अनुचित नहीं है? क्या वह वही सब नहीं कर रहा है जिसको करने से वह हमेशा बचना चाहता था? उसका ध्यान रह रह कर घड़ी की तरफ जा रहा है। ना तो आकाश का मन पढ़ने में लगा रहा है और ना ही उसका मन पढ़ाने में। वह वक़्त गुजरने का इन्तजार कर रहा है। चार बजे गये हैं। वह स्टडी से लगे बाथरूम में जाकर चेहरा धो रहा है। वह खुद को आइने में देख रहा है। उसने एक हफ्ते से दाढ़ी भी नहीं बनाई हैं। वह हमेशा अपने लुक्स और पहनावे को लेकर उदासीन रहा है। आज उसे महसूस हो रहा है कि हम तब जरूर अच्छे लगना जरूर चाहते हैं जब कोई हमे देखता है, पसन्द करता है। वह आकाश को पढ़ा कर निकल गया है। शाम के सवा चार बज रहे हैं। घर जाकर नहा कर कपड़े बदलने में उसे देर हो सकती है। उसे ब्राक के खाने के लिए गोश्त और ब्रेड भी खरीदना है। इसलिए वह सीधा जान सर के घर की तरफ मुड़ गया है। चर्च के बारह लगी मीट की दुकान से उसने गोश्त ले लिया है। चौराहे के जनरल मर्चेंट की दुकान से ब्रेड लेकर वह सीधा जॉन सर के घर पहुँच गया है। गेट खोलते ही ब्राक ने जोर-जोर से भौंकना शुरू कर दिया है। वह ब्राक के पास बैठ गया है। वह उसकी पीठ सहला रहा है। ब्राक ने अब भौंकना बन्द कर दिया है। वह उसके हाथ को चाट रहा हैं। उसने ब्राक की चेन खोल दी है। ब्राक यहाँ वहाँ घूम रहा है। उसने नल खोलकर बाल्टी लगा दी है। उसने ब्राक को उसका खाना दे दिया है। भूखा ब्राक जल्दी-जल्दी गोश्त खा रहा है। उसने लान में पानी डालना शुरू कर दिया है। वह आज बहुत खुश है। वह ब्राक के साथ खेलना चाहता है। उसने कोने में पड़ी रबड़ की गेंद उठा ली है। वह

गेंद फेंक रहा है और ब्राक उसे मुँह में दबा कर लेकर आ रहा है। उसने सोफी और मिशेल को ब्राक के साथ यह खेल खेलते हुए देखा है। धीरे-धीरे शाम हो रही है। स्टडी में लगी दीवार घड़ी में साढ़े पाँच बज रहे हैं। पंखुड़ी किसी भी वक़्त आ सकती है। उसके लिए एक-एक पल काटना मुश्किल हो रहा है। उसने ब्राक को चेन से बाँध दिया है और सड़क पार कर सिगरेट पीने आ गया है। सिगरेट पीकर वह वापस भीतर आ गया है। वक़्त काटने के लिए वह स्टडी में आ गया है। उसने बुक शेल्फ से इमैन्यूअल कान्ट की किताब ''क्रिटिक ऑफ प्योर रीजन'' निकाल ली है। वह किताब की इंडेक्स देख रहा है तभी दरवाजे पर घंटी बजी है। वह एक भी क्षण बरबाद नहीं करना चाहता है। वह तेज कदमों से गेट की ओर बढ़ रहा है। उसने गेट खोल दिया है। सामने पंखुड़ी खड़ी है। उसने फौरन उसे भीतर लेकर गेट बन्द कर दिया है। पंखुड़ी को देखकर ब्राक जोर जोर से भौंकने लगा है। वह बैठकर वापस ब्राक की पीठ सहला रहा है।

''कितना सुन्दर घर है, किसका है?'' पंखुड़ी अपनी छोटी-सी रूमाल से पसीना पोछ रही है।

''मेरे परिचित हैं, सर जॉन डायस, यूनिवर्सिटी में अँग्रेज़ी पढ़ाते हैं, मुझे बहुत मानते हैं।'' ब्राक ने अब भौंकना बन्द कर दिया है। बाहर सड़क पर सन्नाटा है। इस वक़्त दोनों अकेले है। वह पंखुड़ी को लेकर स्टडी में आ गया है। पंखुड़ी ने लाल रंग का सलवार कुर्ता पहना हैं। आज उसने आँखों में काजल लगाया है। वह पहली बार उसे इतने करीब से देख रहा है। वह आज इतनी सुन्दर लग रही है जितनी पहले कभी नहीं लगी। पंखुड़ी कुर्सी पर बैठी है। वह पीछे से उसके गले में बाँह डालकर खड़ा है। काँच के शेल्फ में वह पंखुड़ी और अपना प्रतिबिम्ब देख रहा है। इस क्षण उसके हृदय में मोहब्बत का सैलाब उमड़ रहा हे। आज कोई भी हद, कोई भी विचार, कोई भी तर्क उसे पंखुड़ी से एक होने से नहीं रोक पाएगा। वह पंखुड़ी की आँखों में भी एक अजीब-सा नशा देख रहा है।

''किस मी'' पंखुड़ी ने अपना दुपट्टा फेंक दिया है।

''किस मी हीयर आलसो''

उसके होंठ पंखुड़ी ने निर्देशों का पालन कर रहे हैं। अब वह खुद को और नहीं रोक सकता। उनके शरीर पत्ते की तरह काँप रहे हैं। पंखुड़ी ने अपने कपड़े उतार दिए है। वह जमीन पर लेट गये हैं। उनकी साँसें बेहद तेज चल रही हैं। पंखुड़ी का शरीर भट्ठी की तरह गरम हो गया है। अब वह पंखुड़ी के भीतर आ गया है। कुछ क्षण के बाद सब कुछ शान्त हो गया है। एक तूफान धीरे-धीरे गुजर गया है। अब वह पंखुड़ी की पीठ पर अपनी उँगलियों से उसका नाम लिख रहा है। पंखुड़ी प्यार से धीरे धीरे उसका माथ उसके सिर के बाल सहला रही है। दोनों चुप हैं। वह इतने

करीब है कि एक-दूसरे की साँसों की आवाज भी सुन सकते हैं। साँसें तेज चलती हुईं एक-दूसरे से लिपटती, फिर छूटती हुईं। वह लगभग आधे घंटे तक उसी तरह लेटे रहे हैं। घड़ी में पौने सात बज रहे हैं। दोनों ने उठकर अपने अपने कपड़े पहन लिए हैं।

''पोएट्री सुनोगी'' वह पंखुड़ी की आँखों में देख रहा है।

''हूँ'' पंखुड़ी चहक रही है।

उसने बुक शेल्फ से कविताओं की किताब निकाल ली है।

उसने वाई.बी. यीस्ट की एक कविता खोल ली है, जो उसे बेहद प्रिय है।

"When you are old and grey and full of sleep,
And nodding by the fire, take down this book,
And slowly read, and dream of the soft look
Your eyes had once, and of their shadows deep;
How many loved your moments of glad grace,
And loved your beauty with love false or true,
But one man loved the pilgrim soul in you,
And loved the sorrows of your changing face;
And bending down beside the glowing bars,
Murmur, a little sadly, how Love fled
And paced upon the mountains overhead
And hid his face amid a crowd of stars."

पंखुड़ी उसके चेहरे की ओर देख रही है। वह उसकी आँखों में देख रहा है। पंखुड़ी भी आज बहुत खुश है। वक़्त तेजी से बीत रहा है।

साढ़े सात बज गये हैं। वह गुजरते हुए वक़्त को मोड़ देना चाहता है। पंखुड़ी का घर यहाँ से काफ़ी दूर है। उसे घर जाने में कम से कम आधा घंटा लग जाएगा। वह स्टडी बन्द करके बाहर आ गया है। उसने पिछवाड़े की लाइट जला दी है।

''फिर कब मिलेंगे?'' पंखुड़ी पूछ रही है।

''कल से तो मैं काफ़ी बिजी हूँ, शाम को हास्टल जाना है। ''

''दिन में मिल सकते है'', ''प्लीज''

''सोचकर बताता हूँ''।

वह गेट बन्द करके पंखुड़ी को लेकर सड़क पर आ गया है। उसने पंखुड़ी को रिक्शे पर बैठा दिया है। रिक्शा चल पड़ा है। वह पंखुड़ी को जाते हुए देख रहा है। इस क्षण उसके दिमाग में सिर्फ एक ही सवाल है कि जो हुआ क्या उसे रोका जा सकता था?''। वह एक ऐसी कहानी की भूमिका लिख रहा है, जो कभी नहीं लिखी जाएगी। देर रात उठकर उसने एक नज्म लिखी है।

उस लम्हे में दो कोरी साँसें थीं बस

जिस्म तो बुत बने बैठे थे
रूहें जागती थीं
तब हम कहाँ थे
दो कोरी साँसें थीं बस, उस लम्हे में।
न जाने कौन था तब
मैं नहीं था
तू भी कहाँ थी
दो कोरी साँसें थीं बस उस लम्हे में।

34

वह आई जी साहब के बँगले पर आ गया है। तेज गर्मी पड़ रही है। पारा हर दिन ऊपर चढ़ रहा है। आकाश पर इन दिनों इनवायरमेंट एँड बर्ड प्रोटेक्शन का भूत सवार है। वह स्कूल से आते ही बड़ी-बड़ी बाल्टियों में चिड़ियों के पीने के लिए पानी भरकर लान के बीचोंबीच रख देता है। और खुद छाँव में बैठकर चिड़ियों के आकर पानी पीने का इन्तजार करता है।

''कोई बर्ड आई क्या?'' वह आकाश से पूछ रहा है।

''नहीं, लेकिन आएँगी'' आकाश आसमान में देख रहा है। आकाश लॉन में एक बोर्ड लगाना चाहता है जिस पर लिखा होगा कि यहाँ चिड़ियों को पीने का पानी मिलता है। लेकिन अफसोस की बेचारे पक्षी उसे पढ़ नहीं पाएँगे। आकाश उदास है। घर के नौकर चाकर और गार्डस आकाश के पीठ पीछे उस पर हँस रहे हैं। लेकिन वह आकाश की भावना का कद्र करता है। क्यूँ इंसान पशु पक्षियों से प्रेम नहीं करता है? क्यों वह उनके बारे में नहीं सोचता है। क्या ये पशु पक्षी हमारे पर्यावरण का हिस्सा नहीं है। आकाश पर हँसना आसान है। लेकिन क्या उसकी प्रिसक जायज नहीं है। वह बड़ी मिन्नतें करके आकाश को लेकर भीतर आ गया है।

''सर एक दिन ये एनवायरमेंट साइकल बिगड़ गया न तब देखियेगा, इंसान कैसे मरेंगे। कुत्ते की मौत। बेचारे जानवर मर रहे हैं और लोग अपने घरों में ए.सी. लगाकर बैठे हैं। सेल्फीश ह्यूमेन बीइंग। बास्टर्डस''।

''ठीक है। सब ठीक हो जाएगा। जब तक हम पढ़ेगे तब तक शायद कोई प्यासा पक्षी आकर पानी पी ले और जाकर अपने दूसरे साथियों को भी बताए कि वह भी यहाँ आकर यहाँ पानी पी सकते हैं।'' वह आकाश से कह रहा है। आकाश की आँख्रें उम्मीद से चमचमा उठी है। गौरी ने आकर चाय रख दी है। वह आकाश

को पढ़ा चुका है। शाम के साढ़े पाँच बज रहे हैं। वह आकाश के साथ बाहर आ गया है। आकाश उसे बता रहा है कि श्लोक के इम्तेहान भी ख़त्म हो चुके हैं। शायद अगले हफ्ते मैडम उसे लेकर आ रही है। वह बँगले के गेट की तरफ बढ़ रहे हैं। आकाश आसमान की तरफ देख रहा है। पक्षी कहीं गायब है। धूप कम हो गयी है। लेकिन उमस बहुत ज्यादा है। आकाश साइकिल चलाना सीख रहा है। वह रोज शाम को वीरेंदर की साइकिल लेकर स्टेडियम में चला जाता है। कई बार उसे छोटी मोटी चोट भी लग जाती है। उसने आकाश को बताया है कि बिना गिरे, बिना चोट खाए जीवन में कुछ नहीं सीखा जा सकता। वह हास्टल की तरफ बढ़ रहा है। आज उसे पंखुड़ी की याद आ रही है। पंखुड़ी अल्मोडा चली गयी है। अपने चाचा जी के पास। उसके पास पंखुड़ी का नम्बर भी नहीं है कि कम से कम फोन करके वह उसकी आवाज सुन सके। आजकल दिन में कई बार उसे जोर जोर से हिचकी आती है। उसे लगता है कि शायद पंखुड़ी उसे याद कर रही है। वह हास्टल पहुँच गया है। इम्तेहान नजदीक है। इसलिए बच्चों का खेलना कूदना बन्द है। मिसेज चन्द्रा प्लेग्राउंड में टहल टहलकर फोन पर बात कर रही है। वह उनके पास चला गया है।

''हाऊ आर चिल्ड्रेन डूइंग?''

''गुड''

''आई एक वैरी हैप्पी विद योर हार्ड वर्क।'' प्रिंसीपल मिसेज पिंटो का फोन आया था। वह कह रही थी कि बच्चों में काफ़ी इम्प्रूवमेंट है। एंड जस्ट नाट स्टडीज देयर इज ए चेंज इन देयर बिहेवियर आलसो। मैं तो चाहती हूँ कि बच्चे पास हो जाए और इनके माँ-बाप की तपस्या सफल हो जाए बस।'' वह भीतर आ गया है। बच्चे नाश्ता कर रहे हैं। मिस्टर फर्नांडीस बच्चों पर निगाह रखे हैं। धीरे-धीरे उसकी शोहरत बच्चों के घर तक पहुँच गयी है। कोई भी गार्जियन जब फीस जमा करने या बच्चों से मिलने आता है तो उससे जरूर मिलता है। वह भी इन बच्चों से बहुत प्यार करता है। वह उन्हें बच्चों की तरह नहीं बल्कि एक रिसपान्सिबल एडल्ट की तरह ट्रीट करता है। आजकल सर फर्नांडीस हाथ धोकर उसके पीछे पड़े रहते हैं और हमेशा उसकी गल्तियाँ निकालने में लगे रहते हैं। अगर वह पाँच-दस मिनट लेट हो जाए तो ये खबर मिसेज चन्द्रा तक पहुँच जाती है। अगर वह बच्चों के साथ खेलता है तो मिस्टर फर्नांडीस कहते हैं कि 'ही इज हियर टू टीच नाट टू प्ले विद चिल्ड्रेन'। लेकिन उसे इन बातों से कोई फर्क नहीं पड़ता है। वह बच्चों की तरक्की और उनकी खुशी में खुश है। वह बच्चों को पढ़ाकर निकल गया है।

आज वह असीम के घर जाना चाहता है। लेकिन असीम को कुछ दिन अकेला छोड़ देना ही ठीक होगा। असीम और कौशिकी के बीच किसी भी रिश्ते की सम्भावना ख़त्म हो गयी है। असीम अपने और कौशिकी के बीच प्रेम के पनपने,

पलने और बढ़ने से पहले ही ख़त्म हो जाने का शोक मना रहा है। पिछले कई दिनों से असीम कौशिकी से अपने दिल की बात करना चाह रहा था। असीम कौशिकी से इतना प्यार करने लगा था कि वह उसे उसके पति से छुटकारा दिला कर उससे शादी करने और उसकी बेटी को अपनाने को भी तैयार हो गया था। लेकिन असीम कौशिकी से ये बात कहने की हिम्मत नहीं जुटा पा रहा था। कौशिकी को नजदीक देखते ही असीम का गला सूखने लगता था। जिस बात का असीम को सबसे ज्यादा डर था, वह ये था कि क्या कौशिकी अपने प्रति उसकी भावना समझ पाएगी। कहीं वह उसे गलत न समझ ले। असीम फिर से शादी करके उसका उद्धार करना चाहता था। लेकिन क्या कौशिकी अपना उद्धार चाहती है? क्या उसके भीतर एक नया जीवन शुरू करने का साहस है? क्या वह अपनी नियति बदलने को तैयार है? दो रोज पहले कोई रास्ता ना देखकर असीम ने कौशिकी को एक चिट्ठी लिखी थी। चिट्ठी में असीम ने लिखा था कि—'मेरा नाम असीम चक्रवर्ती है। महीनों पहले मैंने एक रोज सुबह आपको अपनी दुकान के सामने से गुजरते देखा था। वह सुबह मेरे जीवन की सबसे प्यारी सुबह थी। आप मुझे बहुत अच्छी लगी। मैं मन ही मन आपको चाहने लगा था। मुझे मालूम है कि आप शादीशुदा एक बच्ची की माँ है। लेकिन मैं ये भी जानता हूँ कि आप अपने वैवाहिक जीवन में खुश नहीं है। मुझे मालूम है कि आपके ससुराल वाले दहेज के लिए आपका उत्पीड़न कर रहे हैं। कई दफा मैंने आपके चेहरे पर छोटी-मोटी चोट के निशान देखे है। मुझे मालूम है कि ससुराल में आपको मारा पीटा जाता है। मैं आपको इस स्थिति में नहीं देख सकता हूँ। मैं खाते पीते परिवार से हूँ। मेरे पिता का कारोबार है, जिसे हम दोनों मिलकर देखते हैं। मैं आपसे शादी करके आपको और आपकी बच्ची को अपनाने को तैयार हूँ। अपना बचा हुआ जीवन नष्ट मत कीजिए। समाज से मत डरिये। मैं आपके साथ हूँ। चिट्ठी के इन्तजार में—असीम चक्रवर्ती।'

जब असीम ने कौशिकी को यह चिट्ठी दी तो वह उसे अजीब-सी नजरों से देख रही थी। कौशिकी ने झट से वह चिट्ठी अपने पर्स में रख ली और आगे बढ़ गयी। अगले दिन असीम ने वक़्त से आधे घंटे पहले ही कौशिकी को अपनी दुकान पर पाया। चिट्ठी का जवाब और आँखों की कोरों में मोतियों जैसे आँसू लिए। चिट्ठी देकर कौशिकी तुरन्त चली गयी। कौशिकी के जाने के बाद असीम ने उसकी चिट्ठी पढ़ी। चिट्ठी में लिखा था—

"आप बहुत अच्छे इंसान है, पूरी पृथ्वी पर एक आप ही है जो बिना मेरे कहे मेरा दर्द समझ गये। मैं आपकी भावना की कद्र करती हूँ। लेकिन प्यार हर इंसान के भाग्य में नहीं होता है। मेरे साथ वही हुआ जो मेरी नियति में लिखा। आप मेरे कारण अपना जीवन खराब मत कीजिए। अगर कर सकते हैं तो प्रार्थना कीजिए कि मैं अपने

जीवन में खुश रहूँ। मुझे बदनामी से बहुत डर लगता है। भगवान के लिए मुझसे दूर रहिए।''—कौशिकी।

चिट्ठी पढ़कर असीम सुन्न हो गया। उसके दिल और दिमाग ने काम करना बन्द कर दिया। अब असीम को अपना बचा हुआ पूरा जीवन कौशिकी के अस्वीकार के साथ जीना होगा। एक जीवन जिसका बहुत कुछ हो सकता था।

35

मई का महीना है। पारा चालीस डिग्री से ऊपर चल रहा है। दिन भर गर्म धूल उड़ती रहती है। साहित्या सुबह उठकर पूरे घर में झाड़ू लगाती है। फिर भी दोपहर होते-होते पूरा बरामदा धूल से पट जाता है। दिन-दिन भर बिजली नहीं रहती है। इतनी गर्मी में उसके लिए पढ़ना मुश्किल हो रहा है। वह धूप तेज होने के पहले ही एडवर्ड के घर आ जाता है। दोनों ला की प्राब्लम डिस्कस करते हैं। वह कभी-कभार टेबल टेनिस भी खेलते हैं। वह कम्पनी लॉ के पेपर की तैयारी कर रहा है। कम्पनी लॉ उसे बहुत पसन्द है। उसने सोचा है कि अगर वह कभी प्रैक्टिस करेगा तो कॉरपोरेट लॉ में ही करेगा। एडवर्ड उसे बता रहा है कि कि कॉरपोरेट लॉ इन दिनों खूब डिमांड में है। कॉरपोरेट लायर खूब पैसे कमाते हैं। एक कॉरपोरेट लॉयर का काम कम्पनी को हर तरह के लीगल रिस्क से बचाना होता है। कॉरपोरेट लॉयर कांट्रेक्ट बनाते हैं और उसे एडमिनिस्टर करते हैं। कम्पनियों के मर्जर और एक्वीजीशन भी उन्हीं की देखरेख में होते है।

वह धूप कम होने का इन्तजार कर रहा है। आज उसे पंखुड़ी की बड़ी याद आ रही है। वह पंखुड़ी से बात करने के लिए सोच रहा हे। वह शायद अल्मोड़ा से आ गयी होगी। वह एडवर्ड से विदा लेकर सिविल लाइंस की ओर चल पड़ा है। वह सिविल लाइंस के पी.सी.ओ. के केबिन में खड़ा होकर पंखुड़ी को फोन कर रहा है। फोन की घंटी बज रही है। उसका दिल जोर से धड़क रहा है। वह सोच रहा है कि अगर फोन किसी और ने उठाया तो वह फोन फौरन काट देगा। फोन पर पंखुड़ी की आवाज है, बेहद धीमी—

''हैलो''

''हैलो मैं, कैसी हो, तुम कब आई?''

''कल रात को आई, तबीयत ठीक नहीं है, आपसे मिलना था।''

''क्या हुआ कोई बात है?'' वह पंखुड़ी को ठीक से सुन नहीं पा रहा है। फोन लाइन में डिसर्टबेन्स है।

''अल्मोड़ा गयी तो कई रोज पेट दर्द से परेशान थी। एक रोज डॉक्टर के यहाँ गयी...।'' वह कहते कहते रुक गयी है। ''आई एम प्रेग्नेंट...।''

''क्या!'' उसे अपने सुने पर विश्वास नहीं हो रहा है। उसकी आँखों के सामने जान सर की स्टडी आ गयी है।

''परेशान मत हो, सब ठीक हो जाएगा। मैं कुछ करता हूँ'' वह नहीं जानता है कि वह क्या करेगा।

''आई विल काल यू लेटर, टेक केयर''। उसने फोन काट दिया है। उसे अब भी पंखुड़ी के कहे पर विश्वास नहीं हो रहा हे। उसके लिए ये कुछ ऐसा है जैसे कि वह उस इम्तेहान में फेल हो गया, जिसमें उसे पास होने की पूरी उम्मीद थी। कुछ गलत हो गया है। वह बोझिल कदमों में पी.सी.ओ. से निकल आया है। अगले हफ्ते उसके लॉ के इग्जाम है। वह बेहद परेशान है।

वह सीधा व्योम के घर आ गया है। उसने अपनी परेशानी व्योम को बता दी है। व्योम कह रहा है—

''डोंट वरी आई विल फिक्स इट।''

व्योम अपने ड्राइंग रूम में चला गया है। शायद किसी को फोन करने। वह इस वक़्त बेहद डरा हुआ है। इतना डर उसे जीवन में कभी नहीं लगा। पाँच मिनट के भीतर व्योम वापस आ गया है। वह उसे बता रहा है कि उसके इंजीनियरिंग कॉलेज के एक दोस्त के साथ भी इसी तरह की समस्या हो गयी थी। तब वह लड़की को लेकर यहाँ से दूर नेपाल बार्डर के पास के छोटे से कस्बे में गये थे। जहाँ पर उसका एर्बाशन करा दिया गया था और किसी को कुछ पता नहीं चला था।

''नेपाल बार्डर यानी यहाँ से सौ एक सौ बीस किलोमीटर दूर।'' वह व्योम का मुँह देख रहा है।

''सर यहाँ पर तो कराना ठीक नहीं होगा, यू नो इट्स इलीगल। आप तो लॉ कर रहे है। वहाँ पर सब कुछ शान्ति से हो जाएगा। बच्चा किसका है? क्यों गिरा रहे हो? लड़की शादीशुदा है या कुँवारी है, कोई कुछ नहीं पूछेगा। वह शायद तीन चार हज़ार रुपये लेते हैं। पैसे है ना आपके पास?'' व्योम ने सिगरेट जला ली है।

''मैं इन्तजाम कर लूँगा।'' वह कह रहा है।

''डोंट वरी मैं सुदीप्ता को साथ भेज दूँगा। किसी फिमेल का साथ रहना जरूरी है। गाड फारबिड अगर कोई काम्पिलीकेशन हो गया तो। आप कल सुबह ही निकल जाओ। उसने व्योम के घर से ही पंखुड़ी को फोन किया है। उसने पंखुड़ी को कल सुबह सात बजे रोडवेज स्टैंड आने के लिए कहा है।

आज की शाम बहुत बोझिल है। वह लाइब्रेरी आ गया है और बैठकर मेडिकल टर्मिनेशन ऑफ प्रेग्नेंसी एक्ट पढ़ रहा है। अगले दिन सुबह सात बजे वह,

सुदीप्ता और पंखुड़ी रोडवेज की बस पकड़ कर महेशपुर के लिए निकल गये हैं। वह सुदीप्ता को पहली बार देख रहा है। सुदीप्ता उससे कहीं ज्यादा सुन्दर है, जितना व्योम ने बताया था। सुदीप्ता और पंखुड़ी एक सीट पर बैठे हैं। वह उनके पीछेवाली सीट पर बैठा है। लगभग एक घंटे के सफर के बाद बस एक बड़े डिपो में रुक गयी हैं, वहाँ तीनों ने चाय पी है। उसके बहुत कहने पर पंखुड़ी ने बिस्कुट के दो टुकड़े खाए हैं। वह वापस आकर बस में बैठ गये हैं। लगभग तीन घंटे के सफर के बाद बस महेशपुर पहुँच गयी है। धूप बेहद तेज है। सुबह के साढ़े ग्यारह बज रहे हैं। वह बाजार में खड़े हैं। वह एक दवा की दुकान पर बैठे बूढ़े आदमी से मधु मैटर्निटी एंड डायग्नोस्टिक सेंटर का पता पूछ रहा है। बूढ़ा आदमी उन्हें अजीब हिकारत भरी नजरों से देख रहा है, ‘‘आगेवाले मोड़ से बाएँ गली में भीतर’’ वह कह रहा है। वह सेंटर पर आ गये है। सेंटर पूरा खाली है। भीतर बैठने के लिए दो बेंच लगी है। वह पंखुड़ी और सुदीप्ता को वहाँ बैठा कर भीतर चला गया है। भीतर से उसे मोटे काले फ्रेम का चश्मा पहने एक मोटी-सी औरत आती दिखाई दे रही है। उसके चेहरे पर चेचक के दाग है। वह तौलिए से पसीना पोछ रही है। उसके नाखून बेहद गन्दे हैं। वह उनको एक घृणित मुस्कान दे रही है। जैसे वह कोई पाप करके आए हैं। वह पाप करके ही तो आए हैं, जिससे वह छुटकारा पाना चाहते हैं।

‘‘पैसे लाए हो?’’ औरत पंखुड़ी की तरफ देख रही है।

‘‘जी’’ उसने जेब से पैसे निकाल लिए है।

‘‘कितने?’’।

‘‘चार हज़ार’’

उसने गिने हुए पैसे उसके हाथ पर रख दिया है।

‘‘कब पता चला?’’ औरत पैसे गिन रही है।

वह और पंखुड़ी एक दूसरे को देख रहे हैं।

‘‘बच्चा ठहर गया है, कब पता चला?’’

‘‘एक हफ्ता पहले?’’ पंखुड़ी

‘‘किया कब था?’’ औरत

‘‘क्या?’’ पंखुड़ी

‘‘वही जो करने से हुआ है’’। पंखुड़ी उसकी ओर देख रही है। ‘‘दो ढाई महीने पहले’’ वह सोच कर कहा रहा है।

‘‘इस महीने माहवारी हुई’’ औरत

‘‘नहीं’’ पंखुड़ी

‘‘चलो’’ औरत पंखुड़ी को लेकर भीतर जा रही है। सुदीप्ता भी उसके पीछे-पीछे भीतर जा रही है। औरत उसे घूर रही है। ‘‘किसका गिराना है?’’ सुदीप्ता

पंखुड़ी की ओर देख रही है।

''तो तुम यही रुको।''

यहाँ भी बिजली नहीं है। वह और सुदीप्ता पसीने से तर बदर बैठे है। सुदीप्ता बार-बार अपने दुपट्टे से अपना चेहरा पोछ रही है। वह दीवार पर लगे बच्चे का पोस्टर देख रहा है।

वह सोच रहा है कि भीतर पंखुड़ी न जाने किसी हालत में होगी। वह औरत उसके साथ न जाने क्या कर रही होगी। उसकी सोच में एक छोटा भ्रूण चल रहा है। जो गर्भ में पड़े हुए एक बच्चे के आकार का है। उस भ्रूण को टॉयलेट में फ्लश कर दिया गया है। वह टॉयलट, सीवर, गटर से होकर एक बड़ी-सी नदी की तरफ बढ़ रहा है। पानी के तेज बहाव ने उसका अस्तित्व ख़त्म कर दिया है। अब वह उसे दिखना बन्द हो गया है। पानी की नदी शान्त हो गयी है। बच्चा लड़का था या लड़की उसके लिए ये सवाल हमेशा सवाल ही रहेगा। लगभग आधे घंटे के बाद पंखुड़ी भीतर से आ गयी है। उसे चलने में दिक्कत हो रही है। उसका चेहरा मुरझा कर पीला पड़ गया है। सुदीप्ता ने पंखुड़ी का हाथ पकड़ लिया है। दोनों धीरे-धीरे बाहर निकल रही है।

''कोई और पेशेंट हो तो भेज देना, लेकिन हम बच्चा गिराते हैं, ऐसा बोलना मत किसी को।''

वह बाजार से होकर बस डिपो आ गये हैं। वह सुदीप्ता और पंखुड़ी से कुछ खाने के लिए कह रहा है। किसी का भी कुछ खाने का मन नहीं है। उसने ग्लूकोज बिस्कुट और साफ पानी की एक बॉटल खरीद ली है। बस का कहीं पता नहीं है। धूप बेहद तेज है। उसने सुदीप्ता और पंखुड़ी को पेड़ की छाँव में बैठा दिया है। सुदीप्ता धीरे-धीरे पंखुड़ी की पीठ सहला रही है। पंखुड़ी आँखें नीची किए जमीन की ओर देख रही है। वह पंखुड़ी को देख रहा है। वह जीवन में पहली बार अपने किए पर शर्मिन्दा है।

36

इन दिनों वह बहुत व्यस्त रहता है। वह किसी भी रोज रात दस साढ़े दस के पहले घर नहीं पहुँचता है। वह घर में होकर भी घर में नहीं होता है। उसकी दुनिया उसके कमरे तक सीमित है। साल भर पहले ही उसने साहित्या की सेल्सगर्ल की जॉब छुड़वा दी है। तब से साहित्या घर में ही रहती है माँ के साथ। उसकी ज्यादातर सहेलियाँ शादी करके अपने घर जा चुकी हैं। साहित्या को दिन रात एक ही चिन्ता

खाए जा रही है कि उसकी शादी कौन ढूँढ़ेगा? पैसों का इन्तजाम कैसे होगा? दरअसल साहित्या शादी करना ही नहीं चाहती है। वह यहीं उसके और माँ के साथ रहना चाहती है, जीवनभर। जबकि वह और माँ चाहते हैं कि उसकी बाकी बहनों की तरह साहित्या की भी शादी हो जाए। वह और माँ पिताजी की छोड़ी आखिरी जिम्मेदारी से मुक्त हो जाएँ।

आज महीनों बाद वह साहित्या को आँगन में बैठकर कपड़े धोते हुए देख रहा है। वह बेहद दुबली हो गयी है और काफ़ी कमजोर लग रही है। उसका चेहरा मुरझा कर पीला पड़ गया है। उसने माँ को अपने कमरे में बुलाया है। वह माँ से साहित्या के बारे में पूछ रहा है। वह माँ की आँखों में गहरी चिन्ता देख रहा है। माँ कह रही है कि साहित्या कई दिनों से बुखार से पीड़ित है। बुखार दिन में उतर जाता है और रात में वापस चढ़ जाता है। साहित्या को आँखों से कम दिखने लगा है। वह एक तरह के मानसिक भ्रम से ग्रसित होती जा रही है। वह हर चीज को कई बार हाथ से छूकर देखती है। जैसे अन्धे देखते हैं। माँ कह रही है कि वह उसे लेकर आँखों के डॉक्टर के यहाँ गयी थी। डॉक्टर ने उसकी आँखों का टेस्ट करके उसे नजर का चश्मा तो दे दिया है लेकिन साथ ही ये भी कहा है कि वह किसी दूसरे बड़े डॉक्टर को भी दिखा लें। शायद उसकी बीमारी आँखों से सम्बन्धित नहीं है। चश्मा लगाने पर भी उसे चीजें अस्पष्ट दिख रहीं हैं। ये सब महीने भर से चल रहा है। माँ उसे लेकर एक डॉक्टर से दूसरे डॉक्टर के यहाँ चक्कर लगाती रही है। कोई भी डॉक्टर उसकी बीमारी पकड़ नहीं पा रहा है। डॉक्टर उसे बुखार, सिरदर्द कमजोरी की दवा देकर हटा देते हैं। उसे माँ पर बहुत ग़ुस्सा आ रहा है कि उसने उसे ये सब पहले ही क्यों नहीं बताया। माँ कह रही है कि कल रात साहित्या को अजीब से दौरे पड़ रहे थे। वह नींद में न जाने क्या कुछ बड़बड़ा रही थी। 'माँ खिड़की खोल दो मेरा दम घुट रहा है ये धुआँ कहाँ से आ रहा है।' माँ पूरी रात उसके सिरहाने बैठी रही उसके माथे पर हाथ फेरती।

माँ की ये बातें सुनकर वह एक बात समझ गया है कि साहित्या बुखार से नहीं बल्कि किसी और गम्भीर बीमारी से ग्रसित है। उसे जल्द ही किसी अच्छे डॉक्टर को दिखाना होगा। वह पूरा दिन इसी बारे में सोचता रहा है। उसने एकाद परिचित लोगों से अच्छे डॉक्टर के बारे में मालूमात भी हासिल करने की कोशिश की है। वह डॉक्टर कौन है, कहाँ, किस समय बैठता है? उसकी फीस कितनी है वगैरह? उसे रात भर साहित्या की चिन्ता सताती रही है। उसे भीतर से कुछ ठीक नहीं लग रहा है। वह कल का इन्तजार कर रहा है।

आज डॉक्टर सहगल ने साहित्या और माँ को धूप में पैदल जाते हुए देखा है। उन्होंने अपनी गाड़ी रोककर उसका हालचाल पूछा है। साहित्या की तबीयत खराब

देखकर वह उन्हें अपनी गाड़ी में बैठाकर घर छोड़ने आए हैं। संयोगवश वह घर ही मे है। माँ ने आकर उसे बताया है कि डॉक्टर साहब आए हैं और उससे मिलना चाहते हैं। वह डॉक्टर सहगल से मिलने आ गया है। डॉक्टर सहगल के काफ़ी समय बाद घर आने से साहित्या बहुत खुश है। वह उनके लिए उनकी पसन्द की अदरक वाली चाय बनाने में जुटी है। वह डॉक्टर सहगल के माथे पर चिन्ता की लकीर देख रहा है। डॉक्टर सहगल खुद भले ही एक डेंटिस्ट हों लेकिन उन्हें साहित्या को देखते ही अन्दाजा लग गया है कि उसकी बीमारी बेहद गम्भीर है। 'शी इज नॉट वेल, उसकी हालत भीतर से बहुत खराब है। बॉडी डिहाड्रेड होना शुरू हो जाएगी, आज ही इसको हॉस्पिटलाइज कर दो। मैं नवजीवन अस्पताल फोन कर देता हूँ।' डॉक्टर सहगल चाय पीकर जा चुके हैं। वह एक भी क्षण गवाएँ बिना साहित्या और माँ को लेकर अस्पताल के लिए निकल पड़ा है। अस्पताल उसके घर से बस थोड़ी ही दूर पर है। अस्पताल नया है और हाल ही में खुला है। नीचे मरीजों के बैठने के लिए एक बड़ा कमरा है, जिसमें काफ़ी सारे मरीज बैठे हैं। सामने बिलिंग एवं डिस्चार्ज डेस्क है। उसके बगल में रिसेप्शन काउंटर है, जिस पर एक लड़की बैठी है।

वह रिसेप्शन पर बैठी लड़की से पूछ रहा है "डॉक्टर सहगल..."

"जी' लड़की फोन मिलाकर किसी से बात कर रही है।

"पहले माले पर जनरल वार्ड में उन्नीस नम्बर बेड"

डॉक्टर सहगल के फोन कर देने से उसे एक बेड मिल गया। वह और माँ साहित्या को लेकर ऊपर आ गए हैं। उन्होंने साहित्या को बेड पर लिटा दिया है। माँ खुद उसे सिरहाने पर बैठ गयी है। दिन के डेढ़ बज रहे हैं। डॉक्टर के असिस्टेंट ने आकर सलाइन चढ़ानी शुरू कर दी है। शाम को डॉक्टर विजिट पर आएगा। आठ बजे के करीब। उसे तुरन्त पैसों का इन्तजाम करना होगा। इलाज में न जाने कितने पैसे लगे? वह बैंक बन्द होने के पहले जाकर थोड़े पैसे निकाल लेना चाहता है। वह माँ और साहित्या को छोड़कर सीधे बैंक आ गया है। उसने पैसे निकाल लिए हैं। बैंक से वह सीधा घर पर आ गया है। साहित्या की कुछ जरूरी चीजें लेने। उसके कपड़े, टूथब्रश, साबुन, मंजन, तौलिया वगैरह। घर में अजीब-सा सन्नाटा पसरा है। शाम हो रही है। अचानक उसका ध्यान कमरे की दीवार घड़ी पर गया है, जिसमें तीन बज रहा है। घड़ी रुक गयी है। वह घर में ताला लगाकर वापस अस्पताल की ओर चल पड़ा है।

वह सीढ़ियाँ चढ़कर ऊपर वार्ड में आ गया है। वार्ड में बहुत भीड़ है। मरीजों को देखने आनेवालों के कारण भीड़ और भी ज्यादा बढ़ गयी है। साहित्या के बगलवाले बिस्तर पर लेटी औरत जोर-जोर से चिल्ला रही है। उसके रोने से पूरा वार्ड गूँज रहा है। उसने अपने हाथों से अपना पेट दबाया हुआ है। शायद वह अपने

पेट के भीतर उठनेवाला भयंकर दर्द बर्दाश्त नहीं कर पा रही है। माँ बता रही है कि दो रोज पहले गर्भ में उसका बच्चा मर गया है। इसलिए वह गहरे सदमें में है। साहित्या चौंक कर उठ गयी है। वह उस औरत के चिल्लाने से बेहद डर गयी है। वह डॉक्टर के असिस्टेंट के पास आया है यह कहने के लिए कि इस औरत को कहीं और शिफ्ट कर दिया जाए। डॉक्टर के असिस्टेंट को कई लोगों ने घेर रखा है। वह जल्दी में लग रहा है।

''सारे वार्ड फुल हैं, पेशेंट ज्यादा हैं।''

उसने माँ को घर भेज दिया है। खाना बनाकर, खुद खाकर आने के लिए। डॉक्टर का कहीं पता नहीं है। वह साहित्या के बगल में बैठा है। नर्स ने आकर बगल के बिस्तर पर लेटी औरत को इंजेक्शन दे दिया है। दवा के असर से उसने चिल्लाना बन्द कर दिया है। वह धीरे-धीरे अपने पैर पटक रही है। वह साहित्या को देख रहा है। वह आँखें बन्द किए लेटी है। इस क्षण उसका चेहरा शान्त है। उसकी हाथ की नसों में सुइयाँ चुभी हैं। ग्लूकोज धीरे-धीरे उसकी नसों से होकर शरीर के भीतर जा रहा है। उसे याद आ रहा है कि बचपन में साहित्या इंजेक्शन से कितना डरती थी। इंजेक्शन लगने के नाम से ही वह रोना शुरू कर देती थी। आज वह रो नहीं रही है। शायद उसने दर्द बर्दाश्त करना सीख लिया है। वह साहित्या के बाद पैदा हुआ था। उनकी उम्र में सिर्फ चार साल का ही अन्तर है। वह हमेशा एक-दूसरे के करीब, एक दोस्त जैसे रहे हैं। लेकिन इधर कुछ सालों से वह एक दूसरे के इतने करीब नहीं थे। उनके बीच कुछ हो गया था। न जाने क्या? शायद वह बड़ा हो गया था, साहित्या से भी बड़ा। अपनी दुनिया में व्यस्त लेकिन वह अब भी उसे उतना ही चाहता है। सिर्फ वक़्त बदल गया है। हालात बदल गये हैं। साहित्या भी उसे कितना प्यार करती है। हमेशा उसने एक बड़ी बहन होने का फर्ज निभाया है। वह सिर्फ इतना चाहती है कि उसका भाई पढ़-लिखकर कुछ बन जाए। आज साहित्या बिस्तर पर पड़ी है। कमजोर लाचार। उसे उसकी ये हालात देखी नहीं जा रही है। वह उसे जगाकर ढेर सारी बातें करना चाहता है। लेकिन साहित्या कुछ भी बोलने की स्थिति में नहीं है। वह सिर्फ जीवित है, अपनी मौत की छाया को पल पल गहराता देखती। मौत की वो भयावह छाया जिसे वो भी देख रहा है। वह घर लौट आया है और बिस्तर पर लेट गया है। वह सोच रहा है कि क्या साहित्या ने कुछ खाया होगा? वह सो रही होगी या जाग रही होगी? क्या बगल वाले बिस्तर की औरत अब भी चिल्ला रही होगी? साहित्या और माँ को एक ही बिस्तर पर सोने में कितनी दिक्कत हो रही होगी? पता नहीं कल टेस्ट में क्या होगा? उसकी रात बड़ी मुश्किल से कटी है। वह सुबह साढ़े पाँच बजे उठकर नहाकर चाय पीकर तैयार हो गया पर वह सोच रहा है कि क्या इतनी सुबह अस्पताल जाना ठीक रहेगा? शायद माँ और साहित्या अभी

सोई हों। उन्हें इतनी जल्दी जगाना ठीक नहीं होगा। वह अपने बिस्तर पर आकर वापस लेट गया है। दीवार घड़ी रुकी हुई है। घड़ी में तीन बज रहे हैं। वह सोच रहा है कि आज अगर उसे वक़्त मिला तो वह असीम के घर जायेगा। असीम को साहित्या की बीमारी के बारे में बताना जरूरी है। उसे कभी भी पैसों की जरूरत पड़ सकती है। सात बजते ही वह घर से निकल गया है। बाहर की दुनिया में सब कुछ सामान्य है। अखबारवाला लड़का मुन्ना फुर्ती से अखबार बाँट रहा है। मेहतर सड़क पर झाडू लगा रहा है। सेंट पाल स्कूल के बच्चे बस स्टॉप पर खड़े स्कूल बस आने का इन्तजार कर रहे हैं। हल्की-हल्की हवा चल रही है।

वह सीढ़ियाँ चढ़कर ऊपर जा रहा है। अस्पताल में सुबह का सन्नाटा है। अधिकांश मरीज और उनके परिवारजन सो रहे हैं। माँ साहित्या के बगल में बैठी है। नींद से उसकी आँखें लाल हो गयी हैं।

'अभी सोई है बेचारी। रातभर ये बगलवाली औरत चिल्ला रही थी। पता नहीं कब मिलेगी इस अस्पताल से छुट्टी' माँ के स्वर में थकावट है, झुंझलाहट है। उसने माँ को घर भेज दिया है। थोड़ा आराम करने के लिए। आठ बजे तक साहित्या उठ गयी है। उसने नर्स को बुला लिया है। नर्स उसे सहारा देकर बाथरूम में ले जा रही है। साहित्या हर दिन धीरे-धीरे चलने में असमर्थ होती जा रही है।

सुबह के दस बज गये हैं। माँ घर से आ गयी है। वह और माँ साहित्या को लेकर टेस्ट कराने आ गये हैं। सबसे पहले उसके खून और पेशाब की जाँच हुई है। बाद में वह उसे लेकर एक बड़े टेस्ट सेंटर में आ गये हैं। सी.टी. स्कैन के लिए। साहित्या को एक बेहद पतले से बेड पर लिटा दिया गया है। उसके शरीर को बिस्तर में लगी एक बेल्ट से बाँध दिया गया है। अब धीरे-धीरे उसका शरीर एक गोल मशीन के भीतर जा रहा है। मशीन के डिस्प्ले पर रंग-बिरंगी लाइटें जल रहीं हैं। थोड़ी देर बाद के भीतर साहित्या का शरीर मशीन से बाहर आ गया है। रिपोर्ट शाम को मिलेगी। वह और माँ साहित्या को लेकर अस्पताल वापस आ गये हैं। वह दो रोज से बच्चों को पढ़ाने नहीं गया है। उसने जयन्त को फोन करके बता दिया है कि उसकी बहन की तबीयत खराब है और वह अस्पताल में उसका इलाज करा रहा है।

वक़्त गुजारने के लिए वह आकाशवाणी आ गया है। हमेशा की तरह ड्यूटी रूम में धीमी आवाज में रेडियो बज रहा है। वह वक़्त गुजारने के लिए निरुद्देश्य यहाँ वहाँ चक्कर लगा रहा है। ड्यूटी रूम, लाइब्रेरी, स्टुडियों, कैन्टीन। कैन्टीन में आकर उसने सिगरेट जला ली है। इस क्षण वह बेहद थका हुआ है उसे जोर की नींद आ रही है। वह यही कैन्टीन की बेंच पर लेट जाना चाहता है। वहे हिम्मत करके बाहर निकल गया है। वहाँ से वह एक जान पहचान की दवा की दुकान पर आ गया है। वह केमिस्ट से साहित्या की बीमारी के लक्षण बताकर उसके बारे में पूछ रहा है।

‘निमोनिया हो सकता है। कई तो बीमारियाँ फैली हैं, डॉक्टर ही बता पाएगा’ केमिस्ट कह रहा है। वह साहित्या की दवाइयाँ खरीदकर अस्पताल वापस आ गया है। शाम होने लगी है। अस्पताल की लाइटें जल गयी हैं। काम करनेवाली दाई फिनायल से फर्श पर पोछा लगा रही है। डॉक्टर विजिट पर आ गया है। उसने साहित्या को बिस्तर पर बैठा दिया है। डॉक्टर टेस्ट की रिपोर्ट चेक कर रहा है। माँ उम्मीद भरी नजरों से डॉक्टर को देख रही है।

“क्या हुआ है डॉक्टर साहब?”

“अभी कुछ कह नहीं सकते, रिपोर्ट साफ नहीं है कुछ और टेस्ट करने होंगे। जब तक असली बीमारी का पता न चल जाए तब तक निमोनिया का इलाज चलता रहेगा।”

“कितना वक़्त लग सकता है डॉक्टर साहब?” वह डॉक्टर से पूछ रहा है।

“अभी आप लोगों को आए दो तीन दिन ही तो हुआ है, धीरे-धीरे इलाज चलेगा धीरे-धीरे दवाएँ फायदा करेंगी। शरीर कमजोर है इसलिए ज्यादा पावरवाली दवा भी नहीं दी जा सकती है, शरीर ले नहीं पाएगा।” डॉक्टर जा चुका है। उसके दिमाग ने काम करना बन्द कर दिया है। हवा में कुछ शब्द लटके रह गए है ‘धीरे-धीरे’।

37

आज अस्पताल में उसका पाँचवाँ दिन है। उसने साहित्या के रहने के लिए एक दूसरा प्राइवेट वार्ड ले लिया है। वार्ड साफ सुथरा है। वार्ड में कुल दो बिस्तर हैं। बगल के बिस्तर में एक बूढ़ी सिन्धी महिला लेटी है। उसे सेल्यूलाइटिस नाम की बीमारी हो गयी है। उसके पैरों में काफ़ी सूजन है। उसने पैरों के नीचे तकिया डाला हुआ है। उसका पति सिरहाने बैठकर उससे धीमी आवाज में बात कर रहा है। वह साहित्या की ओर देख रहा है। वह चुप है। उसकी आँखों के इर्द-गिर्द का कालापन रोज बढ़ता जा रहा है। माँ बेहद थकी हुई है और कुर्सी पर बैठे उबासी ले रही है। वह मन ही मन निश्चय कर रहा है कि आज वह डॉक्टर से बात करके ही रहेगा। भले ही उसे साहित्या को लेकर दूसरे अस्पताल में शिफ्ट क्यों न होना पड़े। इलाज से रत्ती भर का भी फायदा नहीं हुआ है।

डॉक्टर शाम को विजिट पर आ गया है। सिंधी औरत को देखने के बाद वह साहित्या के बिस्तर के करीब आ गया है। माँ कुर्सी से उठ गयी है। डॉक्टर आज कराए हुए टेस्ट की रिपोर्ट देख रहा है। रोज की तरह उसने फाइल उठाकर पर्चे पर दवा लिखनी शुरू कर दी है। वह फाइल बिस्तर पर रखकर आगे बढ़ने हीवाला है कि उसने उसे रोक लिया है।

''इतने सारे टेस्ट कराने के बाद भी आप लोग एक बीमारी डायग्नोज नहीं कर पा रहे है। शी इज डाइंग एव्री डे, कांट यू सी?'' उसकी आवाज तेज हो गया है।

''शायद मेनेनजाइटीस है'' डॉक्टर की निगाहें नीची है। वह उसे बीमारी के बारे में बता रहा है।

''मेनेनजाइटीस, ये एक तरह का दिमागी बुखार है।'' डॉक्टर आगे कह रहा है।

मस्तिष्क को ढँकनेवाली सुरक्षात्मक झिल्ली, सूजन, बैक्टीरिया, रीढ़ की हड्डी में एक पतली सुई डालना, सेरिब्रो स्पाइनल लिक्विड...।'' उसे कुछ समझ में नहीं आ रहा था। इस बीमारी का नाम वह जीवन में पहली बार सुन रहा है। डॉक्टर उसे लेकर वार्ड के बाहर आ गया है।

''लखनऊ लेकर चले जाओ।''

डॉक्टर जा चुका है। उसे डॉक्टर की बातों से इतना जरूर समझ में आ गया है कि इस अस्पताल में मेनेनजाइटीस का इलाज सम्भव नहीं है। इस अस्पताल में एक भी दिन और रुकना उसे बहुत भारी पड़ सकता है। शायद कल ही उसे साहित्या को लेकर लखनऊ निकलना पड़ेगा। उसे डॉक्टर सहगल से बात करनी होगी। उसे एक एम्बुलेंस की जरूरत होगी। उसे और पैसों का इन्तजाम करना पड़ेगा। लेकिन इस वक़्त वह साहित्या को लेकर घर जाना चाहता है। वह डॉक्टर से उसे डिस्चार्ज करने के बारे में पूछ रहा है। डॉक्टर ने उसे सहमति दे दी हैं। वह उसे नीचे जाकर बिल डेस्क पर हास्पीटलाइजेशन और दवाइयों का बिल भरने को कह रहा है। रात के नौ बज रहे हैं। माँ ने यहाँ वहाँ फैली चीजें इकट्ठी करनी शुरू कर दी है। दवाइयाँ, मेडिकल रिपोर्ट, कपड़े वैगरह। वह बिल डेस्क पर आकर बिल भर रहा है। कम्प्यूटर से जुड़ा प्रिंटर खराब है इसलिए बिल नहीं मिला है। वह बेहद जल्दबाजी में है। वह सीढ़ियों से ऊपर भाग रहा है। साहित्या चलने के लिए तैयार है। नर्स और माँ साहित्या को सहारा देकर धीरे-धीरे सीढ़ियों से लेकर नीचे आ रहे हैं। वह माँ और साहित्या के साथ रिक्शे पर बैठ गया है। रिक्शा धीरे-धीरे घर की ओर चल पड़ा है।

रात के ग्यारह बज गये हैं। वह और माँ साहित्या को सहारा देकर भीतर घर में लेकर आ गये हैं। घर बेहद अस्त व्यस्त है। साहित्या बिस्तर पर लेटी लेटी अपने कमरे की चीजों को देख रही है। माँ उसके सिरहाने बैठी उसके सिर पर हाथ फेर रही है। आज की रात उसके जीवन की सबसे कठिन रात है। कल सुबह उठकर उसे डॉक्टर सहगल के पास जाना है। उसे पैसों का भी इन्तजाम करना है। कल वह असीम से भी मिलेगा। शायद असीम लखनऊ में किसी को जानता हो। अगर कुछ भी नहीं हुआ तो वह आई.जी. साहब से मृणालिनी जी का नम्बर माँगकर उनसे बात करेगा।

वह अपने कमरे में आकर सो गया है। वह बेहद थका है जैसे मीलों पैदल चलकर आया हो। ऐसी थकान उसे जीवन में कभी नहीं हुई। थोड़ी देर में ही उसे

नींद आ गयी है। कुछ घंटे गुजर गये हैं। रात हल्की-सी आवाज से उसकी नींद खुल गयी। माँ उसके बिस्तर के पास खड़ी है। उसने उठकर बिजली जला दी है। माँ सुन्न पड़ी हुई है। माँ के मुँह से शब्द नहीं निकल रहे है। वह माँ को झकझोर रहा है। माँ कह रही है कि साहित्या ने थोड़ी देर पहले आखिरी साँस ले ली है। उसने साहित्या के कमरे में आकर सारी खिड़कियाँ खोल दी हैं। बाहर से ठंडी हवा भीतर आ रही है। थोड़ी ही देर में उजाला हो जाएगा। इस पल उसके जीवन में अँधेरा है। दम घोटने वाला अथाह अँधेरा। सुबह तक उसके काफ़ी दोस्तों, शुभचिन्तकों, रिश्तेदारों को साहित्या की मौत का समाचार मिल गया है। सभी लोग इस दुःखद घटना पर अपनी संवेदना प्रकट कर रहे हैं। उसके सौतेले भाई भी खबर पाते ही फौरन आ गये है। सुबह के दस बजते बजते वह सबके साथ साहित्या की अन्त्येष्ठि करने चल पड़ा है। ये वही जगह है, जहाँ बरसों पहले उसके पिता का शवदाह हुआ था।

क्रिया कर्म सम्पन्न हो गया है। सभी दोस्त, रिश्तेदार, अपने अपने घर जा चुके हैं। सिर्फ ज्योत्सना घर पर रुकी है। माँ की देखभाल के लिए। असीम रोज शाम को घर आता है। असीम और वह रोज शाम को टहलने जाते हैं। रोज शाम को वह घर से थोड़ी दूर पर एक पीपल के पेड़ पर जल चढ़ाकर दीया जलाता है। पंडित रोज शाम को आकर मृतक की आत्मा की शान्ति के लिए कोई ना कोई पूजा, विधि, संस्कार करवाते हैं। वक़्त बीत रहा है। ज्योत्सना भी आखिरकार अपने ससुराल चली गयी है। माँ रो रोकर थक चुकी है। साहित्या को गुजरे तेरह दिन हो चुके हैं। साहित्या के बाद उसकी चीजें अब कौन इस्तेमाल करेगा? उसने और माँ ने फैसला किया है कि वह साहित्या की हर चीजें कुष्ठ आश्रम में दे देंगे। उसने उसके कपड़े, स्वेटर, शाल, चूड़िया, चप्पल, वगैरह इकट्ठा कर लिए है। आज शाम वह और माँ कुष्ठ आश्रम आए हैं। उसने सामान से बँधा गठ्ठर कुष्ठ आश्रम के संचालक को दे दिया है।

वक़्त बीत रहा है। आज सुबह वह माँ के साथ साहित्या की अस्थियाँ बहाने राप्ती नदी की ओर आ गया है। सुबह का समय है। ठंडी हवा चल रही है। सब कुछ शान्त है। वह और माँ नदी के पुल पर खड़े हैं। उसे याद आ रहा है कि बचपन में पिताजी उन सारे भाई बहनों को बरसात के मौसम में यहाँ ले आकर राप्ती नदी की बाढ़ दिखाते थे। जब नदी का पानी उफान मारता था तो सारे बच्चे खुश होकर तालियाँ बजाते थे। उसे दूर खड़ी छोटी-सी साहित्या दिख रही है। फूल वाला फॉक पहने। हँसती खिलखिलाती हुई। नदी के उफान को देखकर ताली बजाती हुई। उसने मुट्ठी भर राख नदी में विसर्जित कर दी है। मुट्ठी भर राख अथाह पानी में विलीन हो गयी है।

38

साहित्या को गुजरे एक साल हो गया है। साहित्या के मरने के साथ ही उसके भीतर भी कुछ मर गया है। न जाने क्या? शायद जीवन जीने की इच्छाशक्ति। एक अवसाद हर समय उसे घेरे रहता है। एक विरक्ति ने उसे जकड़ लिया है। अगर माँ के जीवन का प्रश्न न होता तो वह सब कुछ छोड़कर कहीं चला गया होता। कहीं दूर, शायद बहुत दूर। लेकिन क्या सच वहाँ भी उसका पीछा छोड़ देता? वह सच जिससे हम सब डरते हैं। दूर भागते हैं। मृत्यु। मृत्यु हम सबके जीवन का सबसे बड़ा सच है। क्या ये संसार माया नहीं है? जैसा हमारे साधु सन्तों और बुद्ध पुरुषों ने कहा है। यहाँ कदम-कदम पर कैसा गहरा विरोधाभास है? और जिस क्षण हमे इस सत्य का अहसास होता है कि ये दुनिया स्वपन्वत है उसी क्षण हम जीवन जीने की इच्छा और उद्देश्य खो देते हैं। जीवन से विरक्त हो जाना असाधारण मनुष्यों के लिए तो ठीक है लेकिन उसके जैसे साधारण मनुष्य के लिए तो यह स्थिति बेहद पीड़ादायक है। उसे लग रहा है कि वह जैसे खुद के लिए एक थर्ड परसन हो गया है। वह जैसे खुद को कहीं दूर से देख रहा है। ये कैसा बदलाव है? क्या जीवन के सत्य उसे खा गये हैं?

कहते हैं कि काया की समाप्ति के बाद भी जीवन चलता रहता है। आत्मा किसी दूसरी देह को अपना घर बना लेती है। श्राद्ध पक्ष चल रहा है। इन दिनों लोग अपने पूवर्जों अपने मृत सगे सम्बन्धियों का श्राद्ध करके उनकी आत्मा की शान्ति की कामना करते हैं। माना जाता है कि नियमानुसार श्रद्धाभाव से किये हुए श्राद्ध से प्रसन्न होकर आत्मा अपने वंशजों को आशीर्वाद देती है। वह माँ की जिद पर साहित्या का श्राद्ध करने आया है। दोनों नदी के किनारे बैठे हैं। ब्राह्मण उनसे श्राद्ध कि पूजा करवा रहे हैं। वह हाथ में जल, अक्षत, पुष्प, चन्दन, तिल लेकर साहित्या की आत्मा की शान्ति के लिए संकल्प कर रहा है। दोपहर के बारह बज रहे हैं। ब्राह्मणों को भोजन करा कर, उन्हें दक्षिणा देकर वह और माँ घर की ओर लौट रहे हैं। इस क्षण उसका मन शान्त है। माँ धीरे-धीरे चल रही है। जैसे बेहद थकी हो। ज़िन्दगी ने माँ को थका दिया है और साहित्या की मौत ने उन्हें भीतर से तोड़ दिया है। ज़िन्दगी के एक मोड़ पर आकर हम सब सोचते हैं कि क्या ये जीवन कुछ और हो सकता था? आज यही सवाल रह रह कर उसके मन में आ रहा है कि अगर पिताजी की असमय मृत्यु नहीं हुई होती तो क्या उसके परिवार की वही हालत होती जो आज है? अगर उसके सौतेले भाइयों ने पिता जी की मृत्यु के बाद उनके परिवार को सम्भाल लिया होता तो क्या उसे और उसकी बहनों को उनकी छोटी छोटी जरूरतों के लिए संघर्ष करना पड़ता? अगर साहित्या को वक़्त पर सही इलाज मिल

गया होता तो क्या वह बच नहीं गयी होती? अगर उसकी आर्थिक स्थिति अच्छी होती तो क्या वह पंखुड़ी के पिता से उसका हाथ नहीं माँग लेता? ये उसकी ज़िन्दगी के चंद महत्त्वपूर्ण सवाल है, जो हमेशा सवाल ही रहेंगे। अनउत्तरित। लेकिन उसे हिम्मत करके फिर से आगे बढ़ना होगा। जीवन के चक्र को फिर से गति देनी होगी। खुश होने की वजह ढूँढ़नी होगी। हम सबका जीवन एक आशा, एक उम्मीद पर टिका है कि कल शायद सब ठीक हो जाएगा।

पिछले महीने उसे रिश्ते की एक मौसी से पता चला कि उसकी माँ को बच्चेदानी की समस्या है। ये समस्या उसे उसके जन्म के बाद से ही रही है। वह बेहद डरा हुआ है। माँ ही उसके जीवन का एक मात्र सहारा है, जिसे वह कुछ नहीं होने देगा। उसने सुना है कि जिन औरतों को कई साल तक बच्चेदानी की समस्या रहती है उन्हें कैंसर या ट्यूमर होने की सम्भावना रहती है। कैंसर जो उसकी बड़ी माँ को खा चुका है। उसे जल्द से जल्द पैसों का इन्तजाम करके माँ का ऑपरेशन कराना होगा। लेकिन वह इस शहर में माँ का ऑपरेशन नहीं कराएगा। यहाँ के डॉक्टरों पर से उसका भरोसा उठ गया है।

वह सोच रहा है कि पिताजी को भी माँ की इस परेशानी के बारे में पता था। तब उन्होंने अपने जीते जी माँ का ऑपरेशन, उनका इलाज क्यों नहीं करवाया? क्या उन्होंने ऐसा स्वार्थवश किया था? क्या उन्हें इस बात का डर था कि ऑपरेशन में अगर माँ को कुछ हो गया तो उनकी गृहस्थी एक बार फिर उजड़ जाएगी? कोई इतना स्वार्थी कैसे हो सकता है? कोई किसी के जीवन के साथ कैसे खेल सकता है। माँ को सबने छला है। उनके अपने माँ बाप ने भी। एक सत्तरह साल की लड़की का विवाह उसकी उम्र के दुगने इंसान से करा कर। एक विधुर से जो पहले ही चार बच्चों का पिता था। उसके पिता ने जीवनभर माँ का इस्तेमाल किया और कभी उनके बारे में नहीं सोचा। उसके सौतेले भाई बहनों ने भी माँ का इस्तेमाल तब तक किया, जब तक वह अपने पैरों पर खड़े नहीं हो गये और स्वार्थ पूरा हो जाने पर उन्होंने माँ को छोड़ दिया। उसे माँ पर दया आ रही है। उसे माँ पर क्रोध भी आ रहा है कि एक औरत आखिर इतना सब कुछ कैसे सह सकती है? वह माँ की गोद में सर रख कर लेट गया है। माँ धीरे-धीरे उसके बाल और उसके माथे को सहला रही है।

39

आरम्भ में ही उसका अन्त छुपा होता है। वक़्त का चक्र निरन्तर चलता रहता है। वक़्त इंसान नहीं है जो थक कर रुक जाए और जख्म भरते नहीं हैं तो कम से कम

सूख जरूर जाते हैं। उसके जख्म भी धीरे-धीरे सूख रहे हैं। घाव पर धीरे-धीरे नयी चमड़ी की परत चढ़ने लगी हैं।

वह असीम के साथ शहर के बाहर बने नये रेलवे स्टेशन पर बैठा है। यह छोटा-सा नया स्टेशन बन जाने से शहर के इस हिस्से में रहनेवाले लोगों को काफ़ी सहूलियत हो गयी है। शाम का वक़्त है। उमस दिन से थोड़ी कम है, पर हवा बिल्कुल नहीं चल रही है। दोनों आती जाती ट्रेनों को देख रहे हैं।

''मेरा कहा मानों तो लॉ के इग्जाम के बाद ये शहर छोड़ दो, यहाँ कुछ नहीं रखा है। अगर यहाँ से नहीं निकले तो बर्बाद हो जाओगे, हमारी तरह होमसिक।'' वह असीम के चहरे पर गम्भीरता देख रहा है।

''कहाँ जाऊँगा दादा, माँ किसके साथ रहेगी?'' वह असीम के चेहरे की ओर देख रहा है।

''बम्बई चले जाओ।''

वहाँ जाकर पहले कोई नौकरी पकड़ लेना। मैंने सुना है बम्बई हिन्दुस्तान का सबसे महँगा शहर है। सुना है कि वहाँ शौच जाने के लिए भी पैसे देने पड़ते हैं। बिना कमाए तो गुजारा नहीं होगा। पहले कोई नौकरी पकड़ लेना। साइड बाई साइड राइटिंग शुरू कर देना। टी.वी., फ़िल्में, अखबार जो भी मिलें। जब राइटिंग में कोई अच्छा ब्रेक मिल जाए तो नौकरी छोड़ देना। एक बार रहने का इन्तजाम हो जाए तो माँ को भी साथ रख सकते हो। वहाँ उनका ऑपरेशन भी अच्छे से हो जाएगा।'' असीम ने सिगरेट जला ली है।

''हाँ, शायद बम्बई में माँ का आपरेशन हो जाए'' वह सोच रहा है।

लेकिन राइटिंग, क्या वह लिख पाएगा? पिछले एक साल में उसने कुछ भी नहीं लिखा है। एक लाइन भी नहीं। कहीं वह खुद को धोखा तो नहीं दे रहा है। जैसे उसके शहर के अधिकांश ग्रेजुएट विद्यार्थी सिविल सर्विसेज की तैयारी करके खुद को धोखा दे रहे हैं, यह जानते हुए भी कि वह इतना कठिन इम्तेहान पास करने की योग्यता नहीं रखते हैं। क्या वह एक राइटर है? हाँ। उसे खुद पर भरोसा करना होगा वरना कोई भी और उसकी योग्यता में विश्वास कैसे कर पाएगा। वह लिख पाएगा। वह लिख सकता है। अच्छी कहानियाँ, कविताएँ, सब कुछ। वह शायद सही क्षण के इन्तजार में है। जब वह लिखना शुरू करेगा। जब उसके भीतर से शब्दों का झरना फूट पड़ेगा। उसे सिर्फ प्रेरणा की जरूरत है जो उसे इस शहर में मिलती नहीं दिखाई दे रही है। वह असीम से बातें करता हुआ स्टेशन से बाहर निकल आया है। असीम और वह अपने अपने घरों की ओर मुड़ गये हैं। उसने निश्चय कर लिया है कि वह लॉ के इग्जाम के बाद बम्बई चला जाएगा। बम्बई जाने के ख्याल से उसमें एक नयी आशा का संचार हो रहा है। अँधेरी टनल के एक अन्त में उसे रोशनी

का एक पुँज दिखाई दे रहा है।

40

एबार्शन के बाद से पखुंडी की सेहत में काफ़ी कॉम्पलीकेशन आ गये है। माहवारी के दौरान अत्यधिक रक्तस्राव कभी-कभी पेट में उठनेवाला तेज दर्द, कमजोरी, चिड़चिड़ापन। वह चाह के भी उसके लिए कुछ नहीं कर पा रहा है। कभी -कभी उसे विश्वास ही नहीं होता है कि वह और पंखुड़ी एक दूसरे के इतने करीब आ गये थे। वह पंखुड़ी से वापस दूरी बना लेना चाहता है। वह जानता है कि पंखुड़ी का उसके साथ कोई भविष्य नहीं है। लेकिन क्या ये इतना आसान है? पंखुड़ी उसके दिल से उसके दिमाग से एक पल को भी नहीं निकलती है। अगर ईश्वर कहीं है तो वह जानता होगा उसने पंखुड़ी से दूर जाने की कितनी कोशिश की है। पंखुड़ी के साथ गुजारा वक़्त एक खूबसूरत सपने की तरह है। वह सपना जो कभी पूरा नहीं हो पाएगा। उसने बी.ए. सेकेंड ईयर का कोर्स सिर्फ छः महीने में ही पूरा कर दिया है ताकि पंखुड़ी के साथ उसका रोजाना मिलना-जुलना बन्द हो जाए। ताकि वह धीरे-धीरे उसके बिना रहने की आदत डाल ले। उसे कठोर बनना होगा। वह पंखुड़ी का जीवन बर्बाद नहीं कर सकता है। आजकल पंखुड़ी की जुबान पर सिर्फ शादी का ही नाम रहता है। पंखुड़ी अपने पिता के तीन भाइयों में इकलौती लड़की है। उसके परिवारवाले चाहते हैं कि अगले साल डिग्री पूरी करते ही उसकी शादी कर दी जाए। घरवालों ने अभी से उसके लिए लड़के भी देखने शुरू कर दिये हैं।

आज महीनों बाद वह पंखुड़ी की जिद पर उससे मिलने रेलवे लाइब्रेरी गया है। पंखुड़ी पहले से ही वहाँ बैठी है। शाम के पाँच बज रहे हैं। दोनों खिड़की के पास बैठै हैं। जाती हुई धूप का एक टुकड़ा खिड़की से झाँक रहा है। यहाँ वहाँ दो चार लोग बैठे हैं। वह पंखुड़ी की आँखों में अपने लिए अगाध प्रेम देख रहा है। वह प्रेम जो कोई तर्क, कोई हद नहीं जानता है। दोनों खामोश बैठे हैं। दोनों के बीच एक मौन संवाद चल रहा है। शायद पंखुड़ी कह रही है कि 'आप नहीं जानते हैं कि मैं आपसे कितना प्यार करती हूँ। आपके बिना मैं जीवन की कल्पना भी नहीं कर सकती हूँ। मुझे आपके प्यार के सिवा और कुछ भी नहीं चाहिए। मैं हर हालात, हर परिस्थिति में आपके साथ रह लूँगी।'

वह पंखुड़ी से कह रहा है कि 'पंखुड़ी! अगर ईश्वर कही है तो वह जानता है कि मैं तुमसे कितना प्यार करता हूँ। लेकिन तुम नहीं जानती हो कि जीवन के महत्त्वपूर्ण निर्णय भावुकता और आवेश में आकर नहीं लिए जा सकते हैं। हमारे बीच

में जो कुछ भी हुआ उसके लिए मै ही जिम्मेदार हूँ। मैं ही अपनी मर्यादा अपनी सीमा भूल गया था। मेरा काम तुम्हें पढ़ाना था तुमसे प्रेम करना नहीं। मैं तुम्हारे साथ और आगे नहीं बढ़ सकता हूँ। हमारा साथ यही तक था। मुझे स्वार्थी मत समझना। तुम्हे जरूर कोई अच्छा लड़का मिल जाएगा जो तुम्हे बहुत प्यार करेगा, मुझसे भी ज्यादा।' काफ़ी देर तक चुप रहने के बाद उसने अपनी चुप्पी तोड़ दी है।

''तबीयत कैसी है तुम्हारी?''

''ठीक''

''पढ़ाई कैसी चल रही है''

''ठीक''

''आपके घर में सब कैसा है?, आपकी माँ कैसी हैं?'' पंखुड़ी जानती है कि साहित्या की मौत के बाद उसकी माँ बेहद अकेली हो गयी है।

''सब ठीक है, माँ भी ठीक है''

''रुचि को शायद लगने लगा है कि हमारे बीच में कुछ चल रहा है वह मुझे आपका नाम लेकर चिढ़ाती है। मैंने उससे कुछ नहीं कहा। पापा शादी के लिए पीछे पड़े हैं। हमारे किसी दूर के रिश्तेदार का लड़का है, आदित्य। वह इंजीनियरिंग कर रहा है...।''

उसे मालूम था कि वह घूम फिरकर शादी की बात पर आ ही जाएगी। वह गुस्से में आ गया है।

''शादी के अलावा कोई बात नहीं है तुम्हारे पास करने के लिए। इसीलिए मिलना चाहती थी। मैंने कितनी बार तुम्हें समझाने की कोशिश की है कि मैं इस स्थिति में नहीं हूँ कि तुम्हारे पिता से तुम्हारा हाथ माँग सकूँ। मुझे मेरी छोटी-छोटी जरूरतों के लिए काम करना पड़ता है। साल भर पहले मेरी बहन मर गयी। मेरे पास उसका इलाज कराने के भी पैसे नहीं थे। मेरे साथ वक़्त बर्बाद मत करो। अगर कोई अच्छा रिश्ता आ रहा है तो शादी के लिए हाँ कह दो।''

''मै आपको पसन्द नहीं हूँ ना, मै आपके लायक नहीं हूँ।'' पंखुड़ी की आँखों में आँसू आ गया है। उसे उसके बचपने पर बहुत ग़ुस्सा आ रहा है। उसकी आवाज तेज हो गयी है।

''तुम समझ नहीं रही हो पंखुड़ी।''

आसपास की कुर्सियों पर बैठे लोग उन दोनों की ओर देखने लगे हैं। उसे ग्लानि हो रही है कि लाइब्रेरी जैसी जगह पर वह ऐसी बातें कर रहे हैं। वह जाने के लिए उठ गया है। पंखुड़ी भी अपनी कुर्सी से उठ गयी है। शाम का वक़्त है। रेलवे का दफ्तर छूट रहा है। हर तरफ भीड़भाड़ है। वह और पंखुड़ी लाइब्रेरी से निकलकर सड़क पार कर रहे हैं। अचानक एक आदमी भीड़ का फायदा उठाकर पंखुड़ी को

छूकर आगे बढ़ गया है। वह पीछे मुड़कर उन्हें एक घृणित मुस्कान दे रहा है। जैसे एक लड़की को छूकर उसे बड़ा शारीरिक सुख मिल गया हो। 'सॉरी' वह आदमी की तरफ देखकर कह रहा है। उसने पंखुड़ी का हाथ पकड़ लिया है और वह उसे सड़क की दूसरी तरफ ले जा रहा है। पंखुड़ी ने ग़ुस्से में आकर अपना हाथ छुड़ा लिया है।

"आपने उसे सॉरी क्यों कहा? आपने देखा न कि वह मुझे जानबूझकर छूने की कोशिश कर रहा था, गलती उसकी थी।"

"मैं उससे उलझना नहीं चाहता था"

"तो क्या कल कोई आकर मेरा रेप कर दे तो भी आपको कोई फर्क नहीं पड़ेगा?"

"वो रेप नहीं कर रहा था पंखुड़ी, बिना मतलब बात मत बढ़ाओ।"

"आपको उस आदमी पर ग़ुस्सा नहीं आया। सारा ग़ुस्सा मुझ पर ही आता है, आपकी मर्दानगी कहाँ चली गयी है?"

वह चलते-चलते रुक गया है। पंखुड़ी की ये बात तीर की तरह उसे हृदय में लगी है।

"हाँ मेरी मर्दानगी ख़त्म हो गयी है। अब हम तब तक नहीं मिलेंगे जब तक मैं मेरी मर्दानगी दोबारा न पा लूँ। अपना ख्याल रखना।" वह पंखुड़ी को छोड़कर आगे बढ़ गया है। आज वह पीछे मुड़कर नहीं देखेगा।

महीने भर बाद उसे रुचि से पता चला कि पंखुड़ी अल्मोड़ा चली गयी है। अपने चाचा जी के पास।

41

अनीता जी का कहानी संग्रह 'शिकस्त' छप गया है। किताब के कवर पर अपना नाम देखने की उनकी इच्छा पूरी हो गयी है। प्रेस क्लब में आज उनका कहानी पाठ है। वह कुछ लोगों के साथ प्रेस क्लब में बैठा है। अनीता जी कहानी संग्रह की पहली कहानी के कुछ अंश पढ़कर सुना रही है। वह पहली लाइन में बैठा है। उसे लग रहा है वह उन्हें पहली बार देख रहा है। वह आज बहुत सुन्दर लग रही है। उनकी सुन्दरता में एक सादगी है। उन्होंने क्रीम कलर का सलवार कुर्त्ता पहना है और माथे पर हमेशा की तरह बड़ी-सी मैरून बिन्दी लगायी हे। उनके हृदय की खुशी रह रहकर उनके चेहरे पर आ रही है। वह उसे देखकर मुस्करा रही है। वह मंच से नीचे उतर आयी हैं। वह तालियाँ बजा रहा है। उन्होंने वादे के मुताबिक किताब की एक कॉपी उसे आटोग्राफ करके दे दी है।

अनीता जी दिल्ली जा रही है। उनके पति प्रजीश का ट्रांसफर हो गया है। प्रजीश जरूरत का थोड़ा सामान लेकर दिल्ली चले गये हैं। अनीता जी अपने बच्चों के सालाना इम्तेहान ख़त्म होने का इन्तजार कर रही है। इन दो ढाई सालों में उसे उनकी आदत-सी हो गयी थी। वह कभी भी बिना वक़्त देखे उनके घर चला जाता था। दोनों बैठकर घंटों बात करते थे। चाय पीते थे। ग़ज़लें सुनते थे। वह सोच रहा है कि एक रोज वह आकाशवाणी से रिकार्डर लेकर आएगा और जाने से पहले उनकी आवाज रिकॉर्ड कर लेगा ताकि किसी रोज जब वह उन्हें बहुत मिस करेगा तो कम से कम उनकी आवाज सुनकर अपने उदास दिल को बहला लिया करेगा। उसे अनीता जी की कम्पनी बहुत पसन्द है। उनके शहर छोड़ने के ख्याल से ही उसका मन बहुत उदास हो गया है।

जॉन सर अपने रिटायरमेंट की प्लानिंग में लगे हैं। वह शहर के बाहर मेडिकल कॉलेज रोड पर अपना मकान बनवा रहे है। उसने उन्हें शहर छोड़ने के अपने इरादे के बारे में बता दिया है। वह उसके इस निर्णय से बेहद खुश है। वह कभी-कभार उनके साथ उनकी साइट पर आ जाता है और दोनों घंटों बैठकर बात करते हैं। वह सोचता है कि कुछ साल बाद जब वह शहर वापस आएगा तब तक शायद जॉन सर का आलीशान घर बन चुका होगा। पुरानी चीजों की जगह नयी चीजें ले लेंगी। ऩये फर्नीचर। नयी दीवारें। नये छत। सिर्फ उनकी पुरानी किताबों को छोड़कर जिसे उनके अलावा उसने भी पढ़ा है। लेकिन शायद नए घर में भी जॉन सर की वह पसन्दीदा पेंटिंग ड्राइंगरूम की दीवार पर जरूर टँगी मिलेगी। जिस पर लिखा है — The Sun Shines for all, वह पेंटिंग, जो बरसों पहले उन्होंने शिमला के माल रोड से खरीदी थी।

इस बीच उसे पंखुड़ी की तीन चिट्ठियाँ मिली और उसने उसकी एक भी चिट्ठी का जवाब नहीं लिखा।

42

आई.जी. साहब का ट्रांसफर लखनऊ हो गया है। आकाश के इम्तेहान ख़त्म हो चुके हैं। आकाश लखनऊ नहीं जाना चाहता है। शायद इसलिए कि उसे अपने स्कूल न्यू एरा पब्लिक स्कूल, उसके क्लास में पढ़नेवाले दोस्तों से बहुत प्यार हो गया है। आकाश को उससे भी बहुत लगाव हो गया है। वह सिर्फ उसका टीचर नहीं एक दोस्त भी है, जिसके साथ वह खुलकर अपने मन की बात कर सकता है। लेकिन उसे सबसे ज्यादा डर है मृणालिनी जी का। आकाश जानता है कि वहाँ उसे मैडम की

निगरानी में रहना होगा। वहाँ जाकर उसकी आजादी और खुशी दोनों ख़त्म होनेवाली है। घर में इस वक़्त सिर्फ वीरेन्दर और गौरी है। आई.जी. साहब ट्रांसफर की औपचारिकता निपटाने में व्यस्त है। घर का ज्यादातर सामान पैक हो गया है। वह आकाश की चीजें पैक करने में उसकी मदद कर रहा है। उसकी किताबें, स्टेशनरी, खेलकूद का सामान वगैरह। आकाश का रो-रोकर बुरा हाल हो गया है। रो-रोकर उसकी आँखें लाल पड़ गयी हैं।

''सर मुझे लखनऊ मत भेजिये। मै यहाँ आपके साथ रह लूँगा। वहाँ मैडम मुझे जीने नहीं देंगी। प्लीज पापा को समझाए। मैं हास्टल में रह लूँगा।''

वह आकाश का दर्द समझ सकता हैं लेकिन वह कर ही क्या सकता है? वह जानता है कि लखनऊ में आकाश मुसीबतों से घिरनेवाला है। वहाँ वह भी नहीं होगा। वह आकाश को सीने से लगाकर प्यार कर रहा है। वह उसे समझा रहा है कि लखनऊ बहुत अच्छा शहर है। वहाँ इमामबाड़ा है, भूल-भुलैया है, हजरतगंज बाजार है। धीरे-धीरे वहाँ उसका मन लग जाएगा। कुछ दिनों में ही वह अच्छे 'दोस्त बना लेगा। और लखनऊ कौन-सा बहुत दूर है। छुट्टियों में वह उससे मिलने जरूर आएगा और आई.जी. साहब किसी भी कीमत पर उसे यहाँ अकेला नहीं छोड़ेंगे। घंटों समझाने के बाद आखिरकार आकाश मान गया है।

''ठीक है अगर ऊपरवाले को यही मंजूर है तो यही सही'' आकाश ने हिम्मत बाँध ली है। वीरेन्दर ने उसे उसकी आखिरी फीस दे दी है। वह आज की शाम आकाश के साथ गुजारना चाहता है। उसके साथ खूब सारी बातें करना चाहता है। उसके साथ खेलना चाहता है। आगे जीवन में न जाने क्या हो? वह आकाश से मिल पाए या नहीं मिल पाए। आकाश ने वीरेंदर की साइकिल ले ली है। वह दोनों रेलवे स्टेडियम कॉलोनी आ गये हैं। वह स्टेडियम की सीढ़ियों पर बैठा है। आकाश साइकिल चलाना सीख गया है। वह बेहद खुश है और स्टेडियम का चक्कर लगा रहा है।

''गिरना मत''

''नहीं गिरूँगा सर, देखा आपने, आखिर मैं साइकिल चलाना सीख ही गया।'' आकाश ने साइकिल का हैंडल छोड़ दिया है। जैसे वह सर्कस का कोई कलाकार हो।

43

फरवरी के तीसरे हफ्ते में उसे पंखुड़ी का वेलेन्टाइन-डे पर भेजा ग्रीटिंग कार्ड मिला है। कार्ड पर लिखा है। ''आप मुझे भूल गये, लेकिन मैं आपको रोज याद करती हूँ।

ग़ुस्सा हो, अच्छा बाबा माफ कर दो। आखिरी बार। यहाँ बहुत ठंड पड़ रही है। मैं शाम को पहाड़ पर घूमने जाती हूँ और सोचती हूँ काश आप भी मेरे साथ होते। नीचे मेरा पता दिया है। टाइम मिले तो चिट्ठी लिखना। 'आई लव यू'—पंखुड़ी।''

उसे याद आ रहा कि पिछले साल जब पंखुड़ी गर्मियों की छुट्टियों में अल्मोड़ा जा रही थी, तब उसने जबरदस्ती उससे उसका पता माँग लिया था। उसने कहा था कि वह उसे चिट्ठियाँ लिखेगी और वह उसे उसकी चिट्ठियों का जबाव देगा। पंखुड़ी उसे चिट्ठी लिखती और वह हर चिट्ठी के जबाव में वह एक पोएट्री लिख देता और उसे समझने के लिए उसका मतलब भी। पिछले साल इसी महीने में पूरे एक महीने के इन्तजार के बाद उसने पंखुड़ी को एक चिट्ठी लिखी थी। जब उसे लगा था कि शायद वह उसे भूल गयी है।

चिट्ठी में उसने थॉमस हार्डी के प्रसिद्ध नॉवेल वुडलैंडर्स की ये कविता भेजी थी, जो उसे बहुत प्रिय रही है और उसकी हालत भी बयाँ करती है—

If I forget, —
May joy pledge this weak heart to sorrow!
If I forget, —
May my soul's coloured summer borrow
The hueless tones of storm and rain,
Of ruth and terror, shame and pain, —
If I forget!
Though you forget, —
There is no binding code for beauty;
Though you forget, —
Love was your charm, but not your duty;
And life's worst breeze must never bring
A ruffle to your silken wing, —
Though you forget.
If I forget, —
The salt creek may forget the ocean;
If I forget, —
The heart whence flows my heart's bright motion,
May I sink meanlier than the worst,
Abandoned, outcast, crushed, accurst, —
If I forget!
Though you forget, —
No word of mine shall mar your pleasure;
Though you forget, —
You filled my barren life with treasure,

You may withdraw the gift you gave,
You still are lord, I still am slave, —
Though you forget.

आज उसने आलमारी में पड़ी डायरी में से पंखुड़ी की लिखी कुछ पुरानी चिट्ठियाँ निकाल ली हैं। वह हमेशा उसे अपने पसन्दीदा गुलाबी रंगवाले कागज पर चिट्ठियाँ लिखती है। गुलाबी रंग। गुलाब। गुलाब की पंखुड़ी। ओस से भीगी। मुस्कराती हुई। पंखुड़ी की याद, जिससे वह इतने महीने से बचना चाह रहा था, एक बार फिर उसके वजूद पर हावी हो गयी है। उसने खुद को कमरे में बन्द कर लिया है। वह रो रहा है। चुपचाप धीरे-धीरे। वह सोच रहा है कि उसका सर पंखुड़ी की गोद में है और वह धीरे-धीरे उसके बालों को सहला रही है। प्यार से उसके माथे पर हाथ फेर रही है। रोत-रोते वह थककर सो गया है। आधी रात को उठकर उसने एक नज्म लिखी है।

"तेरी यादों को जलाते न बना
तेरी यादों को दफनाता भी कैसे?
तेरी उन तमाम यादों पे मुझसे धारदार खंजर भी चलाते न बना
आखिरकार अपने इन्हीं हाथों से तेरी यादों का मैंने हश्र किया
आज मुद्दतों बाद तेरी उसी याद ने हरकत की है
जिसका दम घोंट दिया था मैंने इन्हीं हाथों से
अब यही याद मुझे मारेगी
अधमरा छोड़कर जिसको मैंने गलती की थी।"

उसने पंखुड़ी की चिट्ठी का जवाब देने की इच्छा दिल में ही दफन कर दी है। वह कोई नया सिलसिला शुरू नहीं करना चाहता है। उसने ग्रीटिंग कार्ड आलमारी में सँभाल कर रख दिया है। पुरानी चिट्ठियों के बीच।

44

आज बाजार में उसे रुचि मिली है। उसे रुचि से पता चला है कि पंखुड़ी अल्मोड़ा से वापस आ गयी है। उसकी तबीयत बेहद खराब है। उसके घरवाले उसकी हालत को लेकर बहुत परेशान हैं। अगले हफ्ते इम्तेहान शुरू हो रहे हैं। रुचि कह रही है कि पंखुड़ी को न जाने क्या हो गया है। वह कहती है कि वह इम्तेहान नहीं देगी। पढ़ाई छोड़ देगी। ये शहर भी छोड़ देगी। रुचि जा चुकी है। वह जानता है कि पंखुड़ी को क्या हुआ है। उसने उसकी एक भी चिट्ठी का जवाब नहीं दिया है। चार महीनों में

एक बार भी उसने उसका हालचाल जानने की कोशिश नहीं की है। वह ऐसा कैसे कर सकता है? वह इतना स्वार्थी कैसे हो सकता है? उसे तुरन्त ही पंखुड़ी से बात करनी होगी। वह फौरन सिविल लाइंस आ गया है और पी.सी.ओ. से पंखुड़ी का नम्बर डायल कर रहा है। उसके मन में अजीब-अजीब तरह के विचार चल रहे हैं। फोन की घंटी बज रही है। पंखुड़ी ने फोन उठा लिया है।

"हैलो!"

"हैलो मै बोल रहा हूँ, कैसी हो?"

"बड़ी जल्दी याद आ गयी आपको मेरी।" पंखुड़ी का लहजा व्यंगात्मक है।

"मुझे नहीं मालूम था कि तुम अल्मोड़ा से आ गयी हो, आज सुबह रुचि मिली थी वह बता रही थी कि तुम्हारी तबीयत बहुत खराब है।"

"छोड़िये आपको क्या फर्क पड़ता है। मैं ज़िन्दा रहूँ या मर जाऊँ। आई डोंट वांट टू लीव। आई वांट टू डाई।" पंखुड़ी ने जोर-जोर से रोना शुरू कर दिया है। वह इस तरह से उसका रोना सुनकर डर गया है वह सोच रहा है कि कही घर में उसके आसपास कोई ना हो।

"मुझे अभी मिलो रेलवे लाइब्रेरी में"

"हूँ... पाँच बजे तक आती हूँ।"

"ठीक है" उसने फोन काट दिया है।

वो उसी जगह पर बैठा है। जहाँ वह और पंखुड़ी अकसर बैठते हैं। वह सामने से आती हुई पंखुड़ी को देख रहा है। वह उसे पहचान ही नहीं पा रहा है। ऐसा लग रहा है जैसे वह किसी लम्बी बीमारी से उठकर आ रही हो। उसके बाल बिखरे हैं और होठ सूखे हैं। उसके आँखों के इर्द-गिर्द काले गड्डे पड़ गये हैं। उसने घर में पहनने के कपड़े और घर की चप्पल पहनी है। उसे पंखुड़ी की हालत पर दया आ रही है। वह उसे गले से लगा लेना चाहता है। लेकिन सबके सामने वह ऐसा नहीं कर सकता है। आज वह कोई ऐसी बात नहीं कहेगा, जिससे पंखुड़ी को दुख पहुँचे। पंखुड़ी आकर उसके पासवाली कुर्सी पर बैठ गयी है। वह उससे नजरें चुरा रही है, जैसे उसे जानती ही ना हो। वह उसकी आँखों में देख रहा है।

"अरे मैं तो पहचान ही नहीं पाया ये इतनी मोटी लड़की कहाँ से आ गयी।" वह उसे हँसाने की कोशिश कर रहा है। पंखुड़ी बच्चों-सी मुस्करा रही है। वह जानती है कि वह झूठ बोल रहा है।

"और ये फोन पर क्या मरने वरने की बात कर रही थी"

"वह तो ऐसे ही ग़ुस्से में" उसकी नजरें नीची हैं।

"रुचि कह रही थी कि तुम इम्तेहान नहीं देना चाहती हो"

"पढ़ लिखकर क्या करना है जितना पढ़ना था पढ़ लिया।"

''ये क्या बचपना है, मैने पूरे साल तुम लोगों पे मेहनत की और तुम इम्तेहान नहीं दोगी, ऐसे कैसे चलेगा।''

''आप खुश रहो बस...''

''पंखुड़ी, अगर सचमुच मुझे खुश देखना चाहती हो तो प्लीज पहले जैसी बन जाओ जैसी तब थीं जब मैंने तुम्हे पहली बार देखा था। अपनी सेहत ठीक करो। दोस्तों से मिलो-जुलो। इम्तेहान दो। बी नार्मल।''

''फिर आप मुझे पहले जैसा प्यार करोगे?''

''हाँ, पंखुड़ी मेरे भी इम्तेहान हैं। मेरी कुछ ख़ास तैयारी भी नहीं हुई है। इसलिए इम्तेहान तक हम एक दूसरे से नहीं मिलेंगे। मेरी माँ को यूटरस का प्राब्लम है। इम्तेहान के बाद मैं उन्हे लेकर बाहर जाऊँगा। उनका ऑपरेशन कराने। शायद बम्बई। फिर वहाँ से लौटकर मैं तुम्हें मिलूँगा। तब तक अपना ख्याल रखना।''

वह झूठ बोल रहा है। एक घिनौना झूठ, जिसके लिए हर सजा कम होगी।

''हूँ फिर हम कुश्ती जंगल घूमने जाएँगे।'' वह एक छोटी-सी बच्ची की तरह लग रही है।

''हम जरूर जाएँगे, चलो अब मै तुम्हे रिक्शा दिलवा दूँ, इम्तेहान है पढ़ाई भी करनी है।''

''थोड़ी देर बैठों ना इतने महीनों के बाद तो मिले हैं हम।'' पंखुड़ी के स्वर में आग्रह है।

वह पंखुड़ी की जिद पर वापस बैठ गया है। वह उसका दिल रखने के लिए वह सारी बाते कर रहा है जो उसे पसन्द है। 'ठंड का मौसम, पहाड़, उसका बचपन, उसकी चाची के हाथ का बना खाना।'

पंखुड़ी इस क्षण बहुत खुश है। वह बस उसे इसी तरह हमेशा खुश देखना चाहता है।

45

वक़्त बड़ी तेजी से गुजर रहा है। उसके लॉ के आखिरी सेमेस्टर के इम्तेहान शुरू हो गये हैं। वह तीसरा पेपर 'क्रिमिनालॉजी एंड पेनालोजी' देकर आ गया है। वह जानता है कि हर सेमेस्टर की तरह वह इस सेमेस्टर में भी पास हो जाएगा और जहाँ तक नम्बरों और परसेंटेज का प्रश्न है वह उसके लिए उतना महत्त्व नहीं रखते हैं। कुल मिलाकर दो प्रैक्टिकलों के बाद वह लॉ की पढ़ाई से निजात पा जाएगा 'मूठ कोर्टस-प्रीट्रायल प्रीपरेशन एंड पार्टीसिपेशन इन ट्रायल प्रोसिजर' और 'ड्रॉफ्टिंग,

प्लीडींग एंड कन्वेनसिंग'। वह और एडवर्ड प्रैक्टिकलों की तैयारी में जुटे हैं। उसने प्रैक्टिकल की फाइलें तैयार कर ली है। एडवर्ड रिजल्ट आने के बाद दिल्ली निकल जाना चाहता है। उसके परिवार के किसी पुराने परिचित ने दिल्ली की एक बड़ी लीगल फर्म में उसके लिए नौकरी की बात भी कर ली है। एडवर्ड दिल्ली जाने को लेकर बेहद उत्साहित है। वह एडवर्ड की आँखों में आनेवाले कल के लिए ब्रेसब्री और इन्तजार दिख रहा हे। वह हमेशा एडवर्ड का अहसानमन्द रहेगा, जिसकी मदद के बगैर वह ला की डिग्री पूरी नहीं कर सकता था।

आज हॉस्टल में उसका आखिरी दिन है। उसने मिसेज चन्द्रा को बता दिया है कि वह बम्बई जा रहा है। बच्चों के रिजल्ट आ चुके हैं। उसकी आशा के अनुरूप सारे बच्चे अच्छे नम्बरों से पास हो गये हैं। नया सत्र शुरू हो गया है। अगले हफ्ते से बच्चों की गर्मियों की छुट्टियाँ शुरू हो रही हैं। शाम के चार बज रहे हैं। वह हास्टल आ गया है। बच्चे सुबह से उसका इन्तजार कर रहे हैं। पिछले दो दिन से वह उसके 'फेयरवेल' की तैयारी में जुटे थे। उसे पता ही नहीं चला कि कब ये मासूम बच्चे उसकी ज़िन्दगी का हिस्सा हो गये। वह इन बच्चों को पिछले तीन साल से पढ़ा रहा हे। इनसे दूर जाने, इन्हें फिर से इस रूप में ना देख पाने का ख्याल उसे रूला रहा है। वह बहुत भावुक हो गया है। लेकिन अपने व्यवहार से वह ये सब प्रकट नहीं होने देना चाहता है। वह उनसे खुशी खुशी विदा लेना चाहता है और उनकी प्यारी यादों को हमेशा के लिए अपने दिल में बसा लेना चाहता है। मिसेज चन्द्रा उसका इन्तजार कर रही है। वह उनके ऑफिस में चला आया है। वह हमेशा की तरह उसकी फीस गिनकर सफेद लिफाफे में रख रही हैं।

"सिट-सिट, दिस इज योर लास्ट फीस" वह मुस्करा रही है।

"थैंक यू" उसने लिफाफा लेकर जेब में रख लिया है।

"मैं चाहती नहीं थी कि आप जैसा अच्छा काबिल टीचर यहाँ से जाए लेकिन आपका अपना कैरियर भी है, मैं आपको रोक नहीं सकती हूँ। लेकिन आपकी मेहनत रंग लायी है। चिल्ड्रेन आर ट्रांस्फोम्ड लाइक एनीथिंग। इट्स मिरिकेल। मैंने न्यूज पेपर में नए टीचर के लिए एडवरटीजमेंट दे दिया है। शायद कोई अच्छा टीचर मिल जाए। आपकी नजर में भी अगर कोई अच्छा टीचर हो तो यू कैन रेफर।"

"जी जरूर" वह कह रहा है।

"चिल्ड्रेन आर सो रेस्टलेस टुडे। आई जस्ट कान्ट टेल यू। वि वील क्लिक ए फोटोग्राफस फार गुड मेमोरिज।" मिसेज चन्द्रा अपनी कुर्सी से उठ गयी है। वह उनके साथ प्लेग्राउंड में आ गया है। एक प्रोफेशनल फोटोग्राफर बड़ा-सा कैमरा लेकर उनका इन्तजार कर रहा है। बच्चों सहित सारा स्टाफ ग्राउंड में जमा है। सर फर्नांडिस बेहद खुश है कि वह जा रहा है। हमेशा की तरह कम लम्बाईवाले बच्चे

आगे खड़े है और लम्बे बच्चे पीछे। सबसे पीछे मिसेज चन्द्रा, जयन्त, सर फर्नांडिस मिस, रूबी, पीटी टीचर मधुर और वह खड़े हैं। फोटोग्राफर उनकी फोटो खींच रहा है। बच्चे बेहद खुश है। एक यादगार पल कैमरे में कैद हो गया है। वह बच्चों के साथ खेलने में लग गया है। आधा घंटा फूटबाल खेलने के बाद वह कार्तिक के साथ शतरंज खेल रहा है। हमेशा की तरह कार्तिक ने इस बार भी उसे हरा दिया है। वह हमेशा की तरह अपनी हार पर खुश है। खेलकूद कर वह बच्चों के साथ डायनिंग हाल में आ गया है। रसोइये ने आज जलेबी, समोसे और गुलाब जामुन बनाए हैं। बच्चों की जिद पर उसने छः गुलाब जामुन खा लिए हैं। उसके पेट में कुछ और खाने की बिल्कुल जगह नहीं है। बच्चे बड़े प्यार से उसके मुँह में जलेबी ठूस रहे हैं। खा पीकर वह बच्चों के साथ स्टडी में आ गया है। बच्चों ने स्टडी को चमकीले कागज के झालरों और गुब्बारों से सजाया है। मानों आज उसका जन्मदिन है। हर तरफ शोर-शराबा। कई आवाजें एक साथ उसके कान में जा रही है।

"सर बाम्बे जा रहे हैं, हीरो बनने?"

"सर! हम लोगों को अब कौन पढ़ाएगा?"

"सर! हम लोगों को याद रखेंगे या भूल जाएँगे?"

"सर! हम लोग आपको बहुत मिस करेंगे।"

उसने रुन्धे गले से अपनी बात कहनी शुरू कर दी है। अपनी फेयरवेल स्पीच। बच्चे धीरे-धीरे शान्त हो गये हैं।

"टूडे आइ एम नाट गोइंग टू टीच यू एनीथिंग। आई विल जस्ट से फ्यू थिंग्स टील वी मीट अगेन। आइ एम वेरी हैप्पी टू हैव यू आल इन माइ लाइफ। यू आल आर वंडरफुल चिल्ड्रेन। वेन आई वाज गिवेन ए टास्क टू टीच यू आल, आई वाज वेरी अफ्रेड।" बच्चे हँस रहे हैं।

"मुझे लगता है था कि तुम लोग मुझे भी भगा दोगे। आइ नीडेड दिस जाब फार सरवाइवल। टू कन्टीन्यू माइ ओन स्ट्डीज। थैंक यू आल फार सर्पोटिंग मी। आइ जस्ट वांट ए प्रामिस फॉम आल ऑफ यू दैट यू आल विल डू वेल इन स्टडीज एंड विल मेक मी प्राइड ऑफ यू। बेस्ट ऑफ लक।" उसने झटके से अपना चेहरा ब्लैकबोर्ड की तरफ घुमा कर अपनी आँखों से बहता आँसू पोंछ लिया है।

अब बच्चे उसकी नकल उतार रहे हैं कि वह क्लास में कैसे आता है। कैसे बोलता है। कैसे चलता है। उसे जोर से हँसी अर रही है। बच्चों ने अब डाँस करना शुरू कर दिया हे। वह भी उनके साथ डांस कर रहा है। जाते-जाते बच्चों ने उसे एक बड़ा-सा कार्ड दिया है। ये कार्ड बच्चों ने खुद बनाया है। कार्ड पर उसका कार्टून बना है। कार्ड पर लिखा है—

"To our respected dearest Teacher

We all Love you
All Students
New era Boarding School"

46

इन दिनों उसकी जान पहचान मीरा नाम की एक लड़की से हो गयी है। मीरा इस शहर के एक थियेटर ग्रूप संवाद से जुड़ी है। मीरा खुद को स्टेज पर देखना चाहती है। एिंक्टग में उसका मन रमता है। वह सोशियोलॉजी में ऑनर्स कर रही है। अगले साल वह दिल्ली जाकर ड्रामा स्कूल ज्वाइन करना चाहती है। उसकी अँग्रेज़ी इतनी अच्छी नहीं है। वह अँग्रेज़ी सिखाने में उसकी मदद कर रहा है। वह स्तानिस्लॉवस्की, आर्थर मिलर और सैमुएल बैकेट को पढ़ना चाहती है। उसका थियेटर ग्रूप जुलाई में जयशंकर प्रसाद का सुप्रसिद्ध नाटक 'ध्रुवस्वामिनी' करनेवाला है। ध्रुवस्वामिनी उसका भी पसन्दीदा नाटक है। ध्रुवस्वामिनी तीन एक्ट का नाटक है। मीरा ध्रुवस्वामिनी का किरदार कर रही है। मीरा का अभिनय देखते ही बनता है। उसके अनुसार भारतेन्दु हरिश्चन्द्र, जयशंकर प्रसाद और मोहन राकेश हिन्दी नाटकों के तीन आधार स्तम्भ हैं, जिसमें प्रसाद उसे सबसे ज्यादा प्रिय हैं। वह कभी-कभार उसकी रिहर्सल पर चला जाता है। रिहर्सल के बाद वह और मीरा बैठकर घंटों बात करते हैं। नाटक का मंचन जुलाई में होगा। तब तक शायद वह इस शहर में नहीं रहेगा।

47

व्योम की बहुत कोशिशों के बाद भी कोई भी पब्लिशर 'मिरेज' छापने को तैयार नहीं हुआ है। आखिरकार व्योम ने अपने खर्चे पर 'मिरेज' सेल्फ पब्लिश करवायी है। किताब अच्छी बन पड़ी है। व्योम ने मिरेज की कॉपियाँ शहर की चुनिन्दा किताब की दुकानों पर, रेलवे स्टेशन, बुक स्टॉलों पर डिस्ट्रिक लाइब्रेरी, रेलवे लाइब्रेरी वगैरह में रखवा दी है लेकिन कुछ एक दोस्तों को छोड़कर किसी ने भी किताब पढ़ने में रुचि नहीं दिखाई है। व्योम चाहता है कि वह 'मिरेज' की एक कापी सुदीप्ता को भेंट करे। सुदीप्ता उसे पढ़ ले तो शायद उसके दिल को सुकून मिल जाएगा। लेकिन सुदीप्ता कहीं गायब है। महीने भर से उसके घर में ताला लगा है। व्योम की कॉलानी के एक लड़के ने उसे बताया है कि सुदीप्ता उसके मोहल्ले में ही रहनेवाले एक लड़के ललित के साथ दिल्ली भाग गयी है। वह दोनों बिना शादी किए एक-दूसरे

के साथ रह रहे हैं। सुदीप्ता के माँ–बाप बदनामी के डर से कलकत्ता चले गये हैं। वह जानता है कि ये खबर झूठ है। सुदीप्ता ऐसा नहीं कर सकती है। उसने कई बार एक अच्छा दोस्त होने के नाते व्योम को यह बात समझाने की कोशिश की है लेकिन व्योम एक गलतफहमी पाले बैठा है। वह जानता है कि व्योम एक ऐसी गलतफहमी पाले बैठा है, जो उसका जीवन तबाह कर देगी। व्योम गहरे डिप्रेशन में है। वह बतौर प्रेमी अपनी हार और बतौर राइटर अपनी हार में एक गहरा सम्बन्ध देख रहा है। व्योम ऊपर से सामान्य दिखने की कोशिश कर रहा है। एकदम नार्मल जैसे कुछ हुआ ही ना हो। जैसे जो हुआ, उसका उसे कोई पछतावा नहीं है। वह व्योम को बहुत करीब से जातना है। वह जानता है कि व्योम पछतावा करने की शक्ति भी खो बैठा है। एक रोज व्योम ने डिप्रेशन की हालात में 'मिरेज' की सारी कॉपियाँ जला दी है।

48

दो रोज बाद वह मुम्बई चला जाएगा। वह असीम से मिलने उसके घर गया है। शाम का वक़्त है। असीम के पिता नीचे दुकान पर बैठे हैं। वह सीढ़ियों से ऊपर चढ़ रहा है। वह हमेशा की तरह उसे घूर रहे हैं। असीम के कमरे में अँधेरा है। असीम बिस्तर पर लेटा खांस रहा है। असीम को सिगरेट खा रही है। वह दिन रात खाँसता रहता है। एकाध दफा उसके गले से खून के थक्के भी निकल आए हैं। वह असीम को समझा समझा कर थक चुका है लेकिन असीम सिगरेट की लत नहीं छोड़ पा रहा है। वह सोच रहा है कि असीम उसके बिना कितना अकेला हो जाएगा। वह बचपन से असीम के ऊपर निर्भर रहा है। सगा भाई ना होकर भी असीम ने हमेशा बड़े भाई होने का फर्ज अदा किया है। असीम के उस पर कितने अहसान हैं। असीम बिस्तर से उठ गया है। वह दोनों बड़ी देर तक बातें करते रहे हैं। बातचीत का विषय है बम्बई। असीम खुद तो कभी बम्बई नहीं गया है लेकिन उस शहर के बारे में उसे काफ़ी कुछ पता है। आखिरकार असीम ने उसे नीले रंग के दो बड़े बैग दे दिए हैं। अपनी चीजें रखकर बम्बई ले जाने के लिए। असीम ने जबरदस्ती उसकी जेब में पाँच हज़ार रुपये भी डाल दिये हैं।

''दादा पैसे हैं मेरे पास, रहने दो।'' वह उसे पैसे वापस कर रहा है। वह जानता है कि इन दिनों असीम की स्थिति भी कुछ ख़ास अच्छी नहीं है।

''रख लो कुछ बन जाओ तो दे देना।'' वह जानता है कि असीम एक बार दी हुई चीज वापस नहीं लेता है। वह असीम के साथ नीचे आ गया है। दुकान का शटर गिर गया है। असीम के पिताजी भीतर चले गये हैं। वह असीम से गले मिल रहा है।

''सिगरेट छोड़ दो दादा, अपना ध्यान रखना, चिट्ठी लिखूँगा, जबाव जरूर देना।'' वह दोनों बैग लेकर रिक्शे पर बैठ गया है। रिक्शा धीरे-धीरे चल पड़ा है। असीम स्ट्रीट लाइट के नीचे खड़ा उसे जाते हुए देख रहा है। कल सुबह वह माधोपुर बाँध जाएगा।

49

सुबह के साढ़े पाँच बजते-बजते वह माधोपुर बाँध आ गया है। उसे याद नहीं आ रहा है कि वह आखिरी बार यहाँ कब आया था? शायद डेढ़ दो साल पहले। व्योम के साथ, उसे ये जगह दिखाने। इस बीच वह अपने जीवन में ऐसा उलझा रहा कि उसे इधर आने का मौका ही नहीं मिला। वह विस्मय में है यह सोचकर कि यहाँ कुछ भी नहीं बदला है। सब कुछ पहले की ही तरह है। नीला साफ आसमान, कल-कल बहता पानी। हवा से हिलती पेड़ों की पत्तियाँ, गीली घास की खुशबू। घास के भीतर छिपे झींगुरों की आवाज, माधव की झोपड़ी और उसकी नाव। उसके भीतर ही कुछ बदल गया है। शायद वह ही बड़ा हो गया है। सालों पहले इसी जगह पर उसने असीम से पूछा था कि ईश्वर कौन है, कहाँ है? तब असीम ने कहा था कि ईश्वर कोई नहीं है, कहीं नहीं है। ईश्वर को मनुष्य ने बनाया है ताकि वह मुसीबत में उसकी तरफ मदद के लिए देख सके, ताकि वह अपनी हार अपनी असफलता उस पर थोप सके। आज सालों बाद उसे लग रहा है कि ये जो प्रकृति का अनन्त विस्तार है, यही ईश्वर है। इस प्रकृति की अपनी अनन्तताएँ भी हैं और अपनी सीमाएँ भी हैं। इसमें रंग-बिरंगे फूलों की वादियाँ भी हैं और गहरी सूनी घाटियाँ भी। इसमें प्यारे पशु-पक्षी भी हैं और हिंसक जानवर भी। इसमें मीठे पानी की झीलें भी हैं और खारे पानी के महासागर भी। आसमान में धीरे-धीरे सूरज निकल रहा है। वह सोच रहा है की सादियों से सूरज इतना वृत्ताकार इतना गोल कैसे है? वह हर दिन इतनी रोशनी इतनी ऊर्जा कहाँ से लेकर आता है? इन नदियों, सागरों का पानी कभी ख़त्म क्यों नहीं होता है? ये पेड़ हमेशा हरे भरे कैसे रहते हैं? जीवन सतत चलता रहता है।

जीवन तब भी था जब हम नहीं थे और तब भी होगा जब हम नहीं होंगे।

आज उसे सब कुछ बड़ा रहस्यमय-सा लग रहा है। जीवन से भरा। वह सोच रहा है कि कही उसकी उदासी का कारण ये तो नहीं है कि वह इन दिनों माधोपुर बाँध की ओर नहीं आता है। शायद वह प्रकृति से दूर चला गया है। शायद उसने प्रकृति को देखने की दृष्टि खो दी है। आज वह फिर से एक बच्चा बन ज़ाना चाहता है। वह प्रकृति की गोद में लेटकर तब तक रोना चाहता है जब तक उसकी आँखों से निकलता आँसू उसके हृदय, उसकी आत्मा पर लगा हर घाव न धो दे। वह रो रहा

है। रोता ही जा रहा है। प्रकृति ने उसे अपनी गोद में लिटा लिया है। सुबह की हवा उसकी पीठ सहला रही है। इस क्षण उसका हृदय प्रेम और दया से सराबोर है। आज उसने सबको क्षमा कर दिया है।

वह अपने इस शहर से उकता गया था। उसके करने के लिए यहाँ अब कुछ नहीं रखा है। वह जल्द से जल्द यह शहर छोड़ देना चाहता है। लेकिन अब जब इस शहर को छोड़ने का वक़्त नजदीक आ रहा है, तो वह इस शहर के मोह में पड़ गया है। जीवन के चौबीस साल वह इस शहर में गुजार चुका है। ये गलियाँ, ये मोहल्ले, ये बाजार, ये माधोपुर बाँध, उसका ये घर, उसका ये कमरा, उसके ये दोस्त उसे बहुत याद आएँगे। इस शहर की अजनबीयत भी उसे अपनी लगती है। अपना शहर अपना गाँव छोड़ना कितना मुश्किल होता है, इसका अहसास उसे आज हो रहा है। लेकिन इस क्षण वह किसी मोह में नहीं पड़ना चाहता है, वरना असीम और व्योम की तरह वह भी होमसिक होकर रह जाएगा। वह बम्बई जाने की तैयारी में लगा है और बस अपनी लॉ की डिग्री के आने का इन्तजार कर रहा है। अपनी जरूरत की छोटी-मोटी चीजें उसने असीम के दिए दो बैगों में रखनी शुरू कर दी है। कपड़े, किताबें, डायरियाँ, मार्क्सशीट्स, दाढ़ी बनाने की किट वगैरह। दोपहर में वह बैंक आ गया है। उसके अकाउंट में सत्रह हज़ार रुपए पड़े हैं और असीम के दिए पाँच हज़ार रुपए मिलाकर उसके पास कुल मिलाकर बाइस हज़ार रुपए हो जाते हैं। बम्बई जैसे शहर में ये बाइस हज़ार रुपए कितने दिन चलेंगे, ये तो वह नहीं जानता है, लेकिन वह ये जरूर जानता है कि उसे एक-एक रुपया बड़ी समझदारी से खर्च करना होगा। उसे माँ के यूटरस के ऑपरेशन के लिए पैसों का इन्तजाम भी करना है। वह इसी उधेड़बुन में लगा है कि सामने दरवाजे पर एक अजनबी लड़के को खड़ा पा रहा है। लड़का हाँफ रहा है और अपने शर्ट की बाँह से पसीना पोंछता हुआ कह रहा है कि आज सुबह चार बजे पंडा बाबा की मृत्यु हो गयी। यदि कोई उनके अन्तिम संस्कार में जाना चाहे तो जा सकता है। अन्तिम संस्कार कल दोपहर दो बजे बनारस के हरिश्चन्द्र घाट पर होगा। माँ यह खबर सुनते ही सन्न हो गयी है। अभी पिछले वर्ष ही तो पंडा बाबा घर आये थे। वृद्धावस्था के बाद भी वह स्वस्थ लग रहे थे। जीवन और ऊर्जा से भरे। आखिरकार ईश्वर ने उन्हें भी बुला लिया। वह जानता है कि पंडा बाबा के परिवार में कोई नहीं था सिवाय उनके दूर के रिश्ते के एक भाई के जो कुछ वर्ष पहले गुजर गए। पंडा बाबा ने हमेशा अपने जजमानों के परिवार को ही अपना परिवार माना है और इस परिवार का सदस्य होने के नाते उसका कर्तव्य है कि वह उनके अन्तिम संस्कार में जरूर जाए। वह अपना यह कर्तव्य जरूर निभाएगा। उसने कल सुबह ही बनारस जाने का निर्णय ले लिया। बनारस उनके शहर से

लगभग ढाई सौ किलोमीटर दूर है यानी बस से छह-सात घंटों का सफर। सुबह अगर वह पहली बस पकड़कर निकलेगा तो दोपहर तक बनारस जरूर पहुँच जाएगा।

वह सो गया है। रात भर पंडा बाबा की शकल उसकी आँखों के सामने चलती रही है। सुबह पाँच बजे वह घर से निकल गया है। रोडवेज बस डिपो से उसने बनारस की बस ले ली है। बस चल पड़ी है। वह बस की खिड़की से धीरे-धीरे होती सुबह देख रहा है। उसे याद आ रहा है कि पंडा बाबा साहित्या की शादी के लिए कितने चिन्तित थे और उसकी मौत पर वे कितनी दुखी थे। आज वह उनकी मौत पर दुखी है। शायद यही संसार का नियम है। दूसरे की मृत्यु पर दुखी होना। इस क्षण वह भ्रांतचित्त है। वह सोच रहा है कि हमारा यह मन कैसी कामना कर लेता है कि उसे जीवन तो चाहिए लेकिन मृत्यु नहीं। लेकिन मृत्यु के बिना जीवन कैसे सम्भव है? इतनी सी बात हमारी समझ में नहीं आती है कि मृत्यु इंसान के जन्म के साथ ही चली आती है। जीवन अगर रस्सी का एक सिरा है, तो मृत्यु दूसरा सिरा। वह सिरा जिसकी तरफ हम धीरे-धीरे बढ़ रहे हैं। सोचते-विचारते, नींद में उँघते दोपहर एक बजे तक वह बनारस पहुँच गया है। बनारस जिसे पृथ्वी का प्राचीनतम शहर कहा जाता है। मार्क ट्वेन ने बनारस के बारे में कहा है, "Benaras is older than history, older than tradition, older even than legend and looks twice as old as all of them put together".

वह संकरी गलियों से होकर हरिश्चन्द्र घाट की तरफ बढ़ रहा है। दोपहर की कड़ी धूप है। रह-रहकर उसका गला सूख रहा है। अब वह हरिश्चन्द्र घाट पहुँच गया है। इस क्षण उसके दिमाग में बचपन में पढ़ी राजा हरिश्चन्द्र की कहानी चल रही है। इसी घाट पर सत्यवादी राजा हरिश्चन्द्र ने सत्य के मार्ग पर चलने के लिए अपने पुत्र, अपनी पत्नी यहाँ तक कि स्वयं तक को बेच डाला था। कहते हैं कि

'चन्द्र टरै, सूरज टरै, टरै जगत व्यवहार
पै दृढ़ हरिश्चन्द्र का, टरै ना सत्य विचार॥

ये वही घाट है जहाँ वर्ष भर शवदाह चलता रहता है। चाहे मूसलाधार बारिश हो, हाड़ कँपाती ठंड या लू चलती दोपहर। यह सब हज़ारों वर्षों से चल रहा है। पंडा बाबा का शरीर गंगा के किनारे रखा गया है। आसपास कुल मिलाकर दस-पन्द्रह लोग ही दिखाई दे रहे हैं। वह इनमें से किसी को भी नहीं जानता है सिवाय उस लड़के के जो कल पंडा बाबा की मृत्यु का समाचार लेकर उसके घर आया था। दोपहर के दो बज गए हैं। अन्तिम संस्कार शुरू हो गया है। इस क्षण उसके लिए यहाँ कोई काम नहीं है सिवाय इसके कि वह मौन रहकर इस घटना पर अपनी उपस्थिति दर्ज कराए और पंडा बाबा की आत्मा की शान्ति के लिए प्रार्थना करे। पंडा बाबा को मुखाग्नि दी जा रही है। इस क्षण वह विचारहीन हैं। धीरे-धीरे मानव शरीर

के जलने की गन्ध उसकी नाक से होकर उसकी आत्मा में प्रवेश कर रही है। अब वह इस गन्ध से परिचित हो गया है।

चार बजते-बजते सब कुछ ख़त्म हो चुका है। अधिकांश लोग जा चुके हैं। वह वहीं घाट की सीढ़ियों पर बैठा है और आसपास होते दूसरे शवदाह देख रहा है। वही रोते-बिलखते परिजन, अन्त्येष्ठि के वही मन्त्र, वही लकड़ियाँ, वही जलते शरीर।

सूरज अब डूबने लगा है। गंगा का जल अब लाल पड़ने लगा है। वह सुस्त कदमों से चलता हुआ शहर के भीतर आ गया है। बिना इच्छा के उसने एक कप चाय पी है। रात के आठ बज रहे हैं। वह सोच रहा है कि पंडा बाबा एक महान आत्मा थे। कल सुबह वह उनकी राख लेकर शहर लौट जाएगा। वह घाट पर वापस आ गया है और उसी जगह पर बैठ गया है, जहाँ वह दिन में बैठा था। थोड़ी दूर पर दो शव जलाए जा रहे हैं। वह थककर घाट की सीढ़ियों पर ही लेट गया है और आसमान की तरफ देख रहा है। ठंडी हवा चल रही है। थकावट के कारण उसे नींद आ गयी है। नींद में वह एक सपना देख रहा है कि वह किसी का शवदाह देख रहा है। न जाने किसकी मृत्यु हुई है? कोई परिचित या अपरिचित। खैर क्या फर्क पड़ता है? जानेवाला तो गया। लेकिन ये वातावरण उसे बड़ा रहस्यमय-सा लग रहा है। धीरे-धीरे उसकी नजर आसपास खड़े लोगों पर पड़ रही है। वह हैरान है कि शव के पास उसकी माँ, उसकी बहनें, उसके कुछ दोस्त खड़े हैं। उसका दिल जोर से धड़क रहा है। डरता हुआ वह शव के नजदीक पहुँच गया है। यह देखने के लिए कि आखिर मृतक कौन है? शव देखते ही वह सन्न हो गया है, ये तो उसका अपना ही शरीर है। शरीर जल रहा है और आत्मा दूर खड़ी देख रही है। वह चौंककर उठ गया है। ऐसा भयावह सपना उसने जीवन में कभी नहीं देखा है। उसका शरीर पसीने से तर-बतर है। उसकी हाथ घड़ी में सुबह के चार बज रहे हैं। वह अभी भी कांप रहा है और तेज श्वांस लेकर खुद को सामान्य करने की कोशिश कर रहा है। उठकर उसने गंगा के जल से अपना हाथ और मुँह धो लिया है। सुस्त कदमों से वह रोडवेज बस डिपो की तरफ बढ़ रहा है। पाँच बजते-बजते बस चल पड़ी है। अचानक उसे याद आया है कि वह पंडा बाबा की अस्थियों की राख लेना भूल गया है, जिसे लेने के लिए वह रात घाट पर रुका था। बस अब गंगा पुल पार कर रही है।

50

वह मुम्बई में है। अगस्त का महीना है। पिछले चौबीस घंटों से रुक-रुक कर लगातार बारिश होती रही है। वह अपने फ्लैट की खिड़की से देख रहा है। परेल

स्टेशन पास ही है। बारिश के बावजूद सड़क पर चहल पहल है। थोड़ी देर पहले ही बिजली का करंट लगने से एक कौवा मर गया है। कौवा सड़क के एक कोने में कूड़े के ढेर के पास पड़ा है। थोड़ी ही देर में कौवे के शव के पास कई कौवे जमा हो गये हैं। कौवों के चीखने की आवाज यहाँ तक आ रही हैं। कौवों का झुंड अपने साथी की मौत का मातम मनाता दिखाई दे रहा है। उसी सड़क पर आते जाते सैकड़ों लोग उस कौवे की मौत से बेखबर हैं।

कल रात असीम ने उसे फोन करके बताया था कि व्योम ने आत्महत्या कर ली। नींद की गोलियाँ शराब में मिलाकर। उसे असीम के कहने पर विश्वास नहीं हुआ। व्योम ऐसा कैसे कर सकता था? जीवन का अन्त। वह कभी इतना कमजोर तो नहीं था। वह तो जीवन से बेहद प्यार करता था। न जाने किस मानसिक दशा में उसने अपने जीवन का अन्त किया होगा? जिस क्षण उसे यह समाचार मिला, उसी क्षण वह अगली ट्रेन पकड़ शहर निकल जाना चाहता था। व्योम के परिवार के साथ उनके दुख में शामिल होने। वह व्योम के बेहद करीब था। शायद वह दुनिया में अकेला था, जो व्योम के विषय में सबकुछ जानता था। वह सब कुछ भी, जो उसके माता-पिता, उसके भाई और सुदीप्ता भी नहीं जानते थे। सिर्फ वही जानता है कि व्योम ने ऐसा क्यों किया होगा? लेकिन न जाने क्यों उसने आगे बढ़ते अपने कदमों को रोक लिया। एक अजीब-सी उदासीनता ने उसे घेर लिया था। वह सोचने लगा कि अब वहाँ जाकर भी क्या होगा? व्योम तो चला गया। हमेशा के लिए। कभी न लौट कर आने के लिए।

वह अपने रूम पार्टनर कुणाल के कम्प्यूटर से व्योम का आखिरी ईमेल चेक कर रहा है। यह ईमेल व्योम ने आज से ठीक एक हफ्ते पहले किया था।

'डियर फ्रैंड!

आई होप यू आर फाइन। आई मिस्ड यू सो मच टुडे। यू वर राइट। सुदीप्ता डीड नाट इलोप विद ललित। इट वाज माई सिनीसीज्म। विच डिस्ट्रायड माई रिलेशनशिप। वेन वी ब्रोक अप। शी वाज वेरी अपसेट। शी वेंट टू कैलकटा फॉर ए मन्थ। फार ए चेंज। आई डिड नॉट सर्च फार हर। शी वेटेड फार मी फार मंथ्स। आफ्टर गेटिंग नो रेसपोंस फ्रॉम माई साइड शी डीसाइडैड टू मैरी ए बाय हर पैरेंट्स हैज सलेक्टेड फार हर। आई डोंट नो वाट मेड मी स्टाप फॉम कालिंग हर? फ्राम रीचिंग आऊट टू हर? परहैप्स माय ईगो। एनी वे शी इज हॅपीली मैरिड नाऊ एण्ड आई स्टील लव हर। आई स्टिल प्लान टू गिव ए कॉपी ऑफ मिरेज टू हर। बट वाट इज द प्वाइंट? इट्स ऑल ओवर नाऊ। नथिंग कैन वी डन नाऊ। आई वेंट टू माधोपुर डैम टुडे। आई एम थैंकफुल टू यू फार शोइंग सच ए वन्डरफुल प्लेस टू मी। आई वेंट क्वाइट अर्ली। आई वांटेड टू सी राइजिंग सना। आई डोंट नो वाट हैज

हैपेंड टू मी दैट एवन ए राइजिंग सन वान लुकिंग वेरी आर्डीनरी टू मी। आई एम डिवाइड ऑफ होप। आई गाट इन्टू द हैबिट ऑफ थिंकिंग। आई वांट टू शेयर ए स्ट्रेंज फिलिंग विद यू। इट लुक्स लाइक आई एम रीटर्निंग टू माई बिगनिंग। आई कैन नॉट गो फार फ्राम हीयर। आई हैव टू कनक्लूड।

स्टे इन टच,

योर्स,

व्योम पराशर'

व्योम के आत्महत्या के इरादे की झलक इस ईमेल से स्पष्ट है। जीवन के झकझोर देनेवाले सत्य उसे खा गये। व्योम की दृष्टि में आत्महत्या उसके लिए एक नये जीवन की शुरुआत थी। शायद समाज इसे कभी नहीं समझ पाएगा। आत्महत्या कायरता नहीं है। उसके लिए भी बहुत साहस चाहिए। उसे याद आ रहा है व्योम का मुस्कराता चेहरा, उसकी शरारत और जीवन से भरी आँखें। उसका बच्चों सा चंचल शरीर हमेशा कुछ करने का आतुर। वह सोच रहा था कि व्योम, जिसे जीवन से इतना प्यार था उसे इस जीवन का अन्त करने का साहस कहाँ से आया होगा? अगर व्योम का पुर्नजन्म होगा तब क्या सब ठीक हो जाएगा? उसे पूरी रात एक अजीब सी बेचैनी होती रही है। आधी रात को उठकर उसने अपनी डायरी में एक नज्म लिखी है।

'इतना आसान नहीं मर जाना
जीते रहना भी एक आदत है।
आदतें अच्छी या कितनी भी बुरी हों लेकिन।
आदतें मर के छूट जाती हैं।'

सुबह के पाँच बज गये हैं। वह सोच रहा है कि जैसे ही उसे व्योम की मौत की खबर मिली, तो वह व्योम की अन्तिम यात्रा में शामिल होने क्यों नहीं निकल गया? व्योम का अच्छा दोस्त होने के नाते क्या उसका फर्ज नहीं था कि वह उसके परिवार के साथ उनके दुख में शामिल हो? वह कैसे चूक गया? वह क्या था, जिसने उसे रोक लिया? और अब इन बातों को सोचकर क्या हासिल होगा? व्योम तो अनन्त की यात्रा पर जा चुका है। पीछे बच गयी है तो सिर्फ उसकी स्मृतियाँ, सब कुछ खत्म हो जाने पर आखिर वही तो रह जाती है। इस अनन्त ब्रह्मांड में मिलती, बिछड़ती, टकराती,डूबती, तैरती, उभरती स्मृतियाँ। कभी सिनेमा के परदे पर चलते चित्रों की तरह रंगील स्पष्ट और सजीव। और कभी कैमरे की नेगेटिव फ़िल्म की तरह काली धुंधली और अस्पष्ट। और कहते है कि कुछ भी तब तक खत्म नहीं होता जब तक की वो हमारी स्मृतियों में सुरक्षित है। सुबह हो रही है। आसमान धीरे-धीरे सफेद हो रहा है। थोड़ी देर में ही सूरज निकल जाएगा। एक नया दिन एक नया जीवन लिये।

एक दिन जरूर आएगा, जब वह व्योम की अन्तिम यात्रा में शामिल होगा। उस रोज कोई भी भावना, कोई भी विचार, कोई भी तर्क उसे नहीं रोक पाएगा। उसी दिन उसका मोक्ष होगा।

51

अब वह अपने जीवन के एक भाग के अन्त के बेहद करीब पहुँच गया है और सोच रहा है कि शायद कहीं एक नयी शुरुआत भी हो रही है। आरम्भ में ही उसका अन्त छुपा होता है और अन्त में सदैव एक नया आरम्भ। इस पल वह अन्त का ख्याल छोड़कर वापस आरम्भ की तरफ देखना चाहता है। शायद कहानी अभी और बाकी है।

❑❑❑

णाणं पयासयं

वीर नि.सं. 2470

ई.सन् 1944

भारतीय ज्ञानपीठ